日常行動

說話的行動

語言

說話的方式、態度

行動思考：
我在做什麼？

閱讀與書寫

意識

理性

感官知覺

感性、情緒感受

內在
內外特質：
我有什麼？
外型
器官、構造
外在
人的
三大面向
身體狀況
身分、角色：
我是誰？我在哪裡？
家庭
社會
人生歷程

用英語表情達意、行動思考、進退應對一本搞定，讓你社交互動零障礙！

如何捷進英語詞彙 人物篇

葉咨佑、謝汝萱——著

身體自然反應

knee jerk [ni] [dʒɝk] n. 膝躍反射
pulse [pʌls] n. 脈搏
quiver [ˈkwɪvɚ] v. （小而迅速地）顫抖
reflex [ˈriflɛks] n. （生理）反射
shake [ʃek] v. 發抖
shiver [ˈʃɪvɚ] v. 冷得發抖
shudder [ˈʃʌdɚ] v. （因恐懼或厭惡而）戰慄
sneeze [sniz] v. 打噴嚏
sweat [swɛt] v. 流汗
tic [tɪk] n. （臉部）抽搐
tremble [ˈtrɛmbl̩] v. （因害怕而）發抖
wink [wɪŋk] v. 眨眼（使眼色）
withdraw [wɪðˈdrɔ] v. 縮回

性格急或慢

impatient [ɪmˈpeʃənt] a. 性急的
impetuous [ɪmˈpɛtʃuəs] a. 衝動性急的
impulsive [ɪmˈpʌlsɪv] a. 衝動的
imprudent [ɪmˈprudn̩t] a. 輕率的
rash [ræʃ] a. 輕率魯莽的
laid-back [ˈledˌbæk] a. 悠哉的
patient [ˈpeʃənt] a. 有耐心的
slow [slo] a. 動作慢的
slowpoke [ˈsloˌpok] n. （美）慢郎中

helix
antihelix
antitragus
aperture
ear lobe, lobule

笑與哭

giggle [ˈgɪgl̩] v. 傻笑
grin [grɪn] v. 露齒笑
guffaw [gʌˋfɔ] v. 狂笑
heehaw [ˈhiˌhɔ] v. 縱聲大笑
snicker [ˈsnɪkɚ] v. 偷笑、竊笑
titter [ˈtɪtɚ] v. 尷尬偷笑
crocodile tears n. 假哭
mewl [mjul] v. 低泣
sob [sɑb] v. 啜泣
wail [wel] v. 慟哭
weepy [ˈwipɪ] a. 哭哭啼啼的

Greek nose

aquiline nose

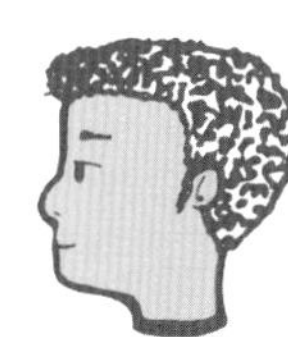

snub nose

別再被「學英語不用背單字」騙了！
單字要背，但絕不是拿起英語字典從A背到Z。

三大情境分類×心智圖聯想查找×邏輯整理6500組詞彙

溝通、對話、寫作、翻譯，英語單字用得好，更用得漂亮

如何使用本書

按事物的概念類別及使用情境分類，以心智圖為架構索引，藉由直覺與聯想，依路徑查詢，可找到適用的詞彙。全書蒐羅與「人」相關的詞彙逾6500組，含括人的行動思考、內外特質到人生歷程等面向。

單元主題

模擬會話

以對話表現單元的日常情境，理解詞彙用法。

單元路徑

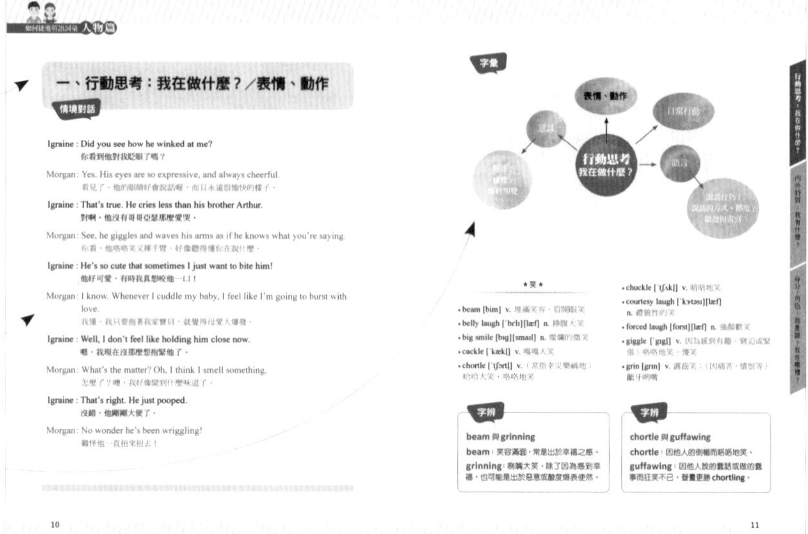

如何捷進英語詞彙 人物篇

一、行動思考：我在做什麼？／表情、動作

情境對話

Igraine : Did you see how he winked at me?
你看到他對我眨眼了嗎？

Morgan : Yes. His eyes are so expressive, and always cheerful.
看見了，他的眼睛好會說話喔，而且永遠很愉快的樣子。

Igraine : That's true. He cries less than his brother Arthur.
對啊，他沒有哥哥亞瑟那麼愛哭。

Morgan : See, he giggles and waves his arms as if he knows what you're saying.
你看，他咯咯笑又揮手臂，好像聽得懂你在說什麼。

Igraine : He's so cute that sometimes I just want to bite him!
他好可愛，有時我真想咬他一口！

Morgan : I know. Whenever I cuddle my baby, I feel like I'm going to burst with love.
我懂，我只要抱著我家寶貝，就覺得母愛大爆發。

Igraine : Well, I don't feel like holding him close now.
嗯，我現在沒那麼想抱緊他了。

Morgan : What's the matter? Oh, I think I smell something.
怎麼了？噢，我好像聞到什麼味道了。

Igraine : That's right. He just pooped.
沒錯，他剛剛大便了。

Morgan : No wonder he's been wriggling!
難怪他一直扭來扭去！

10

字彙

★笑★

- beam [bim] v. 堆滿笑容，眉開眼笑
- belly laugh [ˋbɛlɪ][læf] n. 捧腹大笑
- big smile [bɪg][smaɪl] n. 燦爛的微笑
- cackle [ˋkækl] v. 嘎嘎大笑
- chortle [ˋtʃɔrtl] v.（常指幸災樂禍地）哈哈大笑，咯咯地笑
- chuckle [ˋtʃʌkl] v. 暗暗地笑
- courtesy laugh [ˋkɝtəsɪ][læf] n. 禮貌性的笑
- forced laugh [forst][læf] n. 強顏歡笑
- giggle [ˋgɪgl] v. 因為感到有趣、窘迫或緊張）咯咯地笑，傻笑
- grin [grɪn] v. 露齒笑；（因痛苦、憤恨等）齜牙咧嘴

字辨

beam 與 grinning

beam：笑容滿面，常是出於幸福之感。
grinning：咧嘴大笑，除了因為感到幸福，也可能是出於惡意或酸度爆表使然。

字辨

chortle 與 guffawing

chortle：因他人的倒楣而咯咯地笑。
guffawing：因他人說的蠢話或做的蠢事而狂笑不已，聲量更勝 chortling。

11

行動思考：我在做什麼？ ／ 內外特質：我有什麼？ ／ 身分、角色：我是誰？我在哪裡？

詞彙

將詞彙分類條列，查找特定單字外，同時學到相關字詞。

如何捷進英語詞彙 人物篇

（嗅聞）

- nose [noz] v. 嗅，聞
- scent [sɛnt] v. 嗅出
- smell [smɛl] v. 聞
- snuff [snʌf] v. 用鼻吸入
- snort [snɔrt] v. 噴出鼻息
- snuffle [ˋsnʌfl] v. 抽鼻子，鼻塞

字辨

scent 與 smell

scent：用在動物的動作，指用嗅覺器官聞到什麼味道。用在人類，則是指覺察出什麼或感受到某種預感。
smell：用在人類的動作，指用鼻子聞到什麼味道。

★嘴★

- bite [baɪt] v. 咬
- chew [tʃu] v. 咀嚼
- gnaw [nɔ] v. 啃咬
- grin [grɪn] v. 露齒笑
- masticate [ˋmæstəˌket] v. 咀嚼
- nibble [ˋnɪbl] v. 小口咬
- pucker [ˋpʌkɚ] v. 噘嘴
- smile [smaɪl] v.（揚起嘴角）微笑

★呼吸★

- abdominal breathing [æbˋdɑmənl][ˋbriðɪŋ] n. 腹式呼吸
- blow [blo] v. 吹氣
- breath [brɛθ] n. 氣息
- breathe [brið] v. 呼吸；（游泳）換氣

字辨

breathe 與 respire

breathe：指以肺部吸氣（inhale）和吐氣（exhale）的生理過程。
respire：主要指生物體細胞將氧氣與葡萄糖轉化為能量的化學過程，也可以用來指 breathe 的意思，但不常見，一般都用在生物學、醫學等專門領域。例如：Human beings respire through lungs.（人類以肺呼吸）。

- breathless [ˋbrɛθlɪs] a. 氣喘吁吁的；呼吸停止的
- deep breath [dip][brɛθ] n. 深呼吸
- dyspnea [dɪspˋniə] n.（醫）呼吸困難
- exhale [ɛksˋhel] v. 吐氣

字辨

exhale 與 expire

exhale：指從口或鼻呼出或吐出氣體。相對的用詞是 inhale（吸氣）。
expire：用來指吐氣、呼氣時與 exhale 同義，但較少使用。兩個詞的主要區別在於 expire 另有一個更常用的涵義，即「過期」、「到期」的意思，例如：Your passport has expired.（你的護照已經過期了）。

18

- expire [ɪkˋspaɪr] v. 吐氣
- gasp [gæsp] v. 倒抽一口氣
- have difficulty breathing [hæv][ˋdɪfəˌkʌltɪ][ˋbriðɪŋ] ph. 呼吸困難
- hold one's breath [hold][wʌns][brɛθ] ph. 屏息，閉氣
- huff [hʌf] v. 重重吹氣
- hyperventilate [haɪpɚˋvɛntlet] v. 換氣過度
- inhale [ɪnˋhel] v. 吸氣
- out of breath [aʊt][ɑv][brɛθ] ph. 上氣不接下氣的
- pant [pænt] v. 喘氣
- puff [pʌf] v. 吹一口氣
- respire [rɪˋspaɪr] v. 呼吸
- shallow breath [ˋʃælo][brɛθ] n. 淺呼吸
- short-breathed [ˋʃɔrt ˋbrɛθt] a. 呼吸急促的
- sigh [saɪ] v. 嘆氣
- snore [snor] v. 打呼
- snort [snɔrt] v. 噴出鼻息
- stifle [ˋstaɪfl] v. 悶住
- suffocate [ˋsʌfəˌket] v.（使）窒息
- ventilate [ˌvɛntlˋet] v.（醫）使吸氧
- wheeze [hwiz] v. 哮喘
- yawn [jɔn] v. 打呵欠

★軀幹★

- bed [bɛd] v.（使）睡
- bend [bɛnd] v. 彎腰
- bow [baʊ] v. 鞠躬
- coil [kɔɪl] v. 蜷曲
- convulse [kənˋvʌls] v. 劇烈抖動
- cramp [kræmp] n. 抽筋
- couch [kaʊtʃ] v.（使）躺下
- crouch [ˋkraʊtʃ] v. 蜷縮，蹲伏
- curl [kɝl] v. 捲起
- curve [kɝv] v. 彎曲
- droop [drup] v. 萎靡
- drop [drɑp] v. 臥倒
- ease [iz] v. 舒緩
- fall [fɔl] v. 跌落
- flat [flæt] a. 躺平的
- flip [flɪp] n.（跳水或體操時的）空翻
- flop [flɑp] v. 撲通倒下
- glide [glaɪd] v. 滑行

字辨

glide 與 slide

glide：主要指不費力、無噪音的持續平穩滑行，可以在地面、水下、空中等，通常較 slide 優雅，例如 The ballerinas gracefully glided across the stage.（芭蕾女伶優雅地滑過舞台）。
slide：僅限於在物體表面上持續滑行，例如 He slid down the grass on cardboard.（他坐在紙板上玩滑草）。

- handstand [ˋhændˌstænd] n. 倒立
- incline [ɪnˋklaɪn] v. 屈身；彎腰；點頭
- inflexible [ɪnˋflɛksəbl] adj. 缺乏彈性的
- jerk [dʒɝk] v. 猝然一動
- lean [lin] v. 傾身

19

行動思考：我在做什麼？ ／ 內外特質：我有什麼？ ／ 身分、角色：我是誰？我在哪裡？

字辨

深入解析相似字、同義字的字義，確切掌握用字。

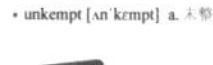

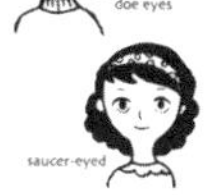

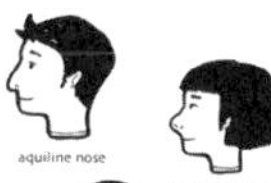

圖解

部分字彙搭配圖像呈現，幫助記憶。

延伸例句

- He is too aggressive to be reasonable.
  他咄咄逼人到不講理。
- She could barely contain her sadness as she waved goodbye.
  揮手道別時，她幾乎克制不了自己的悲傷。
- He erupted in anger.
  他勃然大怒。
- I lost my temper at work.
  我工作時發了脾氣。
- I'm already at my wit's end.
  我已經黔驢技窮。
- That child is throwing the tantrum.
  那孩子正在耍脾氣。
- What a pretentious snob!
  真是個裝模作樣的勢利眼！
- No one can be morally perfect.
  沒有人在道德上是十全十美的。
- Have mercy on me.
  可憐可憐我吧。
- Those who succeed have more grit than talent.
  人的成功主要來自恆毅力，不是才能。
- The public should become more politically informed.
  大眾應該變得更有政治見識。

延伸例句

精選實用句型，進一步延伸運用，暢所欲言。

Contents | 目錄 |

Contents | 目錄 |

103 我有什麼？

167 我是誰？我在哪裡？

行動思考

我在做什麼？

/ 表情、動作
/ 日常行動
/ 語言 / 意識

一、行動思考：我在做什麼？／表情、動作

情境對話

Igraine : Did you see how he winked at me?
你看到他對我眨眼了嗎？

Morgan: Yes. His eyes are so expressive, and always cheerful.
看見了。他的眼睛好會說話喔，而且永遠很愉快的樣子。

Igraine : That's true. He cries less than his brother Arthur.
對啊。他沒有哥哥亞瑟那麼愛哭。

Morgan: See, he giggles and waves his arms as if he knows what you're saying.
你看，他咯咯笑又揮手臂，好像聽得懂你在說什麼。

Igraine : He's so cute that sometimes I just want to bite him!
他好可愛，有時我真想咬他一口！

Morgan: I know. Whenever I cuddle my baby, I feel like I'm going to burst with love.
我懂。我只要抱著我家寶貝，就覺得母愛大爆發。

Igraine : Well, I don't feel like holding him close now.
嗯，我現在沒那麼想抱緊他了。

Morgan: What's the matter? Oh, I think I smell something.
怎麼了？噢，我好像聞到什麼味道了。

Igraine : That's right. He just pooped.
沒錯，他剛剛大便了。

Morgan: No wonder he's been wriggling!
難怪他一直扭來扭去！

字彙

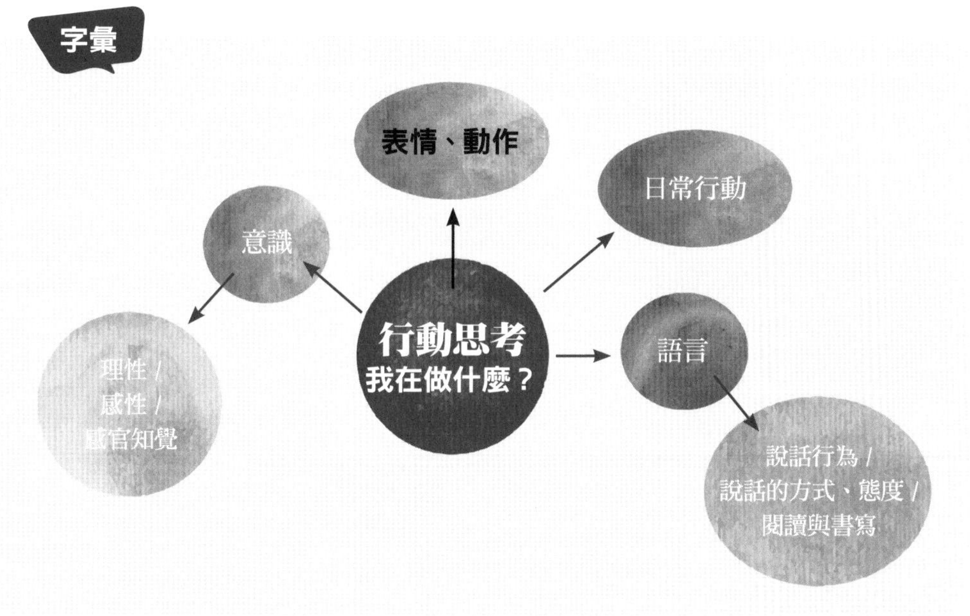

★笑★

- beam [bim] v. 堆滿笑容，眉開眼笑
- belly laugh [ˈbɛlɪ][læf] n. 捧腹大笑
- big smile [bɪg][smaɪl] n. 燦爛的微笑
- cackle [ˈkækl] v. 嘎嘎大笑
- chortle [ˈtʃɔrtl̩] v.（常指幸災樂禍地）哈哈大笑，咯咯地笑
- chuckle [ˈtʃʌkl̩] v. 暗暗地笑
- courtesy laugh [ˈkɝtəsɪ][læf] n. 禮貌性的笑
- forced laugh [forst][læf] n. 強顏歡笑
- giggle [`gɪgl̩] v. 因為感到有趣、窘迫或緊張）咯咯地笑，傻笑
- grin [grɪn] v. 露齒笑；（因痛苦，憤恨等）齜牙咧嘴

字辨

beam 與 grinning

beam：笑容滿面，常是出於幸福之感。

grinning：咧嘴大笑，除了因為感到幸福，也可能是出於惡意或酸度爆表使然。

字辨

chortle 與 guffawing

chortle：因他人的倒楣而咯咯地笑。

guffawing：因他人說的蠢話或做的蠢事而狂笑不已，聲量更勝 chortling。

- gurgle[ˈgɝgḷ] v.（嬰兒）發出咯咯聲地笑
- guffaw [gʌˈfɔ] n. 粗聲大笑 v. 捧腹大笑
- heehaw [ˈhiˌhɔ] v. 縱聲大笑
- hollow laugh [ˈhɑlo][læf] n. 乾笑
- horselaugh [ˈhɔrsˌlæf] n. 哄笑
- jest [dʒɛst] v. 嘲笑
- laugh [læf] v.（出聲地）笑，大笑
- LOL 哈哈大笑（Laugh Out Loud）的網路用語
- ridicule [ˈrɪdɪkjul] v. 取笑
- smile [smaɪl] v. 微笑
- smirk [smɝk] v. 得意地笑
- simper [ˈsɪmpɚ] v. 傻笑
- sneer [snɪr] v., n. 冷笑，嘲笑
- snicker [ˈsnɪkɚ] v., n. 偷笑，竊笑
- taunt [tɔnt] v. 譏笑
- titter [ˈtɪtɚ] v., n. 尷尬偷笑

〔笑的修飾詞〕

- aloud [əˈlaʊd] adv. 出聲地
- bitterly [ˈbɪtɚlɪ] adv. 苦（笑）地
- broadly [ˈbrɔdlɪ] adv. 開朗地
- dryly [ˈdraɪlɪ] adv. 乾（笑）地
- evil [ˈivḷ] a. 壞（笑）的
- faintly [ˈfentlɪ] adv. 微微地
- gummy [ˈgʌmɪ] a. 露牙齦的
- heartily [ˈhɑrtɪlɪ] adv. 開懷地
- knowing [noɪŋ] a. 會心的
- loudly [ˈlaʊdlɪ] adv. 高聲地
- scornfully [ˈskɔrnfəlɪ] adv. 鄙視地
- sinister [ˈsɪnɪstɚ] a. 懷有惡意的
- softly [ˈsɔftlɪ] adv. 輕聲地
- throaty [ˈθrotɪ] a. 嘶啞的
- toothy [ˈtuθɪ] a. 露齒的
- wryly [ˈraɪlɪ] adv. 嫌惡地
- mischievous [ˈmɪstʃɪvəs] a. 淘氣的

★哭★

- blubber [ˈblʌbɚ] v. 泣訴
- crocodile tears [ˈkrɑkəˌdaɪl][tɪrz] n. 假哭

字辨

cry、tear、water 與 weep

cry：「哭」的一般用詞，可結合形容詞或各種表達，泛指哭的種種情境，例如：She cried bitterly.（她哭得很厲害）、I cried my eyes out.（我哭得死去活來）。另也有「大叫」的意思。

tear：用來表示「哭」時，比較常以名詞出現，例如：He's in tears.（他哭了）。但也可以當動詞用，比較常出現為片語 tear up（泛淚），例如：He teared up.（他眼眶泛淚）。

water：有多種意思，做動詞時也可以用來表示「流淚」，泛指因為情緒、切洋蔥、生病等讓眼睛出水的情況，主詞為眼睛，例如：My eyes watered because of allergy.（我的眼睛因為過敏而流淚了）。以嘴巴為主詞時，則表示流口水。

weep：「哭泣」較正式的用語，無聲地流很多淚，通常帶有深刻的感觸或情緒，例如：He wept for his dead mother.（他為死去的母親流淚）。

- cry [kraɪ] v. 哭
- crybaby [ˈkraɪˌbebɪ] n. 愛哭鬼
- howl [haʊl] v. 哭號
- mewl [mjul] v. 低泣
- shed [ʃɛd] v. 流出
- snivel [ˈsnɪvl̩] v. 哭泣流鼻涕
- sob [sɑb] v. 啜泣
- squall [skwɔl] v. 號啕
- tear [tɪr] n. 眼淚 v. 流淚
- tearful [ˈtɪrfəl] a. 淚汪汪的
- wail [wel] v. 慟哭
- water [ˈwɔtɚ] v. 流出眼淚
- weep [wip] v. 流淚
- weepy [ˈwipɪ] a. 哭哭啼啼的
- whimper [ˈhwɪmpɚ] v. 抽噎

〔哭的修飾詞〕

- bitterly [ˈbɪtɚlɪ] adv. 激烈地
- desperately [ˈdɛspərɪtlɪ] adv. 拚命地
- hard [hɑrd] adv. 厲害地
- hysterically [hɪsˈtɛrɪkl̩ɪ] adv. 歇斯底里地
- joyfully [ˈdʒɔɪfəlɪ] adv. 喜悅地
- shrilly [ˈʃrɪlɪ] adv. 尖聲地
- silently [ˈsaɪləntlɪ] adv. 靜靜地
- softly [ˈsɔftlɪ] adv. 輕聲地

★無表情★

- blank [blæŋk] a. 茫然的
- deadpan [ˈdɛdˌpæn] a. 不動聲色的
- emotionless [ɪˈmoʃənlɪs] a. 無感情的
- empty [ˈɛmptɪ] a. 空洞的
- expressionless [ɪkˈsprɛʃənlɪs] a. 面無表情的
- glazed [glezd] a. 呆滯的
- impassive [ɪmˈpæsɪv] a. 無感覺的
- inscrutable [ɪnˈskrutəbl̩] a. 不可測知的
- mysterious [mɪsˈtɪrɪəs] a. 神祕的
- poker-faced [ˈpokɚˈfest] a. 撲克臉的
- stony [ˈstonɪ] a. 不動聲色的；冷酷無情的
- undemonstrative [ˌʌndɪˈmɑnstrətɪv] a. 不露感情的
- unemotional [ˌʌnɪˈmoʃənl̩] a. 缺乏感情的
- unexpressive [ˌʌnɪkˈsprɛsɪv] a. 沒有表情的
- unfathomable [ʌnˈfæðəməbl̩] a.深不可測的
- unreadable [ˌʌnˈridəbl̩] a. 讀不出表情的
- vacant [ˈvekənt] a. 心不在焉的
- wooden [ˈwʊdn̩] a. 僵硬的；呆滯的

★發出聲音★

- boo [bu] n. 噓聲
- cackle [ˈkækl̩] v. 嘎嘎大笑
- call [kɔl] v. 呼叫
- carol [ˈkærəl] v. 唱（耶誕）頌歌
- chant [tʃænt] v. 歌頌
- chirp [tʃɝp] v. 發出短促高亢的聲音
- choke [tʃok] v. 語塞
- chortle [ˈtʃɔrtl̩] v.（常指幸災樂禍地）哈大笑，咯咯地笑
- clamor [ˈklæmɚ] v. 鼓譟
- conjure [ˈkʌndʒɚ] v. 唸咒召喚
- crack [kræk] v. 嗓子變啞

- croon [krun] v. 低聲唱
- gag [gæg] v. 塞住口
- giggle [ˈgɪgl̩] v. 吃吃笑
- groan [gron] v.（因疼痛或不快而）呻吟
- growl [graʊl] v. 咆哮
- grunt [grʌnt] v. 咕噥
- guffaw [gʌˈfɔ] n. 粗聲大笑
- gurgle[ˈgɝgl̩] v.（嬰兒）發出咯咯聲地笑
- intone [ɪnˈton] v. 吟詠
- hail [hel] v. 喝采
- hiss [hɪs] v. 發出噓聲
- howl [haʊl] v. 嚎叫
- hum [hʌm] v. 哼歌
- hymn [ˈhɪm] v. 唱讚美詩
- interrupt [ˌɪntəˈrʌpt] v. 打斷（講話）
- meow [mɪˈaʊ] v. 發喵喵聲
- moan [mon] v.（因疼痛或性愉悅而）呻吟
- muffled [ˈmʌfl̩d] a. 蒙住的
- oops [ups] int. 哎呀！
- pant [pænt] v. 喘氣
- pause [pɔz] v. 停頓
- roar [ror] v. 吼叫
- scream [skrim] v. 尖叫
- shout [ʃaʊt] v. 大叫
- sigh [saɪ] v. 嘆氣
- sing [sɪŋ] v. 唱
- smack [smæk] v. 咂嘴
- snarl [snɑrl] v. 咆哮
- snort [snɔrt] v. 哼鼻子
- squeak [skwik] v. 發出尖銳短促的聲音
- squeal [skwil] v. 發出長而尖銳的叫聲
- uproar [ˈʌpˌror] n. 吵鬧
- vocalize [ˈvokl̩ˌaɪz] v. 用嗓音發聲
- wail [wel] v. 哀號
- wheeze [hwiz] v. 發出氣喘聲
- whistle [ˈhwɪsl̩] v. 吹口哨
- yell [jɛl] v. 放聲大喊
- yelp [jɛlp] v. 短促高聲大叫

〔形容聲音的字彙〕

- aloud [əˈlaʊd] adv. 出聲地
- alto [ˈælto] n. 女低音
- audible [ˈɔdəbl̩] a. 可聽見的
- baritone [ˈbærəˌton] n. 男中音
- brassy [ˈbræsɪ] a. 刺耳的
- clamor [ˈklæmɚ] n. 叫囂聲
- croaky [ˈkrokɪ] a. 低沉沙啞的
- deafening [ˈdɛfn̩ɪŋ] a. 震耳欲聾的
- deep [dip] a. 低沉的
- distinct [dɪˈstɪŋkt] a. 清楚的
- drawn-out [ˈdrɔnˌaʊt] a. 拖長的
- falsetto [fɔlˈsɛto] n.（男）假聲
- flat [ˈflæt] a. 聲調平板的
- gruff [grʌf] a. 粗啞的
- guttural [ˈgʌtərəl] a. 喉音的
- harsh [hɑrʃ] a. 刺耳的
- high-pitched [ˈhaɪˈpɪtʃt] a. 高八度的
- hoarse [hors] a. 嘶啞的
- hubbub [ˈhʌbʌb] n. 叫嚷聲
- hushed [hʌʃt] a. 壓低聲音的
- husky [ˈhʌskɪ] a. 嘶啞的
- indistinct [ˌɪndɪˈstɪŋkt] a. 微弱不清楚的

- jarring [ˋdʒarɪŋ] a. 發出刺耳嘎嘎聲的
- laughingly [ˈlæfɪŋlɪ] adv. 笑著地
- loud [laʊd] a. 大聲的
- mezzo-soprano [ˈmɛtsosəˈpræno] n.女中音
- melodious [məˈlodɪəs] a. 悅耳動聽的
- monotonous [məˈnɑtənəs] a. 無抑揚頓挫的
- muffled [ˈmʌfḷd] a. 聲音被蒙住的
- noisy [ˈnɔɪzɪ] a. 喧鬧的
- orotund [ˈorəˌtʌnd] a. 響亮的
- outcry [ˈaʊtˌkraɪ] n. 呼號
- piercing [ˈpɪrsɪŋ] a. 尖銳刺耳的
- quietly [ˈkwaɪətlɪ] adv. 輕聲地
- raucous [ˈrɔkəs] a. 沙啞的
- resonant [ˈrɛzənənt] a. 宏亮的
- resounding [rɪˈzaʊndɪŋ] a. 回響的
- rough [rʌf] a. 粗糙刺耳的
- shrill [ʃrɪl] a. 尖銳的
- silently [ˈsaɪləntlɪ] adv. 靜靜地
- soft [sɔft] a. 柔聲的
- sonorous [səˈnorəs] a. 聲音洪亮的
- soprano [səˈpræno] n. 女高音
- still [stɪl] a. 靜默的
- strangled [ˈstræŋgḷd] a. 被勒住的
- tenor [ˈtɛnɚ] n. 男高音
- throaty [ˈθrotɪ] a. 喉音的
- toneless [ˈtonlɪs] a. 無音調變化的
- tuneful [ˈtjunfəl] a. 悅耳的
- undertone [ˈʌndɚˌton] n. 小聲
- uproar [ˈʌpˌror] n. 吵鬧
- voiceless [ˈvɔɪslɪs] a. 無聲的
- vociferous [voˈsɪfərəs] a. 喧嚷的

★頭、臉★

- blush [blʌʃ] v.（尷尬或害羞地）臉紅
- deform [dɪˈfɔrm] v.（臉色）變形
- flush [flʌʃ] v.（因憤怒、生病、飲酒等原因而）臉紅
- grimace [grɪˈmes] v.（因疼痛、厭惡等）變臉

字辨

grimace 與 wince

grimace：強調臉部因疼痛或厭惡而眉頭一皺。

wince：強調一瞬間的抽搐動作，通常伴隨著頭部往後縮。

- incline [ɪnˈklaɪn] v. 點頭
- lean [lin] v.（抵住某件物品地）傾著頭
- lower one's head [ˈloɚ][wʌns][hɛd] 低頭
- nod [nɑd] v. 點頭
- pucker [ˈpʌkɚ] v. 皺起臉
- raise one's head 抬頭
- redden [ˈrɛdṇ] v. 臉紅

字辨

pucker 與 wrinkle

pucker：因為情緒或動作而擠出皺紋，例如皺起臉想要哭泣、噘起嘴想要親吻。

wrinkle：因為年紀大而皮膚起皺紋。

- shake [ʃek] v. 搖頭
- tilt [tɪlt] v. 歪頭，撇過頭
- wince [wɪns] v.（因疼痛）抽搐
- wrinkle [ˈrɪŋkḷ] v. 起皺紋

★眉眼★

- behold [bɪˈhold] v. 看、注視
- blink [blɪŋk] v. 眨眼

字辨

blink 與 wink

blink：通常指眼睛的正常反射動作，或是因為眼裡有異物而眨一眨眼。

wink：通常是為了向他人打招呼，或是表達善意、頻送秋波而眨起一隻眼睛。

- close [kloz] v. 閉上
- cross-eyed [ˈkrɔsˈaɪd] adj. 鬥雞眼
- focus [ˈfokəs] v. 聚焦
- gape [gep] v. 目瞪口呆地看
- gawk [gɔk] v. 呆頭呆腦地看
- gaze [gez] v. 凝視
- glance [glæns] v. 瞥見

字辨

close 與 shut

close：通常是較禮貌的說法。

shut：通常是較不禮貌的說法，而且是指緊緊閉上。

字辨

glare 與 scowl

glare：比較集中在眼神的表現，指憤怒地直視他人一段時間。

scowl：除了眼神表現還有眉毛的表現，指皺起眉頭怒視他人。

- glare [glɛr] v. 怒視
- glimpse [glɪmps] v. 瞥見
- glitter [ˈglɪtɚ] v. 閃爍
- look [lʊk] v. 看
- observe [əbˈzɝv] v. 看到
- ogle [ˋogḷ] v. 拋媚眼
- open [ˈopən] v. 張開
- peek [pik] v. 偷看，一瞥
- peep [pip] v. 偷看
- roll [rol] v. 轉動
- scan [skæn] v. 掃視
- scowl [skaʊl] v. 怒視
- scrutinize [ˋskrutn̩ˏaɪz] v. 仔細看

字辨

glitter、sparkle 與 twinkle

glitter：指光線經反射產生出閃光。常用來形容黃金的光芒。

sparkle：亦指光線經反射產生出閃光。常用來形容鑽石的光芒。

twinkle：指光線藉由重複地明滅產生出閃光。常用來形容星星的光芒。

- see [si] v. 看到
- shine [ʃaɪn] v. 發亮
- shut [ʃʌt] v. 閉上
- sidelong [ˈsaɪdˌlɔŋ] adj., adv. 斜眼看的；斜著眼地
- sight [saɪt] v. 看到
- sparkle [ˈspɑrkl̩] v. 閃耀
- spectate [ˈspɛktet] v. 觀看
- spot [spɑt] v. 認出，看見
- squint [skwɪnt] v. 瞇起眼看
- stare [stɛr] v.（出於驚訝、害怕或思考而）盯著
- twinkle [ˈtwɪŋkl̩] v. 閃亮
- view [vju] v. 觀看

字辨

see 與 view

see：較為一般的用語，通常不具檢查或審查的涵義。

view：較為正式的用語，具有檢查或審查的涵義。

字辨

look、see 與 watch

look：出於某種動機而看，例如 Look! The curtain is up.（看！要開演了）。

see：非特意尋找，只是因為出現在眼前而看，例如 I can see because of the light.（因為有光我才可以看見）。

watch：仔細看一段時間，尤其是一直在變化或移動的東西，例如 watch TV。

- wander [ˈwɑndɚ] v. 飄動
- watch [wɑtʃ] v. 注視
- wink [wɪŋk] v. 眨眼
- witness [ˈwɪtnɪs] v. 目擊

★耳★

- listen [ˈlɪsn̩] v. 仔細聽
- hear [hɪr] v. 聽見

字辨

listen 與 hear

listen：指為了聽到他人所說的話而用心聆聽。

hear：指耳朵聽到聲音，無論你有沒有刻意地用心聆聽。

- overhear [ˌovɚˈhɪr] v. 偶然聽到
- eavesdrop [ˈivzˌdrɑp] v. 竊聽
- pierce [pɪrs] v. 穿耳洞

★鼻★

- blow [blo] v. 擤
- rub [rʌb] v. 揉鼻子
- runny [ˈrʌnɪ] a. 流鼻涕的
- sneeze [sniz] v. 打噴嚏
- sniffle [ˈsnɪfl̩] v. 吸鼻涕，鼻塞
- wrinkle [ˈrɪŋkl̩] v. 皺起（鼻子）

〔嗅聞〕

- nose [noz] v. 嗅、聞
- scent [sɛnt] v. 嗅出
- smell [smɛl] v. 聞
- snuff [snʌf] v. 用鼻吸入
- snort [snɔrt] v. 噴出鼻息
- snuffle [ˈsnʌfl̩] v. 抽鼻子，鼻塞

字辨

scent 與 smell

scent：用在動物的動作，指用嗅覺器官聞到什麼味道。用在人類，則是指覺察出什麼或感受到某種預感。

smell：用在人類的動作，指用鼻子聞到什麼味道。

★嘴★

- bite [baɪt] v. 咬
- chew [tʃu] v. 咀嚼
- gnaw [nɔ] v. 啃咬
- grin [grɪn] v. 露齒笑
- masticate [ˈmæstəˌket] v. 咀嚼
- nibble [ˈnɪbl̩] v. 小口咬
- pucker [ˈpʌkɚ] v. 噘嘴
- smile [smaɪl] v.（揚起嘴角）微笑

★呼吸★

- abdominal breathing [æbˈdɑmənl̩][ˈbriðɪŋ] n. 腹式呼吸
- blow [blo] v. 吹氣
- breath [brɛθ] n.氣息
- breathe [brið] v. 呼吸；（游泳）換氣

字辨

breathe 與 respire

breathe：指以肺部吸氣（inhale）和吐氣（exhale）的生理過程。

respire：主要指生物體細胞將氧氣與葡萄糖轉化為能量的化學過程，也可以用來指 breathe 的意思，但不常見，一般都用在生物學、醫學等專門領域。例如：Human beings respire through lungs.（人類以肺呼吸）。

- breathless [ˈbrɛθlɪs] a. 氣喘吁吁的；呼吸停止的
- deep breath [dip][brɛθ] n. 深呼吸
- dyspnea [dɪspˈniə] n.（醫）呼吸困難
- exhale [ɛksˈhel] v. 吐氣

字辨

exhale 與 expire

exhale：指從口或鼻呼出或吐出氣體。相對的用詞是 inhale（吸氣）。

expire：用來指吐氣、呼氣時與 exhale 同義，但較少使用。兩個詞的主要區別在於 expire 另有一個更常用的涵義，即「過期」、「到期」的意思，例如：Your passport has expired.（你的護照已經過期了）。

- expire [ɪkˈspaɪr] v. 吐氣
- gasp [gæsp] v. 倒抽一口氣
- have difficulty breathing [hæv][ˈdɪfəˌkʌltɪ][ˈbriðɪŋ] ph. 呼吸困難
- hold one's breath [hold][wʌns][brɛθ] ph. 屏息、閉氣
- huff [hʌf] v. 重重吹氣
- hyperventilate [haɪpɚˈvɛntlet] v. 換氣過度
- inhale [ɪnˈhel] v. 吸氣
- out of breath [aʊt][ɑv][brɛθ] ph. 上氣不接下氣的
- pant [pænt] v. 喘氣
- puff [pʌf] v. 吹一口氣
- respire [rɪˈspaɪr] v. 呼吸
- shallow breath [ˈʃælo][brɛθ] n. 淺呼吸
- short-breathed [ˈʃɔrt ˈbrɛθt] a. 呼吸急促的
- sigh [saɪ] v. 嘆氣
- snore [snor] v. 打呼
- snort [snɔrt] v. 噴出鼻息
- stifle [ˈstaɪfl̩] v. 悶住
- suffocate [ˈsʌfəˌket] v.（使）窒息
- ventilate [ˌvɛntl̩ˈet] v.（醫）使吸氧
- wheeze [hwiz] v. 哮喘
- yawn [jɔn] v. 打呵欠

★軀幹★

- bed [bɛd] v.（使）睡
- bend [bɛnd] v. 彎腰
- bow [baʊ] v. 鞠躬
- coil [kɔɪl] v. 蜷曲
- convulse [kənˈvʌls] v. 劇烈抖動
- cramp [kræmp] n. 抽筋
- couch [kaʊtʃ] v.（使）躺下
- crouch [ˈkraʊtʃ] v. 蜷縮，蹲伏
- curl [kɝl] v. 捲起
- curve [kɝv] v. 彎曲
- droop [drup] v. 萎靡
- drop [drɑp] v. 臥倒
- ease [iz] v. 舒緩
- fall [fɔl] v. 跌落
- flat [flæt] a. 躺平的
- flip [flɪp] n.（跳水或體操時的）空翻
- flop [flɑp] v. 撲通倒下
- glide [glaɪd] v. 滑行

字辨

glide 與 slide

glide：主要指不費力、無噪音的持續平穩滑行，可以在地面、水下、空中等，通常較 slide 優雅，例如 The ballerinas gracefully glided across the stage.（芭蕾女伶優雅地滑過舞台）。

slide：僅限於在物體表面上持續滑行，例如 He slid down the grass on cardboard.（他坐在紙板上玩滑草）。

- handstand [ˈhændˌstænd] n. 倒立
- incline [ɪnˈklaɪn] v. 屈身；彎腰；點頭
- inflexible [ɪnˈflɛksəbl̩] adj. 缺乏彈性的
- jerk [dʒɝk] v. 猝然一動
- lean [lin] v. 傾身

- lie [laɪ] v. 躺平
- loll [lɑl] v. 懶洋洋地靠
- lounge [laʊndʒ] v. 倚
- lower [ˈloɚ] v. 放低（身體）
- move [muv] v. 移動
- prone [pron] adj. 趴著，俯臥
- prostrate [ˈprɑstret] v., adj. 俯臥，拜倒

字辨

prone、prostrate 與 supine

prone：臉朝下趴著，是 supine 的反義詞。有時帶有脆弱、無助的涵義，例如 The victim was left naked in a prone position.（受害者裸身趴著）。

prostrate：常指臉朝下、雙臂張開地俯臥，尤其是膜拜、行禮等展現順從之時。

supine：臉朝上仰躺，是 prone 的反義詞。

- recline [rɪˈklaɪn] v. 斜倚
- relax [rɪˈlæks] v. 放鬆
- repose [rɪˈpoz] v., n. 躺臥（休息）
- rest [rɛst] v. 休息，倚躺
- rigid [ˈrɪdʒɪd] adj. 僵硬的
- pause [pɔz] v., n. 停頓
- pose [poz] n., v. 姿勢，擺姿勢
- posture [ˈpɑstʃɚ] n. 姿態
- quiver [ˈkwɪvɚ] v.（因激動而）顫抖
- roll [rol] v. 翻滾
- seat [sit] v. 就坐
- seizure [ˈsiʒɚ] n.（病的）發作

字辨

pose 與 posture

pose：為了拍照、素描等特定原因所擺的姿勢或擺姿勢。

posture：人的習慣站姿、坐姿等。

- shake [ʃek] v. 發抖，抖動，搖動
- shudder [ˈʃʌdɚ] v.（因有令人不快的想法或感覺而）戰慄
- sink [sɪŋk] v.（身體）下沉
- sit [sɪt] v. 坐

字辨

seat 與 sit

seat：具有被動意涵，由他人安排就坐。不過，有 seat oneself 的說法，例如 He seats himself on a stool.（他在凳子上坐下）。

sit：具有主動意涵，強調由自己坐下。

- stiff [stɪf] adj. 僵硬的
- slide [slaɪd] v. 滑行
- slip [slɪp] v. 滑倒
- slither [ˈslɪðɚ] v. 蛇行
- slump [slʌmp] v.（重重）倒下
- somersault [ˈsʌmɚˌsɔlt] n. 筋斗
- spasm [ˈspæzm̩] n. 痙攣
- squirm [skwɝm] v. 來回扭動
- stretch [strɛtʃ] v. 伸展
- stoop [stup] v. 彎腰，俯身，駝背

字辨

rigid 與 stiff

rigid：強調原本即是堅硬的，例如 The upper forehead is the rigid part of your body.（前額上方是身體的堅硬處）。

stiff：強調原本可以活動、後來變得僵硬，例如 stiff joints（關節僵硬）。

- supine [ˈsupaɪn] adj. 仰臥
- sway [swe] v. 擺動
- swing [swɪŋ] v. 擺動
- turn [tɝn] v. 轉身
- tremble [ˈtrɛmbḷ] v.（因寒冷、害怕或激動而）發抖
- tremor [ˈtrɛmɚ] n.（因緊張或興奮而）顫抖
- trip [trɪp] v. 跌倒
- tumble [ˈtʌmbḷ] v.（使）滾下

字辨

sway、swing 與 wave

sway：比較慢的擺動，例如 Trees swayed in the breeze.（樹木在微風中擺動）。

swing：特別指從一個定點開始擺動，例如 The car door suddenly swung open.（車門忽然打開）。

wave：有規律地重複擺動，例如 He waved his body back and forth.（他前後擺動身體）。

- twirl [twɝl] v. 旋轉
- twist [twɪst] v. 扭曲
- twitch [twɪtʃ] v. 抽搐
- unbending [ʌnˈbɛndɪŋ] adj. 不易彎曲的
- upside down [ˈʌpˈsaɪd][daʊn] adv., adj. 上下顛倒
- wave [wev] v. 擺動
- whirl [hwɝl] v. 旋轉
- wriggle [rɪgḷ] v. 扭動
- writhe [raɪð] v. 扭動

★手部★

- blow [blo] v. 捶
- carry [ˋkærɪ] v. 提著
- carve [kɑrv] v. 雕刻
- catch [kætʃ] v. 抓，接
- clasp [klæsp] v. 抱緊，握緊
- clean [klin] v. 清潔
- clench [klɛntʃ] v. 緊握

字辨

clench 與 clutch

clench：常是憤怒時的動作，例如生氣時有人會 clench his fists（緊握拳頭）有的人會有 clenched teeth（咬牙切齒）。

clutch：常是焦慮或害怕時的動作，例如吃壞東西鬧肚子時會 clutch the stomach（抓著肚子），有句諺語這麼說：A drowning man will clutch at a straw.（將要溺死的人連一根稻草都會緊緊抓住）。

• clutch [klʌtʃ] v. 緊抓
• collect [kə'lɛkt] v. 收集

字辨

collect 與 gather

collect：指從不同地方將東西收集起來，或是長時間下來將東西收集起來。另外，也用於嗜好如集郵、集幣等。collect 強調從無到有、將東西一一地收集成一個系列。

gather：指從不同地方或不同人身上將東西收集起來，例如收集情報。gather 強調將原本分散的人事物聚集在一起。

• cuddle['kʌdḷ] v. 親暱地摟抱
• curl [kɝl] v. 捲
• cut [kʌt] v. 切
• dig [dɪg] v. 挖掘
• dispense [dɪ'spɛns] v. 分發
• divide [də'vaɪd] v. 分開
• draw [drɔ] v. 畫；拉，拽

字辨

divide 與 split

divide：隱含有「均分」的意思，例如 divide the cake into 4 equal pieces（將蛋糕分成四等分）。

split：強調「一分為二」的分離動作，例如 split the cucumber in half（將小黃瓜剖開成一半）。

字辨

embrace、huddle 與 hug

embrace：常指兩人之間的擁抱。也有樂於接受、採納某事的意思。例如 People nowadays are eager to embrace the latest technologies.（現在的人都非常積極地擁抱最新科技）。

huddle：常指多人簇擁在一起，或是自己因為害怕、寒冷等原因而把身體縮成一團。例如 We all huddled together for warmth.（我們全部依偎在一起取暖）。或 He's so cold that he lay huddled up in bed.（他冷得受不了，整個人窩在床上）。

hug：常指兩人之間的擁抱。相較於 embrace，家人之間較常使用 hug，例如說 go hug your grandma 或 give me a hug。

• embrace [ɪm`bres] v. 擁抱
• extract [ɪk'strækt] v. 取出
• fasten ['fæsn̩] v. 繫緊
• fetch [fɛtʃ] v. 拿來
• fling [flɪŋ] v.（用力）擲
• gather ['gæðɚ] v. 聚集，收拾
• get [gɛt] v. 得到，拿來，取來
• give [gɪv] v. 給
• grab [græb] v. 攫取，搶奪
• grasp [græsp] v. 抓住
• grip [grɪp] v.緊握
• hand over [hænd]['ovɚ] v. 交出
• hit [hɪt] v. 打

字辨

grab 與 grasp

grab：比 take 更具有企圖心，時常表示突然又粗魯的舉動，例如搶匪會 grab the handbag。可以表示對某事物感興趣或因此感到興奮，例如 The novel didn't grab me.（這部小說我沒興趣）。

grasp：強調緊緊抓住，持續時間較 grab 久。例如 The eagle grasped the hunter with its mighty talons.（老鷹以利爪緊緊抓住獵人）。也可以表示明白或理解某事物，例如 I didn't grasp your words.（我不懂你的話）。

- hold [hold] v. 握著，抓著
- huddle [ˈhʌdl̩] v. 依偎
- hug [hʌg] v. 擁抱
- hurl [hɝl] v. 用力扔
- knock [nɑk] v. 敲
- lift [lɪft] v. 抬手

字辨

lift 與 raise

lift：後面要接被抬起的東西。以舉手為例，raise your hand 常指將手高舉過頭，比如在課堂上舉手提問。lift your hand 則是將手稍稍抬離原來位置，比如媽媽要你把放在桌上的手抬起來好讓她擦桌子。

raise：後面要接被舉起的東西，例如 Those in favor please raise your hands.（贊成的人請舉手）。

- mix [mɪks] v. 混合
- pack [pæk] v. 打包，收拾
- pass[pæs] v. 傳遞
- pat [pæt] v. 輕拍

字辨

pat 與 tap

pat：隱含安慰和鼓勵的意思，例如：I patted her on the shoulder.。

tap：I tapped her on the shoulder.，可能表示對方沒有注意到你，你於是輕拍對方肩膀以吸引注意。一般來說，you pat with your full hand and tap with your finger tip(s)（用整隻手 pat，用指尖 tap）。另外，若是觸控螢幕你則可以 tap the screen。

- pick [pɪk] v. 揀選
- pinch [pɪntʃ] v. 捏，擰
- pitch [pɪtʃ] v. 投
- play [ple] v. 彈奏（樂器）；打（球）
- pluck [plʌk] v. 拔
- poke [pok] v. 戳
- polish [ˈpɑlɪʃ] v. 擦亮
- pound [paʊnd] v. 猛擊
- pull [pʊl] v. 拉
- punch [pʌntʃ] v. 拳打
- push [pʊʃ] v. 推
- put [pʊt] v . 放
- raise [rez] v. 舉手

字辨

fling、hurl、pitch、throw 與 toss

fling：強調用力擲，例如 She flung the ring into the trash can angrily.（她氣沖沖地把戒指丟進垃圾桶）。

hurl：同樣強調用力投擲，例如 The protestants hurled stones toward the police.（抗議者朝警方扔石頭）。

pitch：常指如投擲棒球這樣的動作，例如 He could pitch a ball at 150 kilometers per hour.（他的球速可達每小時 150 公里）。投手是 pitcher，先發投手是starting pitcher或說starter。

throw：可以指任何丟擲動作，例如He threw the jacket over the sofa.（他把夾克丟到沙發上）。

toss：使用 toss 時，被丟擲的東西一開始常是向上移動，例如擲硬幣決定時會說 toss the coin，又如觀賞西班牙鬥牛表演時偶爾會看到 The bull tossed the matador up into the air.（公牛把鬥牛士扔向空中）

- receive [rɪˈsiv] v. 接收，接球
- remove [rɪˈmuv] v. 移除
- rub [rʌb] v.（力道較輕地）摩擦
- scatter [ˈskætɚ] v. 撒播
- scratch [skrætʃ] v. 抓，搔
- scrape [skrep] v. 刮
- scrub [skrʌb] v. 擦，搓
- seize [siz] v. 抓，奪
- set [sɛt] v. 放置
- shape [ʃep] v. 塑形

字辨

rub 與 scrub

rub：力氣比較輕的摩擦動作，例如感到睡眼惺忪而 rub your eyes，擦拭面霜可以說 rub the cream on your face。

scrub：力氣比較重的摩擦動作，時常會利用刷子等工具，例如 scrub the floor until it is clean（擦地板直到清潔為止）。

- shelve [ʃɛlv] v. 放在架上
- shove [ʃʌv] v.（惡意、故意地）推擠
- slap [slæp] v. 掌摑
- slice [slaɪs] v. 切（成薄片）
- smack [smæk] v. 打
- smash [smæʃ] v. 打碎
- smear [smɪr] v. 塗抹（黏膩的東西）
- snatch [snætʃ] v. 奪走
- spank [spæŋk] v. 打屁股

字辨

slap、smack 與 spank

slap：經常指掌摑，例如 slap him in the face。

smack：經常指打在臉部以外的頭、手、手臂、屁股或腿上，例如 She never smacks her kids.（她從不打小孩。）

spank：比較是指打屁股，例如 My mom would spank me if I did that.（要是我那麼做我媽準會打我屁股）。

- splash [splæʃ] v.（液體）潑，濺
- split [splɪt] v. 分開
- sprinkle [ˈsprɪŋkḷ] v. 撒，灑
- squeeze [skwiz] v. 擠
- stab [stæb] v. 刺
- stir [stɝ] v. 攪拌
- strike [straɪk] v. 打，擊
- strew [stru] v. 撒滿
- take [tek] v. 拿
- tap[tæp] v. 輕拍
- throw [θro] v. 丟
- thrust [θrʌst] v. 推，刺
- thump [θʌmp] v. 捶擊
- tickle [ˈtɪkḷ] v. 搔癢
- tie [taɪ] v. 繫，綁

字辨

fasten 與 tie

fasten：主要用在繫好釦子、釦環等，將兩端接起的動作。例如繫安全帶可以說 fasten the seatbelt，戴安全帽時要記得 fasten the strap。

tie：主要用在繫好繩索、線、鞋帶、絲帶等，將兩端綁起打結的動作。例如綁好鞋帶可以說 tie up your shoes，綁蝴蝶結可以說 tie a bow。

- toss [tɔs] v. 扔
- touch [tʌtʃ] v. 碰觸
- tuck [tʌk] v. 塞入
- tug [tʌg] v. 拽
- tweak [twik] v. 扭，擰

字辨

tweak 與 twist

tweak：比較是指一時的扭或擰的動作，例如孩子把父母的話當耳邊風時父母會 tweak his ear。

twist：特別指一再重複的扭轉動作，例如 twist her ring around on her finger（一再轉著她手指上的戒指）。形容別人願意任由你擺布，可以說 You've got him twisted around your little finger。將繩子綁緊也可以說 twist the rope tightly。

- twist [twɪst] v. 扭，絞
- wallop [ˈwɑləp] v. 重擊
- wave [wev] v. 揮，搖
- whack [hwæk] v. 猛擊
- whip [hwɪp] v. 抽打
- whittle [ˈhwɪtḷ] v. 削
- wipe [waɪp] v. 擦拭
- write [raɪt] v. 寫

字辨

wallop 與 whack

兩個字都是狀聲詞，都指重擊，例如 He walloped him on the back.（他在他背上狠狠敲了一下）或 His head got whacked.（他的頭遭受重擊）。不過 whack 作為俚語使用有謀殺之意。

★足部★

- advance [ədˈvæns] v. 前進，向前移動
- amble [ˈæmbl̩] v. 漫步
- ascend [əˈsɛnd] v. 往上走，攀登
- chase [tʃes] v. 追
- climb [klaɪm] v. 爬
- clump [klʌmp] v. 沉重地走
- dash [dæʃ] v. 猛衝
- descend [dɪˈsɛnd] v. 走下
- drag [dræg] v. 拖著步伐
- flash [flæʃ] v. 飛馳
- follow [ˈfɑlo] v. 跟蹤，追隨
- gallop [ˈgæləp] v. 疾馳
- hop [hɑp] v. 單腳跳
- jump [dʒʌmp] v. 雙腳跳起（原地跳或跳過一段距離）
- kneel [nil] v. 跪
- leap [lip] v.（遠距離地）跳躍
- march [mɑrtʃ] v.（齊步）前進
- meander [mɪˈændɚ] v. 閒逛

字辨

meander 與 wander

meander：沒有明確方向的閒逛，但通常有一目的地。

wander：既無明確方向，也無目的地的遊蕩。

- pace [pes] v. 踱步
- perambulate [pɚˈæmbjəˌlet] v. 漫步
- plod [plɑd] v. 沉重地走
- plunge [plʌndʒ] v. 投入，跳入
- prance [præns] v. 雀躍
- promenade [ˌprɑməˈned] v. 散步
- pursue [pɚˈsu] v. 追趕，追求
- race [res] v. 賽跑
- ramble [ˈræmbl̩] v. 漫步
- reel [ril] v. 搖晃地走
- rise [raɪz] v. 起身

字辨

rise 與 stand

stand up（站起來）和 all rise（起立）相較，後者比較是正式的命令口吻，起立以對來者表示尊敬或崇拜。

- rove [rov] v. 流浪
- run [rʌn] v. 跑
- rush [rʌʃ] v. 衝
- sashay [sæˈʃe] v. 大搖大擺地走
- saunter [ˈsɔntɚ] v. 閒逛

字辨

dash 與 rush

dash：通常包含奔跑的動作，例如 dash for the train（趕火車）。

rush：不一定是奔跑的動作，例如 rush to finish writing the homework（匆忙寫完功課）。

字辨

climb 與 scramble

climb：「爬」的一般說法。

scramble：強調「爬」的動作極為奮力且手腳並用，但困難重重。

- scramble [ˈskræmbl̩] v.（艱難而快速地）爬
- shamble [ˈʃæmbl̩] v. 蹒跚
- shuffle [ˈʃʌfl] v. 拖著步伐
- skip [skɪp] v. 跳過，掠過
- slog [slɑg] v. 步履維艱
- sprint [sprɪnt] v. 衝刺
- squat [skwɑt] v. 蹲踞，蹲下
- stand [stænd] v. 站
- stagger [ˈstægɚ] v. 跌跌撞撞地走
- stamp [stæmp] v. 跺腳
- stomp [stɑmp] v. 重踩
- step [stɛp] v. 踏
- stray [stre] v. 迷路，走失；走散
- stroll [strol] v. 散步
- stride [straɪd] v. 邁開大步
- strut [strʌt] v. 趾高氣揚地走

字辨

strut 與 swagger

strut：行走時偏向在炫耀外表，如動物求偶。

swagger：行走時偏向在炫耀權勢，如流氓逛大街。

- stumble [ˈstʌmbl] v. 踉蹌
- swagger [ˈswægɚ] v. 大搖大擺地走
- tap [tæp] v. 輕踏
- totter [ˈtɑtɚ] v. 跌跌撞撞地走

字辨

stagger 與 totter

stagger：比較大而不穩的步伐，如醉漢走路。

totter：比較小而不穩的步伐，如嬰兒學步。

- trail [trel] v. 無精打采地走
- traipse [treps] v.（疲憊或無聊地）晃蕩
- tramp [træmp] v. 重步行走
- trample [ˈtræmpl̩] v. 踐踏

字辨

tramp 與 trample

tramp：指重重地踩下步伐，發出聲響。

trample：指重重地踩下步伐，造成傷害或破壞。

- tread [trɛd] v. 踩
- trip [trɪp] v. 絆腳，跌倒
- trudge [trʌdʒ] v. 跋涉
- waddle [ˈwɑdl̩] v. 搖晃地走
- walk [wɔk] v. 走
- wander [ˈwɑndɚ] v. 遊蕩

延伸例句

▸▸▸ Could you please pass me the sugar?
可以把糖罐遞給我嗎？

▸▸▸ He filched some neckties from his brother.
他從哥哥那裡偷了一些領帶。

▸▸▸ Susie waved him off, wishing him a good trip.
蘇西揮手道別，祝他一路順風。

▸▸▸ Jingmei Girls High won another tug-of-war world championship this February.
景美女中今年二月在世界拔河錦標賽中再度奪冠。

▸▸▸ Failing to get admitted in medical school was really a slap in the face to William after years of study.
沒能進入醫學院對多年苦讀的威廉來說，真是一記重重的耳光。

▸▸▸ Should I move to the right if I'm not gonna walk down the escalator?
如果我不打算在手扶梯上用走的，是不是就應該移到右側？

▸▸▸ The priests lay prostrate before the idol to ask for forgiveness.
祭司們在神像前俯拜，請求寬恕。

▸▸▸ It's easy to get sore shoulders and a stiff neck if you sit still at a computer all day.
要是你整天坐在電腦前不動，很容易會有肩膀痠痛和脖子僵硬的問題。

▸▸▸ The singer slipped and slid down the stairs.
那位歌手滑了一跤，滑下了階梯。

▸▸▸ The high jumper's body is very U-shaped; he can curl his body to a remarkable extent.
那位跳高選手可以大幅彎曲他的身體，呈現出 U 型。

▶▶▶ He stepped on my foot without apologizing!
他踩到了我的腳，卻沒有說抱歉！

▶▶▶ Try to squat down to his eye level when talking to him next time.
下次跟他說話時，試著蹲下來平視他的眼睛。

心·得·筆·記

二、行動思考：我在做什麼？／日常行動

情境對話

Chris : It's 3 o'clock now. I really need to get some shuteye.
已經三點了，我真的得去瞇一下。

Brad : You can have a snooze. I'll wake you up when I'm back.
你可以小睡一下，我回來再叫醒你。

Chris : Where are you going? Bathroom?
你要去哪裡？上廁所？

Brad : No, I'm going to grab a bite. I'm famished.
不，我要去吃點東西，我餓壞了。

Chris : Can you get me something to drink?
可以帶點喝的給我嗎？

Brad : Aren't you hungry?
你不餓啊？

Chris : No, my stomach is bloating, and I want to get this done before dawn.
不餓，我的胃發脹，而且我想在天亮前把這做完。

Brad : You sound nasally. Are you feeling okay?
你聽起來有鼻音吔，你還好嗎？

Chris : I'm fine. Just a little stuffy.
我很好，只是有點鼻塞。

Brad : You should take a good rest tomorrow.
明天你應該好好休息。

字彙

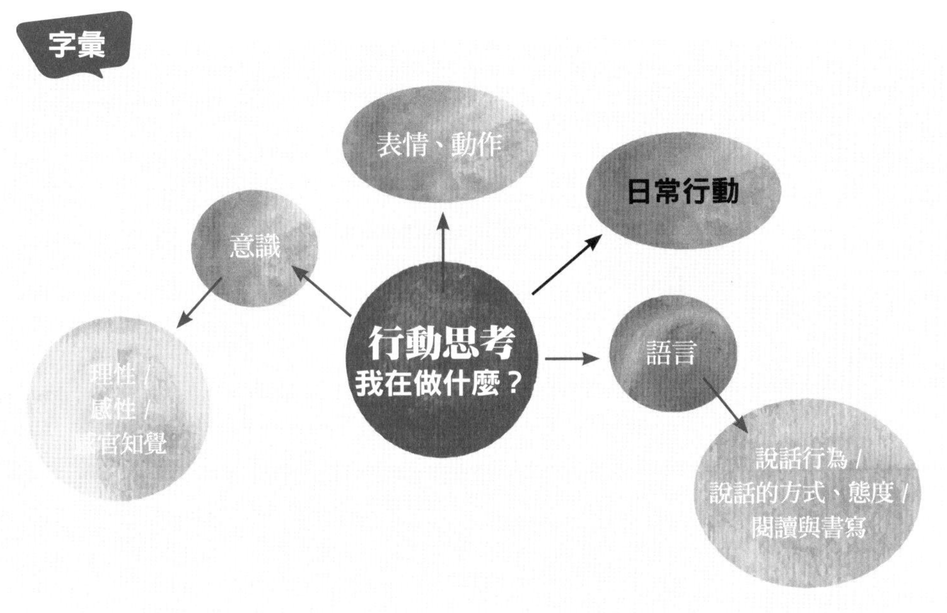

★吃★

- absorb [əbˈsɔrb] v. 吸收
- appetite [ˈæpəˌtaɪt] n. 胃口
- bite [baɪt] v. 咬
- chew [tʃu] v. 咀嚼
- chomp [tʃɑmp] v.（大聲地）咀嚼
- chow down [tʃaʊ][daʊn] v.（美，非正式）吃
- consume [kənˈsjum] v.（大量地）吃或喝
- crunch [krʌntʃ] v. 嘎吱作響地咀嚼
- devour [dɪˈvaʊr] v. 狼吞虎嚥
- eat [it] v. 吃
- gag [gæg] v. 噎住，噎得想吐
- gnaw [nɔ] v. 啃咬
- gobble [ˈgɑbḷ] v. 狼吞虎嚥

字辨

chew 與 gnaw

chew：將食物咬碎、咬軟以便吞下。

gnaw：不停地啃咬，如嬰兒咬玩具、狗啃骨頭。

字辨

devour、gobble、gulp 與 wolf

devour：強調激烈、凶猛地吃，像獅子吃肉一般，一點不剩只留骨頭，而且吃的分量很大。

gobble：強調（幾乎是）一口吞下吃得

很快，暗示其他人因此沒得吃。

gulp：時常指（因為匆忙、驚嚇等）大口喝下湯或飲料，或是大口吸氣。

wolf：強調（幾乎是）沒有咀嚼大口吞下，而且吃的分量很多。兼有 devour 的激烈與分量，以及 gobble 的速度。

- gorge [gɔrdʒ] v. 吃到不能再吃，塞飽
- graze [grez] v. 經常吃零食（代替正餐）
- gulp [gʌlp] v. 大口吃或喝
- have [hæv] v. 吃，喝
- ingest [indʒɛst] v. 攝取
- lick [lɪk] v. 舔
- masticate [ˈmæstəˌket] v. 咀嚼
- mouthful [ˈmaʊθfəl] n. 滿口
- munch [mʌntʃ] v.（大聲地）吃

字辨

crunch 與 munch

crunch：若用於吃東西上，強調的是造成「聲響」，而非「吃」這個動作。

munch：強調「吃」這個動作，特別是伴有聲響。

- nibble [ˈnɪbl̩] v. 小口咬
- nosh [nɑʃ] v.（非正式）吃
- palate [ˈpælɪt] n. 味蕾
- partake [pɑrˈtek] v.（正式）吃，喝
- sample [ˈsæmpl̩] v. 品嚐（食物或飲料）
- savor [ˈsevɚ] v. 細細品嚐

字辨

savor 與 taste

savor：享受食物的美味。

taste：將食物放入口中品嚐味道。

- suck [sʌk] v. 吸，吮，啜
- swallow [ˈswɑlo] v. 吞嚥
- taste [test] v. 品嚐
- vomit [ˈvɑmɪt] v. 嘔吐
- wolf [wʊlf] v. 狼吞虎嚥

★喝★

- consume [kənˈsjum] v.（大量地）吃或喝
- drink [drɪŋk] v. 喝
- glug [glʌg] v. 痛飲，咕嘟咕嘟地喝
- gulp [gʌlp] v. 大口吃或喝
- guzzle [ˈgʌzl̩] v. 狂飲
- imbibe [ɪmˈbaɪb] v. 飲（酒）
- quaff [kwæf] v. 痛飲
- sip [sɪp] v. 啜飲
- slug [slʌg] n. 一口（烈酒）
- slurp [slɝp] v. 咕嚕咕嚕地喝
- swig [swɪg] v. 暢飲

字辨

drink 與 sip

drink：一般的喝的動作。

sip：小口小口地喝。

★餓／飽／渴★

〔餓〕

- famine [ˈfæmɪn] n. 飢荒
- famish [ˈfæmɪʃ] v. 挨餓
- hunger [ˈhʌŋgɚ] n. 飢餓
- malnutrition [ˌmælnjuˈtrɪʃən] n. 營養不良
- peckish [ˈpɛkɪʃ] adj.（口）肚子有點餓的
- ravenous [ˈrævɪnəs] adj. 極餓的
- starve [stɑrv] v. 挨餓（極為飢餓，且快要因此餓死）

字辨

famine 與 hunger

famine：指沒有足夠食物提供給人、因而造成疾病及死亡的極端情況。

hunger：指飢餓的生理反應。

〔飽〕

- burp [bɝp] v. 打嗝、打飽嗝
- fill (yourself) up [fɪl][jʊɚˈsɛlf][ʌp], fill up with [fɪl][ʌp][wɪð], fill up on [fɪl][ʌp][ɑn] v.（使）吃飽，吃撐
- full [fʊl] a. 吃飽喝足的
- overeat [ˈovɚˈit] v. 吃得過多，過飽
- replete [rɪˈplit] a. 飽食的，吃飽的，喝足的
- stuffed [stʌft] a.（非正式）吃飽的，吃撐的

〔渴〕

- gasping [ˈgæspɪŋ] a.（英，口語）非常口渴；很渴望……的
- parched [pɑrtʃt] a.（非正式）焦渴的
- quench [kwɛntʃ] v.（正式）壓制、抑制，quench your thirst 解渴
- slake [slek] v.（文）消解，平息，slake your thirst 解渴
- thirsty [ˈθɝstɪ] a. 口渴的

★睡、休息、醒★

〔睡、休息〕

- bed [bɛd] v.（使）睡
- break [brek] n. 休息
- breather [ˈbriðɚ] n. 短暫休息
- catch some Z's [kætʃ][sʌm][zidz] v.（俚）睡一下
- catnap [ˋkætnæp] n.（口）小睡
- couch [kaʊtʃ] v.（使）躺下
- crash [kræʃ] v.（尤其指臨時決定）在別人家睡覺
- doze off [doz][ɔf] v. 打盹
- flat [flæt] a. 躺平的
- forty winks [ˈfɔrtɪ][wɪŋks] n. 小睡
- get some shuteye [gɛt][sʌm][ˈʃʌtˌaɪ] v. 瞇一下
- grind one's teeth [graɪnd][wʌns][tiθ] v. 磨牙
- half-awake [hæfəˈwek] adj. 半睡半醒的
- heavy sleeper [ˈhɛvɪ][ˈslipɚ] n. 熟睡的人

- hit the hay [hɪt][ðə][he], hit the sack [hɪt][ðə][sæk] v. 上床睡覺
- kick off the blanket [kɪk][ɔf][ðə][ˈblæŋkɪt] v. 踢被
- kip [kɪp] v.（尤其指不在家裡）睡覺
- light sleeper [laɪt][ˈslipɚ] n. 淺眠的人
- lullaby [ˈlʌlə͵baɪ] v. 唱搖籃曲使入睡
- make the bed [mek][ðə][bɛd] v. 整理床鋪
- nap [næp] n. 小睡
- nightmare [ˈnaɪt͵mɛr] n. 惡夢
- nod off [nɑd] [ɔf] v. 打瞌睡
- oversleep [ˈovɚˈslip] v. 睡過頭
- power nap [ˈpaʊɚ][næp] n. 恢復精力的小睡
- recurring dream [rɪˈkɝɪŋ][drim] n. 反覆出現的夢
- repose [rɪˈpoz] v., n.（躺臥著）休息
- respite [ˈrɛspɪt] n. 暫時休息
- rest [rɛst] v., n. 休息
- siesta [sɪˈɛstə] n. 午睡

字辨

nap 與 siesta

nap：白日時的小睡片刻，不限於午飯後。

siesta：午飯後的小睡片刻。

- sleep [slip] v., n. 睡覺
- sleep in [slip] [ɪn] v. 多睡一會兒
- sleep like a log [slip][laɪk][ə][lɔg] v. 睡得很沉

字辨

oversleep 與 sleep in

oversleep：偏向指睡得太熟因而晚起，造成遲到。

sleep in：偏向指刻意晚起，想要多睡一點的情況。

- sleep talking [slip][ˈtɔkɪŋ] n. 說夢話
- sleepwalking [ˈslip͵wɔkɪŋ] n. 夢遊
- slumber [ˈslʌmbɚ] n., v. 睡覺

字辨

sleep 與 slumber

sleep：一般的睡覺。

slumber：有時候指淺睡或打瞌睡，或是指一段時間的靜止狀態。

- snooze [snuz] v. 打盹
- snore [snor] v. 打呼
- take a break [tek][ə][brek] v. 休息，小憩
- take a rest [tek][ə][rɛst] v. 休息

字辨

doze off 與 snooze

doze off：偏向指不經意地睡著，持續時間短。

snooze：偏向指刻意地入睡，持續時間可長可短。

字辨

take a break 與 take a rest

take a break：暫停正在做的事，去吃點什麼，或去做另一件較不費力、或是讓人放鬆的事。

take a rest：暫停正在做的事，去坐著休息或小睡片刻。

- tuck sb. in [tʌk][ɪn] v. 蓋好被子
- wet the bed [wɛt][ðə][bɛd] v. 尿床

〔醒來、醒著〕

- get up [gɛt][ʌp] v. 起床
- insomnia [ɪnˈsɑmnɪə] n. 失眠
- make the bed [mek][ðə][bɛd] v. 整理床鋪

字辨

get up 與 wake up

get up：指醒來後離開床鋪。

wake up：指從睡眠中醒來而不再睡。

字辨

insomnia 與 sleeplessness

insomnia：指長期無法入睡或難以維持睡眠的症狀。

sleeplessness：指暫時地因為內在或外在因素（如親人晚歸、電視機音量過大）而睡不著。

- sleepless [ˈsliplɪs] adj. 夜不能眠的，失眠的
- toss and turn [tɔs][ænd][tɝn] v. 輾轉反側
- wake up [wek][ʌp] v. 醒來

★排泄★

- defecate [ˈdɛfəˌket] v. 排便
- go number one [go][ˈnʌmbɚ][[wʌn] v. 上一號
- go number two [go][ˈnʌmbɚ][tu] v. 上大號
- go to the toilet [go][tu][ðə][ˈtɔɪlɪt] v. 去廁所
- have a bowel movement [hæv][ə][ˈbaʊəl][ˈmuvmənt] v. 排便
- loose bowels [lus][bolz] n. 拉肚子
- make water [mek][ˈwɔtɚ] v. 小便
- nature calls [ˈnetʃɚ][kɔlz], answer the call of nature [ˋænsɚ][ðə][kɔl][ɑv][ˈnetʃɚ] 要上廁所
- need a bathroom break [nid][ə][ˈbæθˌrum][brek] v. 想上廁所

字辨

nature calls、answer the call of nature 與 relieve oneself

上廁所的較文雅用法，做描述之用，講述過去發生的事件經過，不能當下用來表示「我想上洗手間」。

社交場合想上廁所時可以較委婉地說：**Excuse me, I'll be right back.** 字面上看來是「暫離速回」，其實類似中文說「我去洗個手」的意思。

- pee [pi] v. 尿尿
- piss [pɪs] n., v.（粗俗）尿
- poo [pu] n. 大便（英式用語）
- poop [pup] v., n. 大便
- relieve oneself [rɪˈliv][wʌnˈsɛlf] v. 小解
- shit [ʃɪt] n.（粗俗）屎
- stool [stul] n. 糞便
- take a crap [tek][ə][kræp] v. 拉屎
- take a dump [tek][ə][dʌmp] v. 排便
- take a leak [tek][ə][lik] v. 撒尿
- urinate [ˈjʊrəˌnet] v. 排尿
- use the bathroom [juz][ðə][ˈbæθˌrum] v. 去洗手間

〔相關症狀〕

- abdominal bloating [æbˈdɑmənḷ][ˈblotɪŋ] n. 脹氣
- constipated [ˈkɑnstəˌpetɪd] adj. 便祕的
- diarrhea [ˌdaɪəˋriə] n. 腹瀉
- get the runs [gɛt][ðə][rʌnz] v. 拉肚子
- hygiene [ˈhaɪdʒin] n. 衛生

★身體自然反應★

- belch [bɛltʃ] v. 打嗝
- blink [blɪŋk] v. 眨眼
- blush [blʌʃ] v. 臉紅
- break wind [brek][wɪnd] v. 放屁
- breathe [brið] v. 呼吸
- burp [bɝp] n., v. 打嗝
- convulsion [kənˈvʌlʃən] n. 抽搐
- cough [kɔf] n., v. 咳嗽
- digest [daɪˈdʒɛst] v. 消化
- escape [əˈskep] v. 逃跑
- fart [fɑrt] v. 放屁
- gape [gep] v. 打呵欠
- heartbeat [ˈhɑrtˌbit] n. 心跳
- knee jerk [ni][dʒɝk] n. 膝躍反射
- pulse [pʌls] n. 脈搏
- quiver [ˈkwɪvɚ] v.（細微而迅速地）顫抖
- reflex [ˈriflɛks] n.（生理）反射
- run [rʌn] v. 流鼻水
- shake [ʃek] v.（通用）發抖
- shiver [ˈʃɪvɚ] v.（因為冷而）發抖
- shudder [ˈʃʌdɚ] v.（因為恐懼或厭惡而）戰慄
- sneeze [sniz] v. 打噴嚏
- sniffle [ˈsnɪfḷ] v. 鼻塞，抽鼻子
- snore [snor] v. 打呼
- snuffle [ˈsnʌfḷ] v. 鼻塞，抽鼻子
- startle [ˈstɑrtḷ] v. 嚇一跳
- stuffed up [stʌft][ʌp] adj. 鼻塞
- sweat [swɛt] v. 流汗
- tic [tɪk] n.（臉部）抽搐
- tremble [ˈtrɛmbḷ] v.（因為害怕而）發抖
- wink [wɪŋk] v. 眨眼（使眼色）
- withdraw [wɪðˈdrɔ] v. 縮回
- yawn [jɔn] v. 打呵欠

延伸例句

▸▸▸ Take a rest now. Your work will still be there though you keep working.
現在就休息一下吧。就算你一直做下去，工作也還是在那兒。

▸▸▸ He always stays up late and has to drag himself out of bed every day.
他老是晚睡，每天都得拖著自己起床。

▸▸▸ I always blush deeply when I speak in front of the class.
對著班上講話時，我總是滿臉通紅。

▸▸▸ Are you gonna eat up all the pizza and the chicken drumsticks?
你打算吃完全部的披薩和雞腿嗎？

▸▸▸ I wake up with a running nose and sneezing these days.
這陣子起床時我總會流鼻水和打噴嚏。

▸▸▸ The cold or flu often starts with a sneeze or a sniffle.
感冒或流感時常是從打噴嚏或鼻塞開始。

▸▸▸ Loud snores are a symptom of sleep apnea.
大聲打呼是睡眠呼吸中止症的症狀之一。

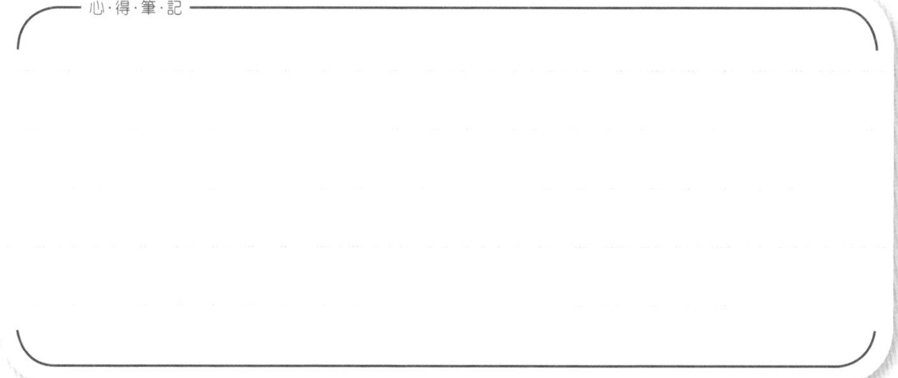

三、行動思考：我在做什麼？／語言

情境對話

Fitzgerald : I wish that I had a more succinct writing style like yours.
我希望我的寫作風格像你那麼簡潔。

Hemingway : Are you kidding? I think my descriptions are a bit too sketchy.
你在說笑嗎？我想我的描述有點太粗略了。

Fitzgerald : Not at all. They are laconic but informative.
一點也不會，很簡潔又有教育意義啊。

Hemingway : I would rather it be as sophisticated and eloquent as Margot.
我寧可我的風格像瑪格那麼精緻、表現力強。

Fitzgerald : Indeed, she has the talent of a storyteller.
真的，她很有說書人的本領。

Hemingway : What amazing is that she speaks like she writes.
她的口才就和文筆一樣好，這才驚人。

Fitzgerald : I see what you mean. She always gives specific and vivid details.
我懂你的意思。她總是能講得具體生動，活靈活現。

Hemingway : Do you know she debates on behalf of our school?
妳知道她代表我們學校參加辯論賽嗎？

Fitzgerald : Really? No wonder she is used to long and complex sentences.
真的嗎？難怪她很習慣用複雜的長句子。

Hemingway : She must have read a lot too.
她一定也博覽群書。

字彙

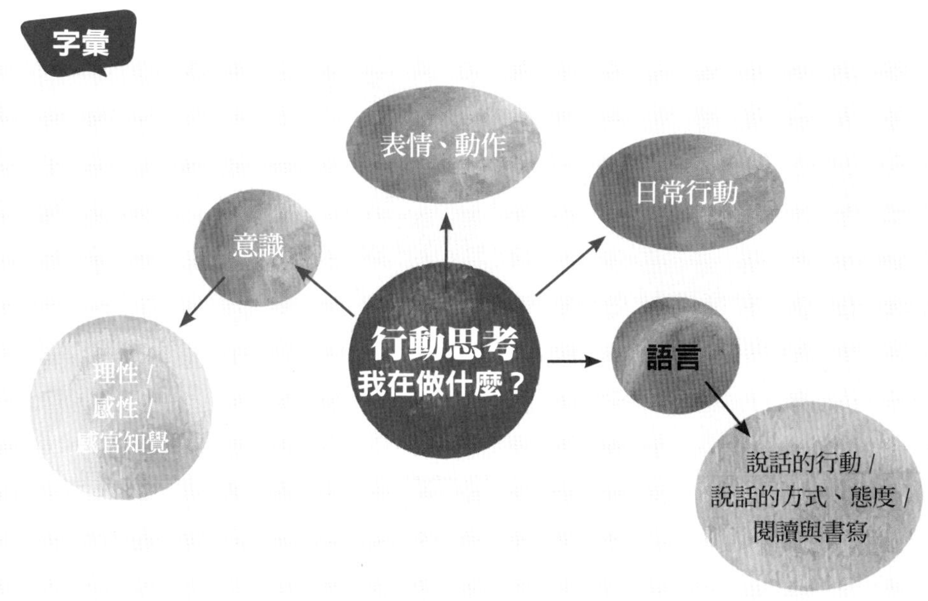

★說話的行動★

〔自言自語，碎唸〕

- monologue [ˈmɑnl̩ˌɔg] n.（一個人的）滔滔不絕的話，長篇大論
- mumble [ˈmʌmbl̩] v. 喃喃地說
- mutter [ˈmʌtɚ] v. 嘀咕
- murmur [ˈmɝmɚ] v. 低聲抱怨
- rumble [ˈrʌmbl̩] v. 用低沉的聲音說
- whisper [ˈhwɪspɚ] v. 耳語

〔與人對話〕

＝一般對談＝

- add [æd] v. 補充說
- blurt [blɝt] v. 脫口說出
- chat [tʃæt] v. 聊天
- communicate [kəˈmjunəˌket] v. 溝通
- consult [kənˈsʌlt] v. 請教
- continue [kənˈtɪnjʊ] v. 繼續說
- converse [kənˈvɝs] v. 交談
- convey [kənˈve] v.傳達
- dialogue [ˈdaɪəˌlɔg] n. 對話
- dictate [ˈdɪktet] v. 口授
- enjoin [ɪnˈdʒɔɪn] v. 吩咐
- exchange [ɪksˈtʃendʒ] v. 交流
- forecast [ˈforˌkæst] v. 預測
- inform [ɪnˈfɔrm] v. 告知
- intercede [ˌɪntɚˈsid] v. 說情
- interject [ˌɪntɚˈdʒɛkt] v. 插話
- interlocution [ˌɪntɚləˈkjuʃən] n. 交談

字辨

interject 與 interpose

interject：突兀、猛地插嘴或發話，例如："Hold it!" he interjected.（「等一下！」他突然插話）。

interpose：指插話、以身體介入，或是以某種方式干涉事情的進行，例如：He interposed in the discussion.（他在討論中插話）。

- interpose [ˌɪntɚˈpoz] v. 插嘴
- interrupt [ˌɪntəˈrʌpt] v. 打斷（講話）
- introduce [ˌɪntrəˈdjus] v. 介紹
- mention [ˈmɛnʃən] v. 提及
- mouth [maʊθ] v. 不出聲地說
- narrate [næˈret] v. 講故事
- paraphrase [ˈpærəˌfrez] v. 釋義
- read [rid] v. 唸
- recite [riˈsaɪt] v. 背（課文），朗誦
- refer [rɪˈfɝ] v. 提及
- remark [rɪˈmɑrk] v. 談到
- represent [ˌrɛprɪˈzɛnt] v. 陳述
- say [se] v. 說
- smile [smaɪl] v. 微笑著說
- speak [spik] v. 說；談；演說
- stammer [ˈstæmɚ] v. 結巴
- storytelling [ˈstorɪˌtɛlɪŋ] n. 說故事
- stutter [ˈstʌtɚ] v. 結巴
- talk [tɔk] v. 講話；說閒話
- tongue [tʌŋ] n. 語言
- utter [ˈʌtɚ] v. 發聲；說

字辨

say、speak 與 talk

say：表示某人說了某句話時的用詞，例如：He said he will call me back tomorrow.（他說明天他會回電話給我），It's said that practice makes perfect.（據說勤能補拙）。

speak：依據不同場合和介系詞，可表示說、談話、演說、發言等多種意思，為比較正式的用詞，例如：speak up（站出來說話），She speaks Chinese.（她說中文），My teacher spoke to my mother yesterday.（老師昨天跟我媽談過）。

talk：和 speak 同樣可表示談話，但 talk 通常表示談話的雙方比較熟，例如：I need to talk to you.（我得和你談談）。此外，連接不同介系詞時，talk 也有講話、說到、說閒話等各種意思，例如：We talked long hours into the night.（我們講話講了好幾個小時，直到夜深）。

字辨

stammer 與 stutter

stammer：可以指出於不可控制的原因而口吃，或是因為一時語塞、尷尬而結巴或囁嚅，例如：He stammered when he proposed to her.（他向她求婚時結巴了起來）。

stutter：由於不可控制的生心理因素而口吃，例如：She stuttered as a child.（她小時候口吃）。

- verbalize [ˈvɝbəˌlaɪz] v. 以言詞表述
- vernacular [vɚˈnækjəlɚ] n. 本國語；日常語
- whisper [ˈhwɪspɚ] v. 耳語

═ 說好話：讚美，祝賀，推薦 ═

- acclaim [əˈklem] v. 喝采
- aphorism [ˈæfəˌrɪzəm] n. 箴言
- bless [blɛs] v. 祝福
- compliment [ˈkɑmpləmənt] v. 恭維
- congratulate [kənˈgrætʃəˌlet] v. 祝賀
- commend [kəˈmɛnd] v. 讚揚
- encourage [ɪnˈkɝɪdʒ] v. 鼓勵
- eulogize [ˈjuləˌdʒaɪz] v. 頌揚
- extol [ɪkˈstol] v. 讚頌

字辨

commend、extol與praise

commend：指讚揚或推崇某人的成就或貢獻，通常用於公開場合，也可以直接說I commend you for...（我推崇你……），為較正式的用詞，例如：The company is commended for its innovation in technology.（那間公司因為其科技新意而獲得讚揚）。

extol：同樣為較正式的用詞，指當衆稱頌某人的成就或表現，例如：She is extolled for her benevolence.（她的慈悲深受讚揚）。

praise：在平常場合表示讚美的一般用詞，例如：The teacher praised him for his diligence.（老師稱讚他很勤奮）。

字辨

aphorism、maxim、proverb與saying

aphorism：以精簡詞語表達人生智慧的箴言，通常來自名家名人，比如柏拉圖的話：Necessity is the mother of invention（需要是發明的動力）。

maxim：給予個人啓發的金玉良言，未必有道德含意。

proverb：表達人生智慧或詼諧觀察的諺語，來源通常不可考，例如：Beauty is in the eye of the beholder.（情人眼裡出西施）。

saying：廣為流傳的俗話，可能有也可能沒有可辨識的來源，例如：As the saying goes, why put off till tomorrow what you can do today?（就像俗話說的，何不今日事今日畢）。

- flatter [ˈflætɚ] v. 奉承
- mantra [ˈmʌntrə] n. 真言
- maxim [ˈmæksɪm] n. 金玉良言
- motto [ˈmɑto] n. 座右銘
- praise [prez] v. 稱讚
- prompt [prɑmpt] v. 激勵
- recommend [ˌrɛkəˈmɛnd] v. 推薦

═ 說壞話：誹謗，威脅，責罵，羞辱 ═

- backbite [ˈbækˌbaɪt] v. 背後說壞話
- bad-mouth [ˈbædˌmaʊθ] v. 口出惡言
- berate [bɪˈret] v. 責罵

- blame [blem] v. 責怪
- blaspheme [blæsˈfim] v. 褻瀆
- blast [blæst] v. 猛烈批評
- castigate [ˈkæstəˌget] v. 嚴詞批評
- chide [tʃaɪd] v. 訓斥
- condemn [kənˈdɛm] v. 譴責
- curse [kɝs] v. 詛咒
- damn [dæm] v. 咒罵
- decry [dɪˈkraɪ] v. 非難
- denounce [dɪˈnaʊns] v. 公開抨擊

字辨

condemn 與 decry

condemn：「譴責」的一般用詞，另也有判罪的意思，例如：He is condemned to detention.（他被判拘留）。

decry：指公開表示譴責，但比 condemn 少用，例如：The brand e was decried as racist.（人們譴責那個品牌有種族歧視）。

字辨

curse 與 damn

curse：詛咒、咒罵，可以直接用來表示詛咒對方，例如：I curse you!（我詛咒你）。

dame：指詛咒時通常以被動式表示，例如：I'm damned.（我被詛咒了）直接向對方表示詛咒時，通常表示為：(God) damn you!（你該死）。

- fulminate [ˈfʌlməˌnet] v. 大聲斥責
- humiliate [hjuˈmɪlɪˌet] v. 羞辱
- insult [ɪnˈsʌlt] v. 侮辱
- intimidate [ɪnˈtɪməˌdet] v. 威嚇
- malign [məˈlaɪn] v. 誹謗
- menace [ˈmɛnɪs] v. 威脅
- obloquy [ˈɑbləkwɪ] n. 公開辱罵
- rap [ræp] v. 厲聲說
- rebuke [rɪˈbjuk] v. 斥責
- reprimand [ˈrɛprəˌmænd] v. 嚴責
- reproach [rɪˈprotʃ] v. 責備
- revile [rɪˈvaɪl] v. 謾罵
- scold [skold] v. 罵
- slander [ˈslændɚ] v. 造謠中傷
- snark [snɑrk] v. 毒舌
- swear word [swɛr][wɝd] n. 髒話

字辨

intimidate、menace 與 threaten

intimate：有意做出針對性的威嚇，例如：He intimidated her by saying that he will kill her family.（他恫嚇她說要殺掉她的家人）。或是以強大、凶惡或優越的姿態嚇到對方，但並未進行有針對性的威嚇，例如：His presence intimidated me.（他的在場令我害怕）。

threaten：可以指有意的恐嚇，例如：He threatened to take my child away.（他威脅說要帶走我的孩子）。也可以指無意中造成威脅，例如：He popularity threatened their status.（她大受歡迎，威脅到了他們的地位）。

- threaten [ˈθrɛtn̩] v. 恐嚇
- traduce [trəˈdjus] v. 誹謗
- upbraid [ʌpˈbred] v. 訓斥

═ 大聲說 ═

- howl [haʊl] v. 吼叫著說，怒吼
- rant [rænt] v. 大聲叫嚷著說
- scream [skrim] v. 尖叫著說
- shout [ʃaʊt] v. 大叫著說
- shriek [ʃrik] v. 尖叫著說
- snarl [snarl̩] v. 咆哮
- yell [jɛl] v. 放聲大喊著說

字辨

howl、shout 與 yell

howl：原指動物如狼的嗥叫，引申指人因為強烈的情緒而發出長聲嚎叫，例如：He howled in pain.（他痛得大叫）。

shout：指大叫或大叫著說，未必含有任何情緒成分，例如："What?" she shouted from her room.（「什麼？」她從房裡大聲問）。

yell：通常指為了引起注意而放聲大喊，用法和 shout 接近，shout at 和 yell at 都表示對某人生氣地大吼。

═ 吵架爭辯 ═

- argue [ˈargjʊ] v. 吵架，爭論
- bluster [ˈblʌstɚ] v. 咆哮，氣勢洶洶地說話
- debate [dɪˈbet] v. 辯論，爭論
- dispute [dɪˈspjut] v. 爭論，爭執
- hassle [ˈhæsl̩] v.（口）起口角
- outtalk [aʊtˈtɔk] v. 講贏
- quarrel [ˋkwɔrəl] v., n.（家人、朋友、關係好的熟人之間因一些小事）爭吵，不和

字辨

argue、debate 與 dispute

argue：指以論理的方式進行辯論或維護自身主張的意思，通常暗示有持不同意見的另一方，例如：He argued that it is crucial for us to take action.（他爭論說，我們採取行動很要緊）。

debate：指針對一個主題進行辯論，或是進行公開的辯論比賽，比 argue 更明顯表示有對立的另一方，例如：She debated the topic of artificial intelligence.（她就人工智慧的主題進行辯論）。

dispute：指針對一個主題彼此激烈爭論，例如：They disputed over politics.（他們激烈辯論政治議題）。

═ 表達個人意見 ═

- comment [ˈkamɛnt] v. 評論
- contend [kənˈtɛnd] v. 主張
- express [ɪkˈsprɛs] v. 表達
- evince [ɪˈvɪns] v. 表明
- instill [ɪnˈstɪl] v. 灌輸
- instruct [ɪnˈstrʌkt] v. 指導
- opine [oˈpaɪn] v. 發表意見

- protest [prəˈtɛst] v. 抗議
- represent [ˌrɛprɪˈzɛnt] v. 陳述

== 透露 ==

- avow [əˈvaʊ] v. 招認
- blab [blæb] v. 洩露（祕密）
- confess [kənˈfɛs] v. 告白
- confide [kənˈfaɪd] v. 吐露（祕密）
- disclose [dɪsˈkloz] v. 透露
- divulge [dəˈvʌldʒ] v. 洩露
- hint [hɪnt] v. 暗示
- imply [ɪmˈplaɪ] v. 暗示
- intimate [ˈɪntəmet] v. 暗示
- slip [slɪp] v. 說溜嘴
- reveal [rɪˈvil] v. 透露
- tattle [ˈtætl̩] v.（在閒談中）洩露（祕密）

== 重複說 ==

- echo [ˈɛko] v. 重複（他人的話）
- parrot [ˈpærət] v.（如鸚鵡般）學舌
- rephrase [riˈfrez] v. 改變措辭重述
- reiterate [riˈɪtəˌret] v. 重申
- repeat [rɪˈpit] v. 複述
- recapitulate [ˌrikəˈpɪtʃəˌlet] v. 扼要重述
- resume [rɪˈzjum] v. 再繼續說
- restate [riˈstet] v. 再聲明
- retell [riˈtɛl] v. 再講，重述
- tell [tɛl] v. 告訴

== 勸告，建議，警示 ==

- admonish [ədˈmɑnɪʃ] v. 告誡
- advise [ədˈvaɪz] v. 忠告
- caution [ˈkɔʃən] v. 告誡
- convince [kənˈvɪns] v. 說服
- dissuade [dɪˈswed] v. 勸阻
- exhort [ɪgˈzɔrt] v. 敦促
- forewarn [forˈwɔrn] v. 預先警告
- hint [hɪnt] v. 暗示
- imply [ɪmˈplaɪ] v. 暗示
- incite [ɪnˈsaɪt] v. 煽動
- instigate [ˈɪnstəˌget] v. 教唆
- intercede [ˌɪntɚˈsid] v. 說情
- intimate [ˈɪntəmɪt] v. 暗示
- persuade [pɚˈswed] v. 說服
- propose [prəˈpoz] v. 提議
- recommend [ˌrɛkəˈmɛnd] v. 推薦
- remind [rɪˈmaɪnd] v. 提醒
- suggest [səˈdʒɛst] v. 建議
- warn [wɔrn] v. 警告

= 祈使、請求 =

- adjure [əˈdʒʊr] v. 懇請
- appeal [əˈpil] v. 訴求
- ask [æsk] v. 要求
- beg [bɛg] v. 乞求
- beseech [bɪˈsitʃ] v. 懇求
- demand [dɪˈmænd] v. 需求
- entreat [ɪnˈtrit] v. 懇求
- implore [ɪmˈplor] v. 哀求

- importune [ˌɪmpɚˈtjun] v. 強求
- invoke [ɪnˈvok] v. 祈求
- plea [pli] n.（法）答辯
- plead [plid] v.（法）答辯；懇求
- pray [pre] v. 祈禱
- request [rɪˈkwɛst] v. 請求
- solicit [səˈlɪsɪt] v. 懇求
- supplicate [ˈsʌplɪˌket] v. 祈願

字辨

beseech、entreat、implore、plead 與 solicit

beseech：熱切地懇求，是比較正式的用詞。

entreat：鄭重地說服並請求，也是較正式的用詞。

implore：表現出強烈情感的懇求，例如：He implored her not to go to the police.（他懇求她不要報警）。

plead：做出激動而緊急的懇求，例如：He pleaded for his life.（他求人饒命）。另一個經常使用的意思是法庭上的答辯、辯稱，例如：He pleaded not guilty to the criminal charges.（他對那些刑案指控不認罪）。

solicit：認真地請求或勸說，例如：He solicited our votes.（他向我們拉票）。

＝ 感嘆 ＝

- bemoan [bɪˈmon] v. 悲嘆；惋惜
- bewail [bɪˈwel] v. 悲嘆
- deplore [dɪˈplor] v. 痛惜
- grieve [griv] v. 悲傷哀悼
- lament [ləˈmɛnt] v. 悲嘆
- mourn [morn] v. 哀悼
- sigh [saɪ] v. 嘆息
- suspire [səˈspaɪr] v. 長嘆

字辨

bemoan、bewail、lament 與 mourn

bemoan：以呻吟、嗚咽（moan）等方式表現哀傷或失望。

bewail：以哭泣、哀號（wail）等方式表現哀傷或失望。

lament：出聲悲嘆失去的人事物或未做到的事，經常帶有懊悔或怨氣。例如：He lamented on the hardships of his life.（他哀嘆自己人生中的種種困境）。

mourn：傷心地哀悼失去的人事物，特別是某人的死亡，未必有明顯的情緒表達。例如：They mourned her death by playing her favorite song.（他們播放她最愛的歌，來哀悼她的逝世）。

＝ 承諾、誓言 ＝

- forswear [fɔrˈswɛr] v. 發誓棄絕
- oath [oθ] n. 誓言
- perjure [ˈpɝdʒɚ] v. 發假誓（謊話）
- promise [ˈpramɪs] v.承諾

- swear [swɛr] v. 發誓
- vow [vaʊ] v. 發誓

字辨

swear 與 vow

swear：「發誓」的一般用語，例如：I swear I'll make it up to you.（我發誓我會補償你）。

vow：「發誓」較正式的用語，通常伴隨一套承諾遵守的規定，例如：I vow to never drink alcohol again.（我發誓不再碰酒精）。

— 誇大 —

- boast [bost] v. 自誇
- brag [bræg] v. 吹牛
- crow [kro] v. 自鳴得意
- exaggerate [ɪgˈzædʒəˌret] v. 誇大
- overstate [ˈovɚˈstet] v. 過分強調

— 解釋、闡述 —

- commentate [ˈkɑmənˌtet] v. 解說（展品等）
- conclude [kənˈklud] v. 下結論
- define [dɪˈfaɪn] v. 下定義
- describe [dɪˈskraɪb] v. 描述
- detail [ˈditel] v. 詳細說明
- expatiate [ɛkˈspeʃɪˌet] v. 詳述
- explain [ɪkˈsplen] v. 解釋
- explicate [ˈɛksplɪˌket] v. 闡述
- formulate [ˈfɔrmjəˌlet] v. 系統闡述
- harangue [həˈræŋ] v. 高談闊論
- interpret [ɪnˈtɝprɪt] v. 詮釋
- paraphrase [ˈpærəˌfrez] v. 釋義
- recapitulate [ˌrikəˈpɪtʃəˌlet] v. 扼要重述
- recount [ˌriˈkaʊnt] v. 詳述
- relate [rɪˈlet] v. 敘述
- summarize [ˈsʌməˌraɪz] v. 總結

— 欺騙，說謊，胡說 —

- bullshit [ˈbʊlˌʃɪt] n.（口）胡說
- cajole [kəˈdʒol] v. 誘騙
- coax [koks] v. 哄誘
- deceive [dɪˈsiv] v. 欺騙
- digress [daɪˈgrɛs] v. 離題
- doublespeak [ˈdʌbl̩ˌspik] n. 模稜兩可的欺人之話
- double-talk [ˈdʌbl̩ˌtɔk] v. 含糊其詞
- equivocate [ɪˈkwɪvəˌket] v. 說模稜兩可的話
- gibberish [ˈdʒɪbərɪʃ] n. 胡言亂語
- lie [laɪ] v. 說謊
- lingo [ˈlɪŋgo] n. 古怪難懂的話
- misinform [ˌmɪsɪnˈfɔrm] v. 誤傳
- misrepresent [ˌmɪsrɛprɪˈzɛnt] v. 謊報
- mumbo jumbo [ˌmʌmbo ˈdʒʌmbo] n. 莫名其妙的話
- nonsense [ˈnɑnsɛns] n. 胡說
- perjure [ˈpɝdʒɚ] v. 發假誓
- prattle [ˈprætl̩] v. 瞎扯
- pretext [ˈpritɛkst] n. 推託之辭
- rave [rev] v. 語無倫次地說
- rubbish [ˈrʌbɪʃ] n. 廢話

- rumor [ˈrumɚ] v. 謠傳
- story [ˈstorɪ] n. 假話
- sweet-talk [ˈswitˌtɔk] v. 甜言蜜語，奉承巴結
- twaddle [ˈtwɑdl̩] v. 講廢話
- wheedle [ˈhwidl̩] v. 哄騙

— 說個不停 —

- burble [ˈbɝbl̩] v. 嘟嘟囔囔地說話
- chatter [ˈtʃætɚ] v. 喋喋不休
- chatterbox [ˈtʃætɚˌbɑks] n. 喋喋不休的人
- ramble [ˈræmbl̩] v. 漫談
- rhapsodize [ˈræpsəˌdaɪz] v. 狂熱地說
- spout [spaʊt] v. 喋喋不休地說
- twitter [ˈtwɪtɚ] v. 嘰嘰喳喳地說

— 命令 —

- bid [bɪd] v. 吩咐
- command [kəˈmænd] v. 命令

字辨

command 與 order

command：特別指以長官的姿態發號施令，語氣較強烈，例如：He commanded them to retreat.（他命令他們撤退）。

order：「命令」的一般用語，泛指運用其權力或地位命令他人，例如：The robbers ordered us to lie face down（搶匪命令我們面朝下伏在地上）。

- enjoin [ɪnˈdʒɔɪn] v. 囑咐
- injunction [ɪnˈdʒʌŋkʃən] n. 指令
- order [ˈɔrdɚ] v. 命令
- prescribe [prɪˈskraɪb] v. 給醫囑
- watchword [ˈwɑtʃˌwɝd] n. 口令

— 問答，回應，討論 —

- answer [ˈænsɚ] v. 回答
- ask [æsk] v. 問
- backtalk [ˈbæktɔk] v. 頂嘴
- broach [brotʃ] v. 開始討論

字辨

answer、reply 與 respond

answer：「回答」的一般用語，指因應問題或需求而做出回應，包括 answer the door（應門）、answer the phone（接電話）等，但未必有做出針對內容的回覆，例如：He answered my email.（他回覆了我的電子郵件〔但未必針對信中提出的問題做出回應〕）。此外，answer 也指「解答」，例如：answer the riddle（解出這個謎）。

reply：指針對內容做出回覆，例如：He replied to my email.（他回覆了我的電子郵件〔的內容〕）。

respond：泛指某人對問題或情況產生反應，但這個問題或情況未必是針對他，他的反應也未必是直接回應問題或情況的源頭，例如：She responded to the abuse with indifference.（她對虐待的反應是漠不關心）。

- comeback [ˈkʌmˌbæk] n.（口）機智的回答
- counter [ˈkaʊntɚ] v. 答辯
- counsel [ˈkaʊnsl̩] v. 商議
- cross-question [ˈkrɔsˈkwɛstʃən] v. 盤問
- debate [dɪˈbet] v. 辯論，爭論
- deny [dɪˈnaɪ] v. 否認
- discuss [dɪˈskʌs] v. 討論
- dispute [dɪˈspjut] v. 爭論，爭執
- haggle [ˈhægl̩] v. 討價還價
- heckle [ˈhɛkl̩] v. 詰問
- inquire [ɪnˈkwaɪr] v. 詢問

字辨

ask與inquire

ask：「問」的一般用詞，普遍用於各種日常情況，也有要求的意思，例如：My mother asked me to buy some eggs.（我媽要我去買蛋）。

inquire：比較正式的用詞，通常用於詢問更多資訊或詳情，例如：She inquired if anyone saw her son.（她詢問有沒有人看到她兒子）。

- interrogate [ɪnˈtɛrəˌget] v. 審問
- query [ˈkwɪrɪ] v. 質疑
- question [ˈkwɛstʃən] v. 質問
- rebuff [rɪˈbʌf] v. 回絕
- refute [rɪˈfjut] v. 駁斥
- rejoin [ˌriˈdʒɔɪn] v. 反駁
- reply [rɪˈplaɪ] v. 回答
- respond [rɪˈspɑnd] v. 回答
- retort [rɪˈtɔrt] v. 回嘴
- return [rɪˈtɝn] v. 回話
- riposte [rɪˈpost] v. 機敏地回答
- ventilate [ˌvɛntl̩ˈet] v. 公開討論

— 抱怨，控訴 —

- accuse [əˈkjuz] v. 指控
- bleat [blit] v. 低聲哭訴
- complain [kəmˈplen] v. 抱怨
- criticize [ˈkrɪtɪˌsaɪz] v. 批評
- gripe [graɪp] v.（口）訴苦
- grumble [ˈgrʌmbl̩] v. 發牢騷
- indict [ɪnˈdaɪt] v. 控告
- recriminate [rɪˈkrɪməˌnet] v. 反控
- snivel [ˈsnɪvl̩] v. 哭訴
- stricture [ˈstrɪktʃɚ] v. 苛評
- whine [hwaɪn] v. 哀訴

— 開玩笑、嘲笑 —

- jeer [dʒɪr] v. 奚落
- joke [dʒok] v. 開玩笑
- kid [kɪd] v. 開玩笑

字辨

joke與kid

joke：「開玩笑」的一般用語，可以做為及物動詞或不及物動詞，也可當名詞運用，例如：She's just joking.（她只是開玩笑罷了），It's meant as a joke.（這只是開個玩笑）。

kid：「開玩笑」較口語的用法，為及物動詞，通常會連接開玩笑的對象，例如：Are your kidding me?（你是在跟我開玩笑嗎？）。

- mock [mɑk] v. 嘲弄
- ridicule [ˈrɪdɪkjul̩] v. 取笑
- taunt [tɔnt] v. 譏笑
- tease [tiz] v. 逗弄

字辨

mock、ridicule 與 taunt

mock：特別指透過模仿他人來嘲弄對方，為常用詞，例如：She mocked his accent.（她取笑他的口音）。

ridicule：指以輕蔑的態度取笑、揶揄，也是常用詞，例如：He ridiculed their pedantry.（他嘲笑他們賣弄學問）。在取笑的當下，取笑的對象不一定在場。

taunt：為了刺激或惹怒對方而譏笑，需要對方在場，例如：They taunted him with racist epithets.（他們使用帶有種族歧視的稱呼譏笑他）。

═ 閒談，八卦 ═

- gossip [ˈgɑsəp] v. 講八卦
- moonshine [ˈmunˌʃaɪn] n. 蠢話
- patter [ˈpætɚ] v. 順口溜
- pun [pʌn] v. 說雙關語
- quip [kwɪp] v. 說妙語
- second-guess [ˈsɛkəndˈgɛs] v. 放馬後砲
- trash-talk [ˈtræʃ ˌtɔk] v. 講垃圾話
- wisecrack [ˈwaɪzˌkræk] v. 講俏皮話
- witticism [ˈwɪtɪsɪzəm] n. 妙語

═ 相關字彙，流行語 ═

- argot [ˈɑrgo] n. 暗語；黑話；行話
- bilingual [baɪˈlɪŋgwəl] a. 能說兩種語言的
- buzzword [ˈbʌzwɝd] n. 時髦術語
- byword [ˈbaɪˌwɝd] n. 俗語
- cant [kænt] n. 行話
- catchword [ˈkætʃˌwɝd] n. 流行語
- code word [kod][wɝd] n. 代號
- coinage [ˈkɔɪnɪdʒ] n. 新詞
- colloquial [kəˈlokwɪəl] a. 口語的
- dialect [ˈdaɪəlɛkt] n. 方言
- epithet [ˈɛpɪθɛt] n. 稱號
- euphemism [ˈjufəmɪzəm] n. 委婉的說法
- formula [ˈfɔrmjələ] n. 客套話
- idiom [ˈɪdɪəm] n. 慣用語
- jargon [ˈdʒɑrgən] n. 行話
- neologism [niˈɑləˌdʒɪzəm] n. 新詞

字辨

coinage 與 neologism

coinage：新造出的詞或片語。

neologism：指逐漸流行起來的新詞或新片語，通常為現存詞彙的組合，例如：brunch（早午餐）為 breakfast（早餐）與 lunch（午餐）的組合。

- nickname [ˈnɪkˌnem] n. 綽號
- parlance [ˈpɑrləns] n. 特有的說法
- pidgin English [`pɪdʒɪn][`ɪŋglɪʃ] n. 洋涇濱英文
- password [ˈpæsˌwɝd] n. 暗語
- patois [ˈpætwɑ] n. 土話
- proverb [ˈprɑvɝb] n. 諺語
- saying [ˈseɪŋ] n. 俗話
- slang [slæŋ] n. 俚語
- slogan [ˈslogən] n. 口號
- speech [spitʃ] n. 說出來的話
- term [tɝm] n. 術語

〔公開說，對大眾說〕

- introduce [ˌɪntrəˈdjus] v. 介紹
- read [rid] v. 唸
- recite [riˈsaɪt] v. 朗誦，當眾吟誦

═ 報告、報導 ═

- brief [brif] v. 簡報
- canard [kəˈnɑrd] n. 流言
- hearsay [ˈhɪrˌse] n. 傳聞
- misinform [ˌmɪsɪnˈfɔrm] v. 誤傳
- misrepresent [ˌmɪsrɛprɪˈzɛnt] v. 謊報
- represent [ˌrɛprɪˈzɛnt] v. 陳述
- report [rɪˈport] v. 報告，報導

═ 宣告、演說 ═

- address [əˈdrɛs] v. 演說；向……說話
- announce [əˈnaʊns] v. 公布
- declare [dɪˈklɛr] v. 宣告

字辨

announce、declare與proclaim

announce：通常指個人或組織單位宣布某個眾人預期或應當知道的結果或計畫，例如：The band announced an upcoming concert in Taipei.（那個樂團宣布將在台北舉行一場演唱會）。

declare：指個人或組織單位正式公告某項決定，或是當眾做出某種聲明，例如：declare war（宣戰）、He declared that he was innocent.（他聲稱自己是清白的）。

proclaim：同樣為宣布的意思，但為比announce和declare更正式的用詞，例如：Napolean was proclaimed Emperor of the France.（法國宣布拿破崙為法國皇帝）。

- declaim [dɪˈklem] v. 慷慨陳詞
- orate [ˈoret] v. 用演講的腔調說
- proclaim [prəˈklem] v. 宣布
- restate [riˈstet] v. 再聲明
- state [stet] v. 聲明
- speak [spik] v. 說；談；演說

═ 主張，聲稱 ═

- allege [əˈlɛdʒ] v. 斷言
- assert [əˈsɝt] v. 主張
- claim [klem] v. 聲稱
- insist [ɪnˈsɪst] v. 堅決主張
- maintain [menˈten] v. 堅稱
- persist [pɚˈsɪst] v. 堅稱

字辨

insist、maintain 與 persist

insist：力陳、力主某種主張或立場的意思，例如：His mother insisted that he must go to bed.（他媽媽堅持要他去就寢）。

maintain：指維護某種主張或意見，語氣沒有 insist 強烈，但略比 insist 正式，例如：He maintained that he's innocent.（他堅稱自己是清白的）。

persist：比 insist 更強烈堅持某個主張或立場，有固執的意味，例如：I advised him not to go, but he persisted.（我勸他不要去，但他堅持要去）。

★說話的方式、態度★

- bray [bre] v. 粗聲粗氣地說
- coo [ku] v. 低聲溫柔地說
- croak [krok] v. 用低沉沙啞的聲音說
- declaim [dɪˈklem] v. 慷慨陳詞
- drawl [drɔl] v. 拉長聲音說
- drone [dron] v. 用低沉單調的語調說
- falter [ˈfɔltɚ] v. 支支吾吾地說
- gasp [gæsp] v. 喘著氣說
- groan [gron] v. 呻吟著說
- lisp [lɪsp] v. 口齒不清地說
- mince [mɪns] v. 矯揉造作地說
- mouth [maʊθ] v. 不出聲地說
- orate [ˈoret] v. 用演講的腔調說
- pontificate [pɑnˈtɪfɪkɪt] v. 自負武斷地說
- riposte [rɪˈpost] v. 機敏地回答
- rumble [ˈrʌmbl̩] v. 用低沉的聲音說
- scream [skrim] v. 尖叫著說
- shout [ʃaʊt] v. 大叫著說
- smile [smaɪl] v. 微笑著說
- shriek [ʃrik] v. 尖叫著說
- sneer [snɪr] v. 冷笑著說
- splutter [ˈsplʌtɚ] v. 氣急敗壞地說
- understate [ˌʌndɚˈstet] v. 保守地說
- whimper [ˈhwɪmpɚ] v. 抽噎地說

〔發音清楚／發音不清楚〕

- articulate [ɑrˈtɪkjəlɪt] v. 清晰地說話
- babble [ˈbæbl̩] v. 牙牙學語
- baby talk [bebɪ][tɔk] n. 嬰兒牙牙學語聲
- enunciate [ɪˈnʌnsɪˌet] v. 清晰地發音
- gabble [ˈgæbl̩] v. 急促而含糊地說
- mispronounce [ˌmɪsprəˈnaʊns] v. 發錯音
- pronounce [prəˈnaʊns] v. 發音
- slur [slɝ] v. 含糊地說
- stammer [ˈstæmɚ] v. 結巴
- stutter [ˈstʌtɚ] v. 結巴

〔歌唱，吟詠〕

- carol [ˈkærəl] v. 唱（耶誕）頌歌
- chant [tʃænt] v. 歌頌
- conjure [ˈkʌndʒɚ] v. 唸咒召喚
- croon [krun] v. 低聲唱
- hum [hʌm] v. 哼歌
- hymn [ˈhɪm] v. 唱讚美詩
- intone [ɪnˈton] v. 吟詠

- sing [sɪŋ] v. 唱
- whistle [ˈhwɪsḷ] v. 吹口哨

〔語氣、音調〕

- accent [ˈæksɛnt] n. 口音
- brogue [brog] n.（愛爾蘭人說英語的）口音
- cadence [ˈkedṇs] n. 韻律
- delivery [dɪˈlɪvərɪ] n. 演說的方式
- diction [ˈdɪkʃən] n. 措辭
- expression [ɪkˈsprɛʃən] n. 表達詞句
- intonation [ˌɪntoˈneʃən] n. 抑揚頓挫
- locution [loˈkjuʃən] n. 說話風格
- newspeak [ˈnjuˌspik] n. 官腔
- pitch [pɪtʃ] n. 聲調
- pronunciation [prəˌnʌnsɪˈeʃən] n. 發音
- rhetoric [ˈrɛtərɪk] n. 修辭
- rhythm [ˈrɪðəm] n. 聲律
- sound [saʊnd] n. 語音
- timbre [ˈtɪmbɚ] n. 音色
- tone [ton] n. 語氣
- twang [twæŋ] n. 鼻音
- voice [vɔɪs] n. 嗓子

〔表達得出／表達不出的〕

- communicable [kəˈmjunəkəbḷ] a. 可溝通的
- describable [dɪˈskraɪbəbḷ] a. 可名狀的
- effable [ˈɛfəbḷ] a. 可表達的
- expressible [ɪkˈsprɛsəbḷ] a. 可說出的
- incommunicable [ˌɪnkəˈmjunɪkəbḷ] a. 不能溝通的
- indefinable [ˌɪndɪˈfaɪnəbḷ] a. 無法說明的；不能下定義的
- indescribable [ˌɪndɪˈskraɪbəbḷ] a. 不可名狀的
- ineffable [ɪnˈɛfəbḷ] a. 說不出的
- inexpressible [ɪnɪkˈsprɛsəbḷ] a. 表達不出的
- nonverbal [ˌnɑnˈvɝbḷ] a. 不使用言語的
- off-the-cuff [ɔfðəˈkʌf] a. 未經思索的
- unspeakable [ʌnˈspikəbḷ] a. 不能以言語表達的
- unutterable [ʌnˈʌtərəbḷ] a. 說不出的
- unvoiced [ˈʌnˈvɔɪst] a. 未說出的
- verbal [ˈvɝbḷ] a. 用言語的

〔清晰易懂〕

- accessible [ækˈsɛsəbḷ] a. 容易親近的
- accountable [əˈkaʊntəbḷ] a. 可理解的
- clarity [ˈklærətɪ] n. 明晰
- clear [klɪr] a. 清晰的
- clipped [klɪpt] a.（說話）發音清晰的
- comprehensible [ˌkɑmprɪˈhɛnsəbḷ] a. 可理解的
- digestible [daɪˈdʒɛstəbḷ] a. 易消化的
- distinct [dɪˈstɪŋkt] a. 清楚的
- exoteric [ˌɛksəˈtɛrɪk] a. 通俗易懂的
- fathomable [ˈfæðəməbḷ] a. 可究明的
- intelligible [ɪnˈtɛlədʒəbḷ] a. 明瞭的
- lucid [ˈlusɪd] a. 清晰易懂的
- transparent [trænsˈpɛrənt] a. 顯而易見的
- trenchant [ˈtrɛntʃənt] a. 清晰的
- unambiguous [ˌʌnæmˈbɪgjʊəs] a. 不含糊的，明白清楚的

- understandable [ˌʌndɚˈstændəbḷ] a. 可以理解的

〔含糊難懂〕

- abstruse [æbˈstrus] a. 深奧的
- ambiguous [æmˈbɪgjʊəs] a. 模稜兩可的
- breathy [ˈbrɛθɪ] a. 帶氣音的
- circumlocutory [ˌsɝkəmˈlɑkjəˌtorɪ] a. 迂迴的
- cloudy [ˈklaʊdɪ] a. 含糊不清的
- coded [ˈkodɪd] a. 編成密碼的
- complex [ˈkɑmplɛks] a. 複雜難懂的
- confusing [kənˈfjuzɪŋ] a. 混淆的
- cryptic [ˈkrɪptɪk] a. 奧祕的
- dense [dɛns] a.（因內容過於龐雜而）難懂費解的
- double-edged [ˈdʌbḷˈɛdʒd] a. 有正反雙重解釋的
- elusive [ɪˈlusɪv] a. 捉摸不定的
- enigmatic [ˌɛnɪgˈmætɪk] a. 謎一般的
- equivocal [ɪˈkwɪvəkḷ] a. 有歧義的
- euphemistic [ˌjufəˈmɪstɪk] a. 委婉的
- evasive [ɪˈvesɪv] a. 含糊其詞的
- expressive [ɪkˈsprɛsɪv] a. 意味深長的
- impenetrable [ɪmˈpɛnətrəbḷ] a. 不可測知的
- implicit [ɪmˈplɪsɪt] a. 不言明的
- inaccessible [ˌɪnækˈsɛsəbḷ] a. 不易懂的
- inarticulate [ˌɪnɑrˈtɪkjəlɪt] a. 口齒不清的
- indirect [ˌɪndəˈrɛkt] a. 迂迴的，不直接了當的
- inexplicable [ɪnˈɛksplɪkəbḷ] a. 費解的
- oblique [əbˈlik] a. 拐彎抹角的
- obscure [əbˈskjʊr] a. 晦澀難解的
- opaque [oˈpek] a. 不透明的
- overtone [ˈovɚˌton] n. 言外之意
- puzzling [ˈpʌzlɪŋ] a. 令人困惑的
- roundabout [ˈraʊndəˌbaʊt] a. 繞圈子的
- unclear [ʌnˈklɪr] a. 不清不楚的
- unfathomable [ʌnˈfæðəməbḷ] a.深不可測的
- unintelligible [ˌʌnɪnˈtɛlədʒəbḷ] a. 難以理解的
- vague [veg] a. 含糊的

〔直接坦率〕

- bald [ˈbɔld] a. 露骨的
- blatant [ˈbletṇt] a. 公然的
- blunt [ˈblʌnt] a. 老實不客氣的
- candid [ˈkændɪd] a. 坦言的
- direct [dəˈrɛkt] a. 直接的

字辨

candid、frank 與 plain

candid：指坦白說出想法，即使是負面的事也不例外，例如：He is candid about his ignorance.（他坦言自己無知）。

frank：強調態度真誠地說出真正的想法，例如：She is frank with her clients.（她對客戶是真誠坦率的）。

plain：有許多意思，形容人說話時是指直言不諱，不特別修飾字句，例如：He is plain about his desire to succeed.（他坦白承認自己就是想成功）。

- downright [ˈdaʊnˌraɪt] a. 直接了當的
- explicit [ɪkˈsplɪsɪt] a. 明確的
- face-to-face [ˈfestəˈfes] a. 面對面的
- forthright [forθˈraɪt] a. 爽快的
- frank [fræŋk] a. 真誠坦率的
- honest [ˈɑnɪst] a. 誠實的
- open [ˈopən] a. 公開的，不隱瞞的
- outright [ˈaʊtˈraɪt] a. 無保留的
- outspoken [aʊtˈspokən] a. 直言不諱的
- personally [ˈpɝsn̩lɪ] adv. 當面地
- plain [plen] a. 坦白的
- publicly [ˈpʌblɪklɪ] adv. 公然地
- squarely [ˈskwɛrlɪ] a. 乾脆地
- straightforward [ˌstretˈfɔrwɚd] a. 直腸子的
- truthful [ˈtruθfəl] a. 講真話的
- unabashedly [ˌʌnəˈbæʃtlɪ] a. 大言不慚的
- undisguised [ˌʌndɪsˈgaɪzd] a. 不遮掩的
- unequivocal [ˌʌnɪˈkwɪvək!] a. 不含糊的，明確的
- unreserved [ˌʌnrɪˈzɝvd] a. 無保留的
- unvarnished [ʌnˈvɑrnɪʃt] a. 無掩飾的
- upfront [ˈʌpˌfrʌnt] a. 直率的
- vocal [ˈvok!] a. 暢所欲言的

〔有條理／無條理〕

- accurate [ˈækjərɪt] a. 精確的
- believable [bɪˈlivəb!] a. 可信的
- coherent [koˈhɪrənt] a.（話語）條理分明的
- consistent [kənˈsɪstənt] a. 前後一貫的
- correct [kəˈrɛkt] a. 正確的
- credible [ˈkrɛdəb!] a. 可靠的
- demonstrable [ˈdɛmənstrəb!] a. 可論證的
- erroneous [ɪˈronɪəs] a. 錯誤的
- faulty [ˈfɔltɪ] a. 有缺點的
- flawless [ˈflɔlɪs] a. 無瑕疵的
- illogical [ɪˈlɑdʒɪk!] a. 不合邏輯的
- implausible [ɪmˈplɔzəb!] a. 不像是真的
- inaccurate [ɪnˈækjərɪt] a. 不精確的
- incoherent [ˌɪnkoˈhɪrənt] a. 無條理的
- incorrect [ˌɪnkəˈrɛkt] a. 不正確的
- incredible [ɪnˈkrɛdəb!] a. 不可置信的
- literally [ˈlɪtərəlɪ] adv. 照字面地
- logical [ˈlɑdʒɪk!] a. 合邏輯的
- matter-of-fact [ˈmætərəvˈfækt] a. 實事求是的
- misleading [mɪsˈlidɪŋ] a. 誤導的
- neat [nit] a. 井然有序的
- plausible [ˈplɔzəb!] a. 貌似有理的
- precise [prɪˈsaɪs] a. 確切的
- reasonable [ˈriznəb!] a. 合理的
- unbelievable [ˌʌnbɪˈlivəb!] a. 不可相信的
- unreasonable [ʌnˈriznəb!] a. 不講理的
- verbatim [vɝˈbetɪm] a. 逐字的
- witty [ˈwɪtɪ] a. 措辭巧妙的
- word for word [wɝd][fɔr][wɝd] adv. 一字不差地

〔有說服力／無說服力〕

- authoritative [əˈθɔrəˌtetɪv] a. 有權威的
- cogent [ˈkodʒənt] a. 中肯有力的
- contagious [kənˈtedʒəs] a. 有感染力的
- convincing [kənˈvɪnsɪŋ] a. 令人信服的

- effective [ɪˈfɛktɪv] a. 有效果的
- forceful [ˈforsfəl] a. 強力的
- persuasive [pɚˈswesɪv] a. 有說服力的

字辨

convincing 與 persuasive

convincing：指有事實依據或魅力而令人信服的，例如：Her acting is convincing.（她的演技很有說服力）。

persuasive：指以論理方式來說服人接受其論點，另寫作類型中的議論文是 persuasive writing。

- pertinent [ˈpɝtn̩ənt] a. 中肯的
- powerful [ˈpaʊɚfəl] a. 強有力的

字辨

forceful 與 powerful

forceful：指人強力推動事情進展，略有強迫意味，例如：He forcefully spoke truth to power（他強力對強權說出真相）。

powerful：指人本身具有自信與說服力，能令人信服，例如：a powerful statement（有力的聲明）。

- powerless [ˈpaʊɚlɪs] a. 無力的
- strong [strɔŋ] a. 有力的
- unconvincing [ˌʌnkənˈvɪnsɪŋ] a. 令人難以信服的
- unpersuasive [ˌʌnpɚˈswesɪv] a. 無說服力的
- weak [wik] a. 弱的

〔口才好／口才不好〕

- articulate [ɑrˈtɪkjəlɪt] a. 口才好的
- awkward [ˈɔkwɚd] a. 笨拙的
- blandishments [ˈblændɪʃmənts] n. 奉承話
- broken [ˈbrokən] a. 斷斷續續的
- diplomatic [ˌdɪpləˈmætɪk] a. 外交口吻的
- effortless [ˈɛfɚtlɪs] a. 毫不費力的
- eloquent [ˈɛləkwənt] a. 雄辯的
- flattery [ˈflætərɪ] n. 阿諛諂媚的話
- fluent [ˈfluənt] a. 流利的
- honeyed [ˈhʌnɪd] a. 甜言蜜語的
- rhythmic [ˈrɪðmɪk] a. 富於韻律的
- silver-tongued [ˈsɪlvɚˈtʌŋd] a. 舌燦蓮花的
- slick [slɪk] a.（口）花言巧語的
- smooth [smuð] a. 流暢的
- smooth-talking [ˈsmuðˈtɔkɪŋ] a. 能言善道的
- sugary [ˈʃʊgərɪ] a. 甜言蜜語的
- tactful [ˈtæktfəl] a. 圓滑的

〔冗長／精簡〕

- brevity [ˈbrɛvətɪ] n. 簡練
- brief [brif] a. 簡短的
- clumsy [ˈklʌmzɪ] a. 笨重冗贅的
- concise [kənˈsaɪs] a. 簡明的
- cumbersome [ˈkʌmbɚsəm] a. 冗長複雜的
- economy of language [ɪˈkɑnəmɪ][ɑv][ˈlæŋgwɪdʒ], economy of words [ɪˈkɑnəmɪ][ɑv][wɝdz] n. 簡潔

- laconic [lə'kɑnɪk] a. 簡要的
- lengthy ['lɛŋθɪ] a. 冗長的
- longwinded ['lɔŋwɪndɪd] a. 冗長的
- nonstop [nɑn'stɑp] a. 不斷的
- pithy ['pɪθɪ] a. 言簡意賅的
- rigmarole ['rɪgmə͵rol] n. 冗長的廢話
- sententious [sɛn'tɛnʃəs] a. 好用格言的
- succinct [sək'sɪŋkt] a. 精簡扼要的
- tedious ['tidɪəs] a. 冗長乏味的
- terse [tɝs] a. 簡練的

字辨

laconic、pithy、succinct 與 terse

laconic：只用少量文字說明，以致有可能顯得魯莽或意思不明確的，例如："No" was his laconic answer.（他只簡短回答了「不」）。

pithy：盡量以少量文字傳達豐富涵義的，例如：An aphorism is a pithy saying containing a general truth.（箴言是言簡意賅而蘊含普遍真理的俗話）。

succinct：精簡而切中要點的，例如：She succinctly summarized her ideas.（她簡要地總結自己的概念）。

terse：比 succinct 更精簡而洗練，經常用來描述文筆，例如：She wrote in a terse style.（她的寫作風格簡練）。

- verbose [vɚ'bos] a. 囉唆的
- windy ['wɪndɪ] a. 話多但空洞的
- wordy ['wɝdɪ] a. 嘮叨的

〔強調／輕描淡寫〕

- bombastic [bɑm'bæstɪk] a. 誇張的
- casual ['kæʒjuəl] a. 無意的
- dramatic [drə'mætɪk] a. 戲劇性的
- emphatic [ɪm'fætɪk] a. 強調的
- fierce [fɪrs] a. 凶猛的
- grandiose ['grændɪos] a. 浮誇的
- high-flown ['haɪ'flon] a. 言過其實的
- high-sounding ['haɪ͵saʊndɪŋ] a. 聽起來很了不起的
- incendiary [ɪn'sɛndɪ͵ɛrɪ] a. 煽動的
- lightly ['laɪtlɪ] adv. 稍微地
- magniloquent [mæg'nɪləkwənt] a.說大話的
- oratorical [͵ɔrə'tɔrɪkl̩] a. 高談闊論的
- overblown ['ovɚ'blon] a. 渲染的
- privately ['praɪvɪtlɪ] adv. 私下地
- provocative [prə'vɑkətɪv] a. 挑釁性的
- repetitive [rɪ'pɛtɪtɪv] a. 重複的
- secretive [sɪ'kritɪv] a. 隱瞞的
- unintentional [͵ʌnɪn'tɛnʃənl̩] a. 無心的
- vehement ['viəmənt] a. 熱烈的

〔多話／少話〕

- boisterous ['bɔɪstərəs] a. 愛吵鬧的
- chatty ['tʃætɪ] a. 多話的
- communicative [kə'mjunə͵ketɪv] a. 健談的
- gabby ['gæbɪ] a. 喋喋不休的
- inquisitive [ɪn'kwɪzətɪv] a. 愛打聽的
- monosyllabic [͵mɑnəsə'læbɪk] a. 話短的
- mum [mʌm] a. 無言的

- mute [mjut] a. 不出聲的
- nagging [ˈnægɪŋ] a. 嘮叨的
- noisy [ˈnɔɪzɪ] a. 嘈雜的，吵鬧的
- silent [ˈsaɪlənt] a. 沉默的
- speechless [ˈspitʃlɪs] a. 一時說不出話來的
- taciturn [ˈtæsəˌtɝn] a. 沉默寡言的
- talkative [ˈtɔkətɪv] a. 愛說話的
- tight-lipped [ˈtaɪtˈlɪpt] a. 守口如瓶的
- tongue-tied [ˈtʌŋˌtaɪd] a. 張口結舌的
- unresponsive [ˌʌnrɪˈspɑnsɪv] a. 無反應的
- verbose [vɚˈbos] a. 囉唆的
- voluble [ˈvɑljəbl̩] a. 滔滔不絕的
- wordless [ˈwɝdlɪs] a. 寡言的
- wordy [ˈwɝdɪ] a. 嘮叨的

〔文雅／粗俗〕

- abusive [əˈbjusɪv] a. 辱罵的
- coarse [kors] a. 粗俗的
- colloquial [kəˈlokwɪəl] a. 口語的
- flowery [ˈflaʊərɪ] a. 詞藻華麗的
- foul-mouthed [ˈfaʊlˌmaʊðd] a.口出惡言的
- indecent [ɪnˈdisn̩t] a. 下流的
- obscene [əbˈsin] a. 猥褻的
- offensive [əˈfɛnsɪv] a. 冒犯的
- ornate [ɔrˈnet] a. 雕琢裝飾的
- poetic [poˈɛtɪk] a. 富於詩意的
- polished [ˈpɑlɪʃt] a. 洗鍊的
- proper [ˈprɑpɚ] a. 合乎體統的
- quotable [ˈkwotəbl̩] a. 適合引用的
- refined [rɪˈfaɪnd] a. 文雅的
- rhetorical [rɪˈtɔrɪkl̩] a. 辭藻華麗的
- rude [rud] a. 粗魯的
- sophisticated [səˈfɪstɪˌketɪd] a. 精緻的
- uncouth [ʌnˈkuθ] a. 粗野不文的
- unrefined [ˌʌnrɪˈfaɪnd] a. 粗俗的
- vulgar [ˈvʌlgɚ] a. 粗鄙下流的
- well-spoken [ˈwɛlˈspokən] a. 談吐文雅的
- well-turned [ˈwɛlˈtɝnd] a. 措辭巧妙的
- wordplay [ˈwɝdˌple] n. 巧妙的應答

〔尖酸犀利〕

- acerbic [əˈsɝbɪk] a. 尖酸的
- acid [ˈæsɪd] a. 尖酸刻薄的
- biting [ˈbaɪtɪŋ] a. 辛辣的
- bitter [ˈbɪtɚ] a. 尖刻的
- blistering [ˈblɪstərɪŋ] a. 惡毒的
- caustic [ˈkɔstɪk] a. 刻薄的
- cutting [ˈkʌtɪŋ] a. 傷人的
- derisive [dɪˈraɪsɪv] a. 嘲笑的
- incisive [ɪnˈsaɪsɪv] a. 尖銳的
- jeering [ˈdʒɪrɪŋ] a. 奚落的
- mocking [ˈmɑkiŋ] a. 嘲笑的
- mordant [ˈmɔrdn̩t] a. 譏刺的
- sardonic [sɑrˈdɑnɪk] a. 冷嘲的
- scathing [ˈskeðɪŋ] a. 嚴厲苛刻的
- sharp [ʃɑrp] a. 敏銳的
- shrewd [ʃrud] a. 機敏的
- sneering [ˈsnɪrɪŋ] a. 冷笑的
- snide [snaɪd] a. 惡意的
- stinging [ˈstɪŋɪŋ] a. 尖酸挖苦的
- tart [tɑrt] a. 尖酸刻薄的
- taunting [tɔntɪŋ] a. 冷嘲熱諷的

- teasing [tizɪŋ] a. 取笑的
- tongue-in-cheek [ˈtʌŋɪnˈtʃik] a. 譏刺挖苦的

〔生動／乏味〕

- banal [bəˈnɑl] a. 陳腐的
- cliché [kliˋʃe] n. 陳腔濫調
- commonplace [ˈkɑmənˌples] n. 老生常談
- concrete [ˈkɑnkrit] a. 具體的
- corny [ˈkɔrnɪ] a. 老套的
- dryly [ˈdraɪlɪ] adv. 冷淡無感情的
- dull [dʌl] a. 乏味的
- graphical [ˈgræfɪkl̩] a. 生動如畫的
- hackneyed [ˈhæknɪd] a. 陳腐老套的
- platitude [ˈplætəˌtjud] n. 老生常談

字辨

cliché 與 platitude

cliché：某個說法或表現方式經過一再使用而變成俗套。

platitude：指一再引用來給予忠告或建議的話，貌似合理但未必真的明智，例如：It's a platitude to say that good things come to those who wait.（「等久了就是你的」是一種老生常談）。

- prosaic [proˈzeɪk] a. 單調平凡的
- tag [tæg] n. 陳腔濫調
- trite [traɪt] a. 陳腐平庸的
- vapid [ˈvæpɪd] a. 無味的
- vivid [ˈvɪvɪd] a. 生動逼真的

★閱讀與書寫★

〔怎麼讀〕

═ 讀 ═

- absorb [əbˈsɔrb] v. 吸收
- acquire [əˈkwaɪr] v. 習得
- analyze [ˈænl̩ˌaɪz] v. 分析
- anatomize [əˈnætəˌmaɪz] v. 剖析
- annotate [ˈænoˌtet] v. 做註解
- apprentice [əˈprɛntɪs] v. 當學徒
- browse [braʊz] v. 瀏覽
- close reading [klos][ridɪŋ] n. 細讀
- collate [kɑˈlet] v. 校勘
- comprehend [ˌkɑmprɪˈhɛnd] v. 理解
- comprehension [ˌkɑmprɪˈhɛnʃən] n. 理解力
- construe [kənˈstru] v. 理解為
- consult [kənˈsʌlt] v. 查閱
- cram [kræm] v.（為考試而）死記硬背
- decipher [dɪˈsaɪfɚ] v. 破解
- decode [ˈdiˈkod] v. 譯解
- define [dɪˈfaɪn] v. 下定義
- demystify [diˈmɪstɪfaɪ] v. 使非神秘化
- delve [dɛlv] v. 鑽研
- digest [daɪˈdʒɛst] v. 消化
- disclose [dɪsˈkloz] v. 揭露
- discover [dɪsˈkʌvɚ] v. 發現
- dissect [dɪˈsɛkt] v. 剖析
- drill [drɪl] v. 操練
- edit [ˈɛdɪt] v. 編輯
- elucidate [ɪˈlusəˌdet] v. 闡明
- examine [ɪgˈzæmɪn] v. 檢視

- exercise [ˈɛksɚˌsaɪz] v. 做習題
- explore [ɪkˈsplor] v. 探索
- glance [glæns] v. 掃視
- gloss [glɔs] v. 解說
- infer [ɪnˈfɝ] v. 推論
- ingest[ɪnˈdʒɛst] v. 吸納
- inquire [ɪnˈkwaɪr] v. 查究
- inspect [ɪnˈspɛkt] v. 詳查
- investigate [ɪnˈvɛstəˌget] v. 調查
- leaf [lif] v. 翻書頁
- learn [lɝn] v. 學
- look into [lʊk][ˈɪntu] ph. 深究
- make sense of [mek][sɛns][ɑv] ph. 理解
- memorize [ˈmɛməˌraɪz] v. 熟記
- misinterpret [ˈmɪsɪnˈtɝprɪt] v. 曲解
- misread [mɪsˈrid] v. 錯讀
- numerate [ˈnjuməˌret] v. 讀數
- name [nem] v. 命名
- overlook [ˌovɚˈlʊk] v. 看漏
- paraphrase [ˈpærəˌfrez] v. 釋義
- peruse [pəˈruz] v. 精讀
- pore [por] v. 鑽研
- practice [ˈpræktɪs] v. 練習
- prepare [prɪˈpɛr] v. 準備
- proofread [ˈprufˌrid] v. 校對
- question [ˈkwɛstʃən] v. 表示疑問
- read [rid] v. 讀
- readable [ˈridəbḷ] a. 可讀的
- reading list [ridɪŋ][lɪst] n. 書單
- reread [riˈrid] v. 重讀
- research [rɪˈsɝtʃ] v. 研究
- review [rɪˈvju] v. 複習；寫評論
- scan [skæn] v.（美）粗略地看，瀏覽
- scrutinize [ˈskrutṇˌaɪz] v. 細察
- skim [skɪm] v. 略讀
- skip [skɪp] v. 跳著讀
- solve [sɑlv] v. 解題
- speed reading [spid][ridɪŋ] n. 速讀
- study [ˈstʌdɪ] v. 學習
- summarize [ˈsʌməˌraɪz] v. 總結

字辨

learn 與 study

learn：指運用學習（study）技巧學會技能或學到知識，例如：I learned a lot from you.（我從你身上學到很多）。

study：以閱讀、背誦、做習題等方式學習或用功，例如：I studied a lot for the exam.（我為了考試努力用功）。

- survey [sɚˈve] v. 綜覽
- take notes [tek][nots] ph. 做筆記
- thumb [θʌm] v. 用拇指翻閱
- train [tren] v. 訓練
- translate [trænsˈlet] v. 翻譯
- understand [ˌʌndɚˈstænd] v. 懂
- unravel [ʌnˈrævḷ] v. 揭露
- unreadable [ˌʌnˈridəbḷ] a. 不值得讀的

═ 閱讀感受 ═

- ardent [ˈɑrdənt] a. 熱切的

- attentive [əˈtɛntɪv] a. 認真關心的
- avid [ˈævɪd] a. 渴望的
- careful [ˈkɛrfəl] a. 細心的
- careless [ˈkɛrlɪs] a. 漫不經心的
- common [ˈkɑmən] a. 普通的
- concerned [kənˈsɝnd] a. 感興趣的
- conscientious [ˌkɑnʃɪˈɛnʃəs] a. 認真勤勉的
- critical [ˈkrɪtɪkḷ] a. 批判的
- curious [ˈkjʊrɪəs] a. 好奇的
- devoted [dɪˈvotɪd] a. 忠實的
- discerning [dɪˈzɝnɪŋ] a. 目光敏銳的
- diligent [ˈdɪlədʒənt] a. 勤勉的
- fervent [ˈfɝvənt] a. 熱烈的
- inattentive [ˌɪnəˈtɛntɪv] a. 不注意的
- insatiable [ɪnˈseʃɪəbḷ] a. 永不滿足的
- keen [kin] a. 熱心的
- lay [le] a. 門外漢的
- passionate [ˈpæʃənɪt] a. 熱情的
- prodigious [prəˈdɪdʒəs] a. 驚人的
- proficient [prəˈfɪʃənt] a. 熟練的
- quick [kwɪk] a. 伶俐的
- ravenous [ˈrævɪnəs] a. 貪得無饜的
- reckless [ˈrɛklɪs] a. 粗心魯莽的
- scrupulous [ˈskrupjələs] a. 一絲不苟的
- skilled [skɪld] a. 有技巧的
- slow [slo] a. 理解慢的
- sophisticated [səˈfɪstɪˌketɪd] a. 高明的
- struggling [ˋstrʌglɪŋ] a. 吃力苦讀的；有閱讀障礙的
- studious [ˈstjudɪəs] a. 勤奮好學的
- thoughtful [ˈθɔtfəl] a. 深思的
- voracious [voˈreʃəs] a. 飢渴的

〔怎麼寫、怎麼畫〕

═ 寫 ═

- abbreviate [əˈbrivɪˌet] v. 縮寫
- abridge [əˈbrɪdʒ] v. 刪節，節略
- adumbrate [ˈædʌmˌbret] v. 勾勒輪廓
- analogize [əˈnæləˌdʒaɪz] v. 類推
- annotate [ˈænoˌtet] v. 做註解
- author [ˈɔθɚ] v. 著作
- bloviate [ˈblovɪeɪt] v. 發表長篇大論
- calligraphy [kəˈlɪgrəfɪ] n. 書法
- capitalize [ˈkæpətḷˌaɪz] v. 用大寫書寫
- caption [ˈkæpʃən] v. 加字幕
- caricature [ˈkærɪkətʃɚ] v. 用漫畫表現
- characterize [ˈkærəktəˌraɪz] v. 描寫特性
- circumscribe [ˈsɝkəmˌskraɪb] v. 畫外接圓；限制；為……畫界限
- cite [saɪt] v. 引用
- coin [kɔɪn] v. 鑄造（新詞）
- comment [ˈkɑmɛnt] v. 評論
- compose [kəmˈpoz] v. 作（詩、曲等）
- conclude [kənˈklud] v. 下結語
- concoct [kənˈkɑkt] v. 捏造
- construe [kənˈstru] v. 解釋
- convey [kənˈve] v. 傳達
- copy [ˈkɑpɪ] v. 抄寫；臨摹
- critique [krɪˈtik] v. 評論
- dash off [dæʃ][ɔf] v. 匆匆寫下 ph. 匆忙完成
- daub [dɔb] v. 塗抹
- delineate [dɪˈlɪnɪˌet] v. 以線描繪
- depict [dɪˈpɪkt] v. 描繪

字辨

depict、describe 與 portray

depict：指以圖畫或影像描繪，或是以文字描寫，例如：The novel depicts the lives of a group of artists.（那本小說描寫一群藝術家的生活）。

describe：特別指以文字描寫，另也指描述，例如：He described her as a friend.（他描述她是朋友）。

portray：可以指用文字描寫，或是以影像描繪，或是畫成肖像（portrait），例如：The artist portrayed himself in several paintings .（那位藝術家在幾幅畫裡畫出自己）。

- describe [dɪˈskraɪb] v. 描寫
- detail [ˈditel] v. 詳述
- doodle [ˈdudḷ] v. 亂塗
- document [ˈdɑkjəmənt] v.（以文字或影像）記錄
- draft [dræft] v. 起草
- draw [drɔ] v. 畫圖
- drop a line [drɑp][ə][laɪn] ph. 寫短信
- duplicate [ˈdjupləkɪt] v. 複寫
- elaborate [ɪˈlæbərɪt] v. 詳細說明
- elucidate [ɪˈlusəˌdet] v. 闡明
- engross [ɪnˈgros] v. 用大字書寫
- enter [ˈɛntɚ] v. 記入
- enumerate [ɪˈnjuməˌret] v. 列舉
- exemplify [ɪgˈzɛmpləˌfaɪ] v. 例示
- expand [ɪkˈspænd] v. 詳細說明

字辨

elaborate、elucidate、expand、explicate 與 explain

elaborate：針對一個主題進行更深入的說明，例如：Please elaborate.（願聞其詳）。

elucidate：將一個主題的性質闡釋得清楚易懂（lucid），通常用在較複雜的主題，例如：He elucidated the role of vitamin D in immunity.（他闡明維生素 D 對強化免疫力所扮演的角色）。

expand：用更多細節闡釋一個主題，或將主題放在更大的脈絡中闡釋，例如：She expanded on what she meant in the speech.（她進一步說明自己在演講中說的話）。

explicate：用更多細節闡述一個主題，例如：The scientist explicate the concept of the theory.（科學家闡述那個理論的概念）。

explain：「解釋」、「說明」的一般用詞，適用於各種日常情況，例如：Can you explain why you didn't call me yesterday?（你可以解釋為什麼昨天沒打電話給我嗎）。

- explicate [ˈɛksplɪˌket] v. 闡述
- express [ɪkˈsprɛs] v. 表達
- fabricate [ˈfæbrɪˌket] v. 虛構
- fictionalize [ˈfɪkʃənˌaɪz] v. 使小說化
- flesh out [flɛʃ][aʊt] v. 使有血有肉
- graffiti [græˈfitɪ] v. 塗鴉
- illustrate [ˈɪləstret] v. 以圖說明

- impromptu [ɪmˈprɑmptju] adv. 即興地
- improvise [ˈɪmprəvaɪz] v. 即席創作
- indicate [ˈɪndəˌket] v. 指出
- inscribe [ɪnˈskraɪb] v. 題字
- interline [ˌɪntɚˈlaɪn] v. 寫在行間
- italicize [ɪˈtæləˌsaɪz] v. 使用斜體字
- jot [dʒɑt] v. 匆匆記下
- line [laɪn] v. 畫線
- line drawing [laɪn][drɔɪŋ] n. 線描
- list [lɪst] v. 列表
- log [lɔg] v. 記入（航海、飛行）日誌
- lyricize [ˈlɪrɪˌsaɪz] v. 寫抒情詩
- mark [mɑrk] v. 做記號
- misspell [mɪsˈspɛl] v. 拼錯
- name [nem] v. 命名
- narrate [næˈret] v. 敘述
- notate [ˈnotet] v. 以符號表示
- note [not] v. 記下
- outline [ˈaʊtˌlaɪn] v. 概述
- overwrite [ˌovɚˈraɪt] v. 疊寫在上面
- paint [pent] v. 繪畫
- paraphrase [ˈpærəˌfrez] v. 釋義
- pen [pɛn] v. 寫作
- pencil [ˈpɛnsḷ] v. 用鉛筆寫或畫
- personify [pɚˈsɑnəˌfaɪ] v. 擬人化
- phrase [frez] v. 措辭
- picture [ˈpɪktʃɚ] v. 生動描寫
- polish [ˈpɑlɪʃ] v. 使精鍊
- portray [porˈtre] v. 描繪
- premise [prɪˈmaɪz] v. 提出前提
- put down [pʊt][daʊn] ph. 寫下

字辨

cite 與 quote

cite：指出從哪裡引用概念、觀點或話語，但並未直接從源頭引述，例如：He cited examples from a number of researches.（他從數篇研究中舉例說明）。

quote：直接引用某人說或寫過的話，通常會以引號表示，例如：He quoted her as saying, “We will do everything to win.”（他引述她所說的，「我們會盡全力獲勝」）。

- quote [kwot] v. 引述
- record [rɪˈkɔrd] v. 記錄
- refer [rɪˈfɝ] v. 提到
- register [ˈrɛdʒɪstɚ] v. 記錄
- rehash [riˈhæʃ] v. 改寫（舊材料）
- rename [riˈnem] v. 重新命名
- render [ˈrɛndɚ] v. 表達
- rephrase [riˈfrez] v. 改變措辭
- report [rɪˈport] v. 報告；報導
- request [rɪˈkwɛst] v. 要求
- retouch [riˈtʌtʃ] v. 潤色
- reword [riˈwɝd] v. 改變措辭
- rewrite [riˈraɪt] v. 重寫
- rhapsodize [ˈræpsəˌdaɪz] v. 寫成狂想詩文
- satirize [ˈsætəˌraɪz] v. 寫成諷刺文章
- scratch [skrætʃ] v. 刻寫
- scrawl [skrɔl] v. 潦草地寫或畫
- scribble [ˈskrɪbl] v. 潦草地寫或畫

字辨

scrawl 與 scribble

scrawl：隨便而潦草地寫，比 scribble 更接近亂塗。例如：She scrawled her signature on the receipt.（她在收據上草草簽名）。

scribble：因為匆促而潦草地寫。例如：He scribbled a note to his mother before leaving.（他離開前匆匆留下一張紙條給母親）。

- scribe [skraɪb] v. 繕寫
- shorten [ˈʃɔrtn̩] v. 縮短
- sign [saɪn] v. 簽名
- sketch [skɛtʃ] v. 速寫
- slant [slænt] v.（美）帶有某種傾向地寫
- specify [ˈspɛsəˌfaɪ] v. 詳盡說明
- spell [spɛl] v. 拼字
- stroke [strok] v. 畫短線
- summarize [ˈsʌməˌraɪz] v. 總結
- take down [tek] [daʊn] ph. 寫下
- text [tɛkst] v. 寫簡訊
- title [ˈtaɪtl̩] v. 加標題
- transcribe [trænsˈkraɪb] v. 謄寫
- transfer [trænsˈfɝ] v. 轉印；描摹
- translate [trænsˈlet] v. 翻譯
- tweet [twit] v. 發推文
- type [taɪp] v. 打字
- underline [ˌʌndɚˈlaɪn] v. 在下方畫線
- word [wɝd] v. 用言詞表達
- write [raɪt] v. 書寫

═ 字跡 ═

- cacography [kæˈkɑgrəfɪ] n. 字跡難看或拼錯字
- calligraphy [kəˈlɪgrəfɪ] n. 書法
- careless [ˈkɛrlɪs] a. 隨便的
- crabbed [ˈkræbɪd] a. 潦草難讀的
- cramped [ˈkræmpt] a. 筆畫擠在一起而難辨認的
- cursive [ˈkɝsɪv] a. 草寫的
- decipherable [dɪˈsaɪfərəbl̩] a. 可辨認的
- distinct [dɪˈstɪŋkt] a. 清楚的
- freehand [ˈfriˌhænd] a. 徒手畫的
- handwritten [ˈhændˌwrɪtn̩] a. 手寫的
- handwriting [ˈhændˌraɪtɪŋ] n. 筆跡
- hasty [ˈhestɪ] a. 快速的
- hurried [ˈhɝɪd] a. 匆忙的
- hieroglyphic [ˌhaɪərəˈglɪfɪk] a. 如象形文字般難懂的
- illegible [ɪˈlɛdʒəbl̩] a. 難以辨認的

字辨

illegible、indecipherable 與 unreadable

illegible：指因為字跡難看、潦草、太小等或因為模糊而難以辨讀。例如：The text is illegible because the ink blurred.（那篇文字無法辨讀，因為墨水暈開了）。

indecipherable：可指因為筆跡難看或模糊而難以辨讀，或是文意難懂的。例如：The doctor's handwriting is indecipherable.（醫生的字跡很難辨讀）。

unreadable：可指字跡難看或模糊而無法辨讀，或是內容難以理解，或是文筆不好而不值得讀的。例如：My cursive handwriting is unreadable.（我的草寫字很難辨讀）或The sentence is so long that it is unreadable.（那句子長到讓人讀不下去）。

- indecipherable [ˌɪndɪˈsaɪfərəbḷ] a.難辨讀的
- indistinct [ˌɪndɪˈstɪŋkt] a. 難以清楚辨認的
- legible [ˈlɛdʒəbḷ] a. 可辨讀的
- neat [nit] a. 工整的
- penmanship [ˈpɛnmənˌʃɪp] n. 字跡
- readable [ˈridəbḷ] a. 可讀的
- scratchy [ˈskrætʃɪ] a. 潦草亂塗寫的
- shaky [ˈʃekɪ] a. 顫抖不穩的
- spidery [ˈspaɪdərɪ] a. 蛛網般的
- typewritten [ˈtaɪpˌrɪtṇ] a. 用打字機打出的
- unreadable [ˌʌnˈridəbḷ] a. 難讀的

＝ 文體 ＝

- anecdotal [ˌænɪkˈdotḷ] a. 軼事的
- argumentative [ˌɑrgjəˈmɛntətɪv] a. 論說的
- autobiographical [ˌɔtəˌbaɪəˈgræfɪkḷ] a. 自傳體的
- biographical [ˌbaɪəˈgræfɪkḷ] a. 傳記體的
- biblical [ˈbɪblɪkḷ] a. 聖經的
- conversational [ˌkɑnvəˈseʃənḷ] a. 會話體的
- descriptive [dɪˈskrɪptɪv] a. 描述性的
- dramatic [drəˈmætɪk] a. 戲劇的
- epistolary [ɪˈpɪstəˌlɛrɪ] a. 書信體的
- essayistic [ɛseˈɪstɪk] a. 隨筆的
- expository [ɪkˈspɑzɪˌtorɪ] a. 說明的
- figurative [ˈfɪgjərətɪv] a. 比喻的
- formal [ˈfɔrmḷ] a. 正式的
- informal [ɪnˈfɔrmḷ] a. 非正式的
- journalese [ˌdʒɝnḷˈiz] n. 新聞文體
- literary [ˈlɪtəˌrɛrɪ] a. 文學性的
- lyrical [ˈlɪrɪkḷ] a. 抒情的
- metaphorical [ˌmɛtəˈfɔrɪkḷ] a. 用隱喻的
- narrative [ˈnærətɪv] a. 敘事性的
- objective [əbˈdʒɛktɪv] a. 客觀的
- persuasive [pɚˈswesɪv] a. 議論的
- poetic [poˈɛtɪk] a. 韻文的
- prosaic [proˈzeɪk] a. 散文的
- proverbial [prəˈvɝbɪəl] a. 用諺語表達的
- realistic [rɪəˈlɪstɪk] a. 寫實的
- scholarly [ˈskɑlɚlɪ] a. 學術性的
- sententious [sɛnˈtɛnʃəs] a. 好用格言的
- subjective [səbˈdʒɛktɪv] a. 主觀的
- textspeak [ˈtɛks spik] n. 簡訊體（摻雜大量縮略詞、首字母縮寫、表情符等的語體）；火星文

＝ 文筆 ＝

- analogical [ˌænḷˈɑdʒɪkḷ] a. 類推的
- amateurish [ˌæməˈtɝɪʃ] a. 不熟練的
- awkward [ˈɔkwɚd] a. 笨拙的
- brevity [ˈbrɛvətɪ] n. 簡練
- broken [ˈbrokən] a.斷斷續續的

- circumlocutory [ˌsɝkəmˈlɑkjəˌtorɪ] a. 迂迴的
- clarity [ˈklærətɪ] n. 明晰
- clean [klin] a. 乾淨俐落的
- cliché [kliˋʃe] n. 陳腔濫調
- clumsy [ˈklʌmzɪ] a. 笨重冗贅的
- coherent [koˈhɪrənt] a. 條理分明的
- colorful [ˈkʌlɚfəl] a. 生動多彩的
- concise [kənˈsaɪs] a. 簡明的
- critical [ˈkrɪtɪkḷ] a. 批判性的
- definite [ˈdɛfənɪt] a. 明確的
- digressive [daɪˈgrɛsɪv] a. 離題的
- disconnected [ˌdɪskəˈnɛktɪd] a.支離破碎的
- discursive [dɪˈskɝsɪv] a. 散漫的
- disjointed [dɪsˈdʒɔɪntɪd] a. 不連貫的
- disorganized [disˈɔrgənˌaɪzd] a.沒有組織的
- dry [draɪ] a. 枯燥乏味的
- economy of language [ɪˈkɑnəmɪ][ɑv][ˈlæŋgwɪdʒ], economy of words [ɪˈkɑnəmɪ][ɑv][wɝdz] n. 簡潔
- effusive [ɪˈfjusɪv] a. 熱情奔放的
- embellishment [ɪmˈbɛlɪʃmənt] n. 潤色
- engaging [ɪnˈgedʒɪŋ] a. 迷人的
- entertaining [ˌɛntɚˈtenɪŋ] a. 有娛樂性的
- enjoyable [ɪnˈdʒɔɪəbḷ] a. 有樂趣的
- expressive [ɪkˈsprɛsɪv] a. 意味深長的
- extensive [ɪkˈstɛnsɪv] a. 廣泛大量的
- factual [ˈfæktʃʊəl] a. 根據事實的
- faithful [ˈfeθfəl] a. 如實的
- figure of speech [ˈfɪgjɚ][ɑv][spitʃ] n. 修辭
- flat [ˈflæt] a. 乏味無聊的
- flawed [flɔd] a. 有缺點的
- flowing [ˈfloɪŋ] a. 行雲流水的
- hyperbole [haɪˈpɝbəlɪ] n. 誇張的修辭
- illogical [ɪˈlɑdʒɪkḷ] a. 不合邏輯的
- incoherent [ˌɪnkoˈhɪrənt] a. 無條理的
- informative [ɪnˈfɔrmətɪv] a. 有教育意義的
- inspiring [ɪnˈspaɪrɪŋ] a. 啟發人心的
- intriguing [ɪnˈtrigɪŋ] a. 引人入勝的
- larger-than-life [lɑrdʒɚ][ðæn][laɪf] ph. 比真實情況更傳奇的
- lengthy [ˈlɛŋθɪ] a. 冗長的
- lively [ˈlaɪvlɪ] a. 生動活潑的
- logical [ˈlɑdʒɪkḷ] a. 合邏輯的
- longhand [ˈlɔŋˌhænd] n.（相對於速記的）普通書寫法
- longwinded [ˈlɔŋwɪndɪd] a. 冗長的
- lucid [ˈlusɪd] a. 清晰易懂的
- masterful [ˈmæstɚfəl] a. 名家的
- mesmerizing [ˈmɛsməˌraɪzɪŋ] a. 令人陶醉的
- neat [nit] a. 井然有序的
- organized [ˈɔrgənˌaɪzd] a. 有組織的
- overuse [ˈovɚˈjuz] n. 過度使用
- overwrought [ˈovɚˈrɔt] a. 矯揉造作的
- periphrastic [ˌpɛrəˈfræstɪk] a. 迂迴冗長的
- plagiarism [ˈpledʒəˌrɪzəm] n. 抄襲
- platitude [ˈplætəˌtjud] n. 老生常談
- polished [ˈpɑlɪʃt] a. 洗鍊的
- poorly-written [pʊrlɪ ˈrɪtn] a. 文筆拙劣的
- profound [prəˈfaʊnd] a. 有深度的
- provocative [prəˈvɑkətɪv] a. 挑釁性的
- rambling [ˈræmblɪŋ] a. 拉拉雜雜的
- redundant [rɪˈdʌndənt] a. 多餘累贅的

- roundabout [ˈraʊndəˌbaʊt] a. 繞圈子的
- shorthand [ˈʃɔrtˌhænd] n. 速記
- skillful [ˈskɪlfəl] a. 有技巧的
- sloppy [ˈslɑpɪ] a. 草率凌亂的
- smooth [smuð] a. 流暢的
- stock phrase [stɑk][frez] n. 慣用語
- stylish [ˈstaɪlɪʃ] a. 風格突出的
- succinct [səkˈsɪŋkt] a. 簡練的
- tautology [tɔˈtɑlədʒɪ] n. 同義反覆的贅述
- true-to-life [tru tu ˈlaɪf] ph. 與真實人生一致的
- verbose [vɚˈbos] a. 囉唆的
- well-written [wɛl ˈrɪtn] a. 文筆好的
- word painting [wɝd][pentɪŋ] n. 生動的描述
- worded [ˈwɝdɪd] a. 用言詞表達的
- wordsmith [ˈwɝdˌsmɪθ] n. 擅長舞文弄墨的人
- wordy [ˈwɝdɪ] a. 嘮叨的
- wording [ˈwɝdɪŋ] n. 用字
- writer's block [ˈraɪtɚs][blɑk] n. 寫作瓶頸
- writing [ˈraɪtɪŋ] n. 書寫；文筆

〔修辭〕

- allegory [ˈæləˌgorɪ] n. 寓言
- allusion [əˈluʒən] n. 典故
- analogy [əˈnælədʒɪ] n. 類比
- anecdote [ˈænɪkˌdot] n. 軼事
- anticlimax [ˌæntɪˈklaɪmæks] n. 突降法（故事或劇情在高潮後突然出現反差很大、可能令觀眾或讀者失望的發展）
- antithesis [ænˈtɪθəsɪs] n. 對偶
- archaism [ˈɑrkeˌɪzəm] n. 古語
- article [ˈɑrtɪkl̩] n. 文章
- cadence [ˈkedn̩s] n. 抑揚頓挫
- caption [ˈkæpʃən] n. 圖片說明
- chapter [ˈtʃæptɚ] n.（書籍）章
- characterization [ˌkærəktərɪˈzeʃən] n. 性格描寫
- citation [saɪˈteʃən] n. 引用
- climax [ˈklaɪmæks] n. 漸進法
- comparison [kəmˈpærəsn̩] n. 比較
- conclusion [kənˈkluʒən] n. 結語
- connotation [ˌkɑnəˈteʃən] n. 含意
- contents [kənˈtɛnts] n.（書刊的）目錄
- context [ˈkɑntɛkst] n. 上下文
- contrast [ˈkɑnˌtræst] n. 對照
- denouement [deˈnumɑŋ] n.（小說、戲劇）結局
- ending [ˈɛndɪŋ] n.（故事）結尾
- essay [ˈɛse] n. 散文，隨筆
- fairy tale [ˈfɛrɪ][tel] n. 童話
- fiction [ˈfɪkʃən] n.（統稱）小說
- finale [fɪˈnɑlɪ] n.（樂曲、戲劇）終章
- folktale [ˈfokˌtel] n. 民間故事
- figure of speech [ˈfɪgjɚ][ɑv][spitʃ] n. 修辭手法
- genre [ˈʒɑnrə] n. 文類
- heading [ˈhɛdɪŋ] n. 標題
- hyperbole [haɪˈpɝbəlɪ] n. 誇張法
- idiom [ˈɪdɪəm] n. 慣用語
- illustration [ɪˌlʌsˈtreʃən] n. 插圖
- introduction [ˌɪntrəˈdʌkʃən] n. 導論
- irony [ˈaɪrənɪ] n. 反諷

- legend [ˈlɛdʒənd] n. 傳說
- metaphor [ˈmɛtəfɚ] n. 隱喻
- metonymy [məˈtɑnəmɪ] n. 轉喻
- mimesis [maɪˈmisɪs] n. 摹擬
- myth [mɪθ] n. 神話
- narrative [ˈnærətɪv] n. 敘事
- non-fiction [ˌnanˈfɪkʃən] n.（統稱）非小說
- novel [ˈnɑvl̩] n. 小說
- novella [noˈvɛlə] n. 中篇小說
- opening [ˈopənɪŋ] n. 開頭
- paper [ˈpepɚ] n.（學校的）報告
- parable [ˈpærəbl̩] n.（較短的）寓言
- paradox [ˈpærəˌdɑks] n. 悖論
- paragraph [ˈpærəˌgræf] n. 段落
- parallelism [ˈpærəlɛlˌɪzəm] n. 排比
- parody [ˈpærədɪ] n. 諧擬
- passage [ˈpæsɪdʒ] n.（文章）一段
- personification [pɚˌsɑnəfəˈkeʃən] n. 擬人化
- plot [plɑt] n. 情節
- quotation [kwoˈteʃən] n.（逐字）引用
- reference [ˈrɛfərəns] n. 指涉；參考文獻
- rhetoric [ˈrɛtərɪk] n. 修辭（學）
- rhythm [ˈrɪðəm] n. 格律
- sarcasm [ˈsɑrkæzm̩] n. 諷刺
- satire [ˈsætaɪr] n. 諷刺文學
- sentence [ˈsɛntn̩s] n. 句子
- setting [ˈsɛtɪŋ] n. 背景
- simile [ˈsɪməˌlɪ] n. 明喻
- synecdoche [sɪˈnɛkdəkɪ] n. 提喻
- story [ˈstorɪ] n. 故事
- storyline [ˈstorɪˌlaɪn] n. 情節進展
- style [staɪl] n. 風格
- summary [ˈsʌmərɪ] n. 摘要
- tautology [tɔˈtɑlədʒɪ] n. 同義反覆
- text [tɛkst] n. 正文；文本
- theme [θim] n. 主題
- thesis [ˈθisɪs] n. 論文
- trope [trop] n. 比喻
- word [wɝd] n. 單詞

心·得·筆·記

延伸例句

▶▶▶ The words just slipped out of my mouth.
那些話就這麼脫口而出了。

▶▶▶ We are no longer on speaking terms.
我們再也不跟彼此說話了。

▶▶▶ People might talk.
人家會說閒話的。

▶▶▶ Do you think I will believe any of your stories?
你以為我會相信你的那些假話嗎？

▶▶▶ She was so surprised that she was at a loss for words.
她驚訝得說不出話來。

▶▶▶ Globalization is a buzzword of our times.
全球化是我們這個時代的時髦術語。

▶▶▶ The singer's voice cracked on stage.
那位歌手在舞台上破音了。

▶▶▶ He crowed about his good fortune.
他自鳴得意於自己的好運。

▶▶▶ This book is written with an economy of words and clarity.
這本書用字精簡，文筆明晰。

▶▶▶ He began preparing for the exam three months ago.
他三個月前開始為考試做準備。

▶▶▶ Try to read between the lines and decipher the hidden meaning of the text.
請試著深入字裡行間，解譯文本的深義。

▸▸▸ The book reads like a love letter to food.
那本書讀起來像一封給食物的情書。

▸▸▸ She dashed off a note to her colleague.
她匆匆寫下一張便條給同事。

▸▸▸ He referred to her as his mother.
他提到她時，稱呼她是他的母親。

▸▸▸ The story was written entirely in textspeak.
那個故事完全是以簡訊體寫成。

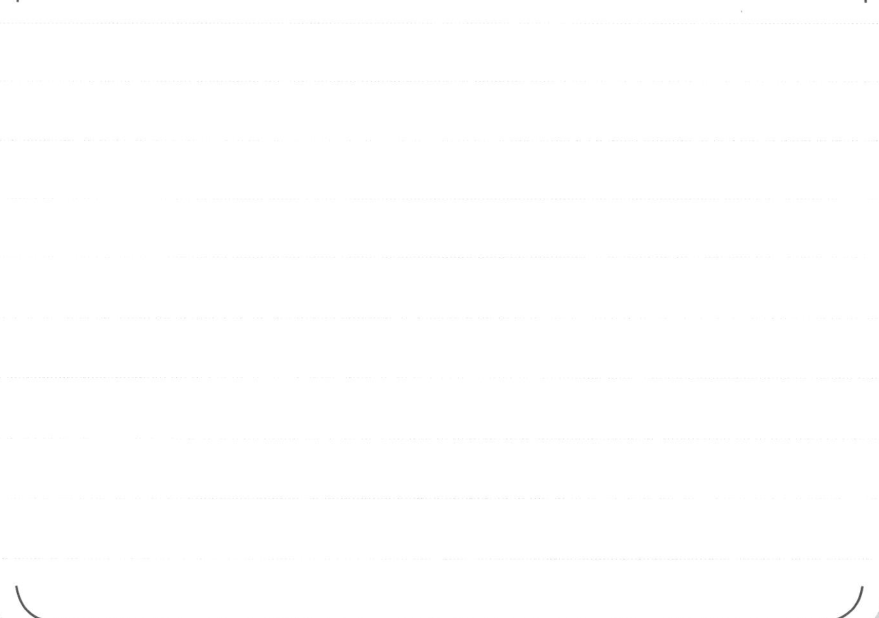

四、內外特質：我有什麼？／意識

情境對話

Sarah : You look thoughtful. What's the matter?
你看起來若有所思，怎麼啦？

Ben : Sorry, I'm just wondering why David was rude to me today.
抱歉，我只是在納悶大衛今天為什麼對我那麼沒禮貌。

Sarah : I believe he didn't mean it.
我相信他不是故意的

Ben : I hope so, but he was hostile when I talked to him about this.
希望如此，可是我去找他談這件事時，他也充滿敵意。

Sarah : There must be some misunderstanding.
一定是有什麼誤會。

Ben : I've spent the whole day trying to figure out what went wrong.
我整天都在想到底出了什麼錯。

Sarah : Now, don't be sullen. Maybe he's just in a bad mood.
好了，別悶悶不樂了。也許他只是心情不好。

Ben : I feel so frustrated.
好挫折喔。

Sarah : Cheer up. Let's go get some ice cream.
開心點，我們去吃冰淇淋。

Ben : You're so nice.
妳真好。

字彙

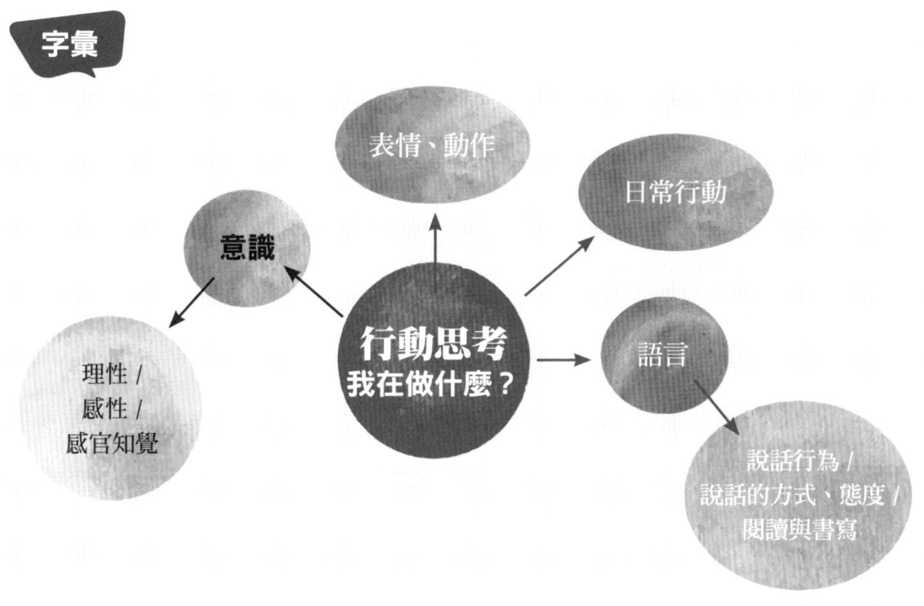

★理性★

〔思考〕

═ 思考活動 ═

- absorb [əbˈsɔrb] v. 使全神貫注
- acknowledge [əkˈnɑlɪdʒ] v. 承認
- analyze [ˈænəlˌaɪz] v. 分析
- anticipate [ænˈtɪsəˌpet] v. 預期
- appraise [əˈprez] v. 評價
- appreciate [əˈpriʃɪˌet] v. 領會
- apprehend [ˌæprɪˈhɛnd] v. 了解
- argue [ˈɑrgjʊ] v. 爭論
- assess [əˈsɛs] v. 評定
- associate [əˈsoʃɪˌet] v. 聯想
- assort [əˈsɔrt] v. 分類
- assume [əˈsjum] v. 以為
- augur [ˈɔgɚ] v. 預示
- awaken [əˈwekən] a. 覺醒的
- aware [əˈwɛr] a. 察覺到的，意識到的
- believe [bɪˈliv] v. 相信

字辨

assort、categorize、classify、divide 與 sort

assort：將形形色色的人事物依據特性分類，特別用在商品分類上，例如：The produtcs are assorted before delivery.（商品在運送前會先分類）。名詞 assortment 便指形形色色的人事物，如：an assortment of pastries（五花八門的甜點）。

categorize：將相同特性的人事物歸為同一類，例如：The people are categorized by their year of birth.（以出生年分來分類那些人）。

classify：意思和 categorize 相近，指將人事物依據特性分類，經常有以分類做為分析基礎的意味，例如：Drugs are classified into five main categories.（藥物分為五個主要類別）。

divide：通常指單純分為數個組別，未必和人事物的特性有關，例如：The students are divided into five groups.（學生們被分為五組）。另也指事物自然形成分歧，例如：Their views divide sharply.（他們的觀點有很大的不同）。

sort：指依據某個特性或基準來排列人事物的秩序，例如：The books are sorted alphabetically.（書本依字母排列）。

- brain [bren] n. 頭腦
- brainstorm [ˈbrenˌstɔrm] v. 腦力激盪
- brainwash [ˈbrenˌwɑʃ] v. 對……洗腦
- brood [brud] v. 沉思
- calculate [ˈkælkjəˌlet] v. 估計
- categorize [ˈkætəgəˌraɪz] v. 歸類
- clarify [ˈklærəˌfaɪ] v. 釐清
- classify [ˈklæsəˌfaɪ] v. 分類
- cogitate [ˈkɑdʒəˌtet] v. 思考
- common sense [ˈkɑmən] [sɛns] n.常識
- compare [kəmˈpɛr] v. 比較
- comprehend [ˌkɑmprɪˈhɛnd] v. 理解
- conceive [kənˈsiv] v. 構思
- concept [ˈkɑnsɛpt] n. 概念
- conjecture [kənˈdʒɛktʃɚ] v. 臆測
- conscious [ˈkɑnʃəs] a. 察覺到的
- consider [kənˈsɪdɚ] v. 考慮
- contemplate [ˈkɑntɛmˌplet] v. 深思熟慮
- contrast [ˈkɑnˌtræst] v. 對照
- create [krɪˈet] v. 創作
- credo [ˈkrido] n. 信條
- daydream [ˈdeˌdrim] v. 做白日夢
- decide [dɪˈsaɪd] v. 決定
- deduce [dɪˈdjus] v. 推論
- define [dɪˈfaɪn] v. 定義
- deliberate [dɪˈlɪbərɪt] v. 仔細考慮
- delve [dɛlv] v. 探究
- detect [dɪˈtɛkt] v. 看穿
- determine [dɪˈtɝmɪn] v. 使下決心
- differentiate [ˌdɪfəˈrɛnʃɪˌet] v. 辨別
- digest [daɪˈdʒɛst] v. 融會
- discern [dɪˈzɝn] v. 看出
- dissect [dɪˈsɛkt] v. 剖析

字辨

differentiate 與 distinguish

differentiate：從一群人事物中辨別其彼此之間的不同，例如：I can't differentiate sounds in the noisy bar.（酒吧裡很吵，我無法清楚地辨別聲音）。

distinguish：依據兩個人事物的特性區分出其不同，例如：Children can't distinguish reality from fiction.（孩童無法區分出現實與虛構的不同）。

- distinguish [dɪˈstɪŋgwɪʃ] v. 區分
- distort [dɪsˈtɔrt] v. 扭曲
- divide [dəˈvaɪd] v. 畫分
- doctrine [ˈdɑktrɪn] n.（政治或宗教的）信條；教義；學說
- doubt [daʊt] v. 懷疑
- dream [drim] v. 夢想
- epiphany [ɪˈpɪfənɪ] n. 頓悟
- espouse [ɪsˈpaʊz] v. 擁護
- esteem [ɪsˈtim] v. 尊敬
- estimate [ˈɛstəˌmet] v. 估計

字辨

calculate 與 estimate

calculate：指計算數字、數量，在一般情況中通常是指經過一番數學計算後進行推測、猜想，例如：I calculated that we would get there before 10.（我推測我們大概十點到那裡）。

estimate：指依據資訊對事情進行大略的評估，通常比 calculate 的計算更粗略，例如：We estimate that China's population will be declining by 2050.（我們估計中國的人口到 2050 年將開始減少）。

- evaluate [ɪˈvæljʊˌet] v. 評估
- examine [ɪgˈzæmɪn] v. 檢視
- explain [ɪkˈsplen] v. 說明
- explore [ɪkˈsplor] v. 探索
- extrapolate [ɪksˈtræpəˌlet] v. 推斷
- fabricate [ˈfæbrɪˌket] v. 虛構
- faith [feθ] n. 信仰
- fancy [ˈfænsɪ] v. 猜想
- fantasize [ˈfæntəˌsaɪz] v. 幻想
- fathom [ˈfæðəm] v. 洞察
- figure [ˈfɪgjɚ] v. 推測
- forecast [ˈforˌkæst] v. 預測
- forethought [ˈforˌθɔt] n. 先見
- frame [frem] v. 構思
- framework [ˈfremˌwɝk] n. 架構
- gather [ˈgæðɚ] v. 推斷
- generalize [ˈdʒɛnərəlˌaɪz] v. 概括
- gist [dʒɪst] n. 要旨
- grasp [græsp] v. 領悟
- grope [grop] v. 摸索
- guess [gɛs] v. 猜測
- hallucinate [həˈlusn̩ˌet] v. 產生幻覺
- hypothesize [haɪˈpɑθəˌsaɪz] v. 假設
- idea [aɪˈdiə] n. 點子；意念
- identify [aɪˈdɛntəˌfaɪ] v. 識別
- illusion [ɪˈljuʒən] n. 錯覺
- imagine [ɪˈmædʒɪn] v. 想像
- imprint [ɪmˈprɪnt] v. 使牢記
- indoctrinate [ɪnˈdɑktrɪˌnet] v. 灌輸（學說、信仰）
- induce [ɪnˈdjus] v. 歸納
- infer [ɪnˈfɝ] v. 推論
- inspect [ɪnˈspɛkt] v. 審視
- intellect [ˈɪntl̩ˌɛkt] n. 智力
- intelligence [ɪnˈtɛlədʒəns] n. 智能
- intend [ɪnˈtɛnd] v. 打算
- internalize [ɪnˈtɝnl̩ˌaɪz] v. 內化

- interpret [ɪnˈtɝprɪt] v. 詮釋
- introspect [ˌɪntrəˈspɛkt] v. 內省
- intuit [ɪnˈtjʊɪt] v. 憑直覺得知
- invent [ɪnˈvɛnt] v. 發明
- investigate [ɪnˈvɛstəˌget] v. 調查
- judge [dʒʌdʒ] v. 評判
- know [no] v. 知道
- knowledge [ˈnɑlɪdʒ] n. 知識
- learn [lɝn] v. 學會；獲悉
- learning [ˈlɝnɪŋ] n. 學識
- liken [ˈlaɪkən] v. 將……比喻為
- mean [min] v. 意指；意圖
- meaning [ˈminɪŋ] n. 意思；意義
- meditate [ˈmɛdəˌtet] v. 冥想
- memorize [ˈmɛməˌraɪz] v. 記住
- memory [ˈmɛmərɪ] n. 記性；回憶
- mind [maɪnd] n. 心智 v. 介意；留意
- mindset [ˈmaɪndˌsɛt] n. 思考傾向
- misinterpret [ˈmɪsɪnˈtɝprɪt] v. 誤釋
- misjudge [mɪsˈdʒʌdʒ] v. 誤判
- misunderstand [ˈmɪsʌndɚˈstænd] v. 誤會
- motivation [ˌmotəˈveʃən] n. 動機
- muddle [ˈmʌdl̩] v. 弄混
- mull [mʌl] v. 反覆思索
- muse [mjuz] v. 深思
- notion [ˈnoʃən] n. 觀念
- organize [ˈɔrgəˌnaɪz] v. 組織
- perceive [pɚˈsiv] v. 感知
- perspective [pɚˈspɛktɪv] n. 觀點
- philosophize [fəˈlɑsəˌfaɪz] v. 以哲學立場研究；理性地思考；空談哲理
- plan [plæn] v., n. 計畫
- ploy [plɔɪ] n. 計謀
- plunge [plʌndʒ] v. 投入
- ponder [ˈpɑndɚ] v. 仔細考慮

字辨

contemplate、meditate、muse與ponder

contemplate：指針對一件事或一個概念深思熟慮，例如：We contemplated the possibility of carrying out the plan.（我們深入考慮實現那個計畫的可能性）。

meditate：指針對一件事或不針對特定事情進行冥想，有特定冥想對象時，通常是與靈性、宗教或抽象概念有關的主題，例如：We meditated on the meaning of life.（我們沉思生命的意義）。

muse：意思與contemplate相近，指反覆思量，也指沉思著問或說，例如："Should I go?"she mused a moment.（「我該不該去？」她沉吟了一下）。

ponder：意思近似contemplate或muse，也是指針對一件事仔細考慮，但通常偏實際問題，例如：I pondered his words.（我仔細想他說的話）。

- posit [ˈpɑzɪt] v. 假定
- postulate [ˈpɑstʃəˌlet] v. 假設
- preconceive [ˌprikənˈsiv] v. 預想
- predict [prɪˈdɪkt] v. 預料
- premise [ˈprɛmɪs] n. 前提
- presuppose [ˌprisəˈpoz] v. 預先推定
- presume [prɪˈzum] v. 推定

字辨

hypothesize、posit 與 postulate

hypothesize：為某件事提出暫時的假設（hypothesis）或揣測，留待日後證明。這個字經常用於科學或醫學領域，例如：It was hypothesized that the disease was caused by contaminated water.（有人提出假設說，那種疾病是受汙染的水引起的）。

posit：指為某個主張提出假定，通常為較嚴肅的主題，例如：We posited that the tragedy could have been avoided.（我們覺得那場悲劇本來是可以避免的）。

postulate：意思與 posit 相近，但為更正式的用詞，指為理論、推理、公理等提出尚未經證實的假定，例如：It's postulated that she is the real author of the book.（有人猜測她是那本書真正的作者）。

字辨

assume 與 presume

assume：以為、認為，對事情做出未必基於確切根據的揣測，不是那麼有把握。例如：She assumed that I'm from the south.（她以為我來自南部）。

presume：推定，依據比較確切的證據對事情做出推測，有一定程度的把握例如：The house was so dirty and empty that I presumed no one lives here anymore.（這棟房子很髒又空空蕩蕩的，我想已經沒有人住了）。

- principle [ˈprɪnsəp!] n. 原則
- propose [prəˈpoz] v. 提議
- prove [pruv] v. 證明
- rationalize [ˈræʃənl̩ˌaɪz] v. 合理化
- realize [ˈrɪəˌlaɪz] v. 明白
- reason [ˈrizn̩] n. 理由；理性
- recall [rɪˈkɔl] v. 回憶（說）
- reckon [ˈrɛkən] v. 認為
- recognize [ˈrɛkəgˌnaɪz] v. 認得；承認
- recollect [ˌrɛkəˈlɛkt] v. 回憶（說）
- reflect [rɪˈflɛkt] v. 反省
- regard [rɪˈgɑrd] v. 把……視為
- remember [rɪˈmɛmbɚ] v. 記得
- reminisce [ˌrɛməˈnɪs] v. 追憶（說）
- research [rɪˈsɝtʃ] v. 研究
- rethink [riˈθɪŋk] v. 重新思考
- retrospect [ˈrɛtrəˌspɛkt] n. 回顧

字辨

recall、recollect、remember、reminisce 與 retrospect

recall：指想起某件事，或回想並向他人描述自己的一段回憶，例如："I have been there," she recalled.（「我去過那裡。」她回憶道）。

recollect：意思與recall 相近，指想起某件事，或向他人描述自己的一段回憶，例如：I can't recollect her name.（我想不起她的名字）。

remember：指記住、記得、想起，為意思最多的用詞，須依上下文來判斷是哪個意思，例如：I can't remember her name.（我不記得／想不起／記不住她的名字）或I remember you.（我記得你）。

reminisce：通常指帶有感情地追憶或回憶，並向他人描述，例如：He reminisced about his school days.（他回憶自己當學生的那段日子）。

retrospect：指回憶、回顧，只有名詞型態，最常見的用法是in retrospect（回想起來），例如：In retrospect, she was always right.（回想起來，她一向是對的）。

- ruminate [ˈruməˌnet] v. 反芻；反覆思考
- ruse [ruz] n. 詭計
- scheme [skim] n. 方案
- scruple [ˈskrupl̩] v. 顧慮
- scrutinize [ˈskrutn̩ˌaɪz] v. 仔細查看
- second thought [ˈsɛkənd][θɔt] n. 三思
- see [si] v. 把……看作；了解
- self-conscious [ˈsɛlfˈkɑnʃəs] a. 有自覺的
- signify [ˈsɪgnəˌfaɪ] v. 意味著
- simplify [ˈsɪmpləˌfaɪ] v. 簡化
- sort [sɔrt] v. 依序排列
- speculate [ˈspɛkjəˌlet] v. 思索
- strategy [ˈstrætədʒɪ] n. 策略
- stream of consciousness [strim][ɑv][ˈkɑnʃəsnɪs] n. 意識流
- study [ˈstʌdɪ] v. 學習；細看
- subconscious [sʌbˈkɑnʃəs] a. 下意識的
- summarize [ˈsʌməˌraɪz] v. 總結
- suppose [səˈpoz] v. 料想
- surmise [sɚˈmaɪz] n., v. 臆測
- survey [sɚˈve] n., v. 調查
- suspect [səˈspɛkt] v. 猜疑
- systemize [ˈsɪstəmˌaɪz] v. 組織化
- tenet [ˈtɛnɪt] n. 信條
- tenor [ˈtɛnɚ] n. 要旨
- theory [ˈθiərɪ] n. 理論
- think [θɪŋk] v. 想；以為
- thought [θɔt] n. 想法
- trick [trɪk] n. 詭計
- unaware [ˌʌnəˈwɛr] a. 未察覺到的
- unconscious [ʌnˈkɑnʃəs] a. 無意識的
- understand [ˌʌndɚˈstænd] v. 理解

字辨

apprehend、comprehend與understand

apprehend：指認識、理解某個事物的全貌，但這種認識與理解不帶有判斷意味，例如：The concept is too difficult to apprehend.（這個概念太難理解了）。

comprehend：指深入理解，領悟某個事物的本質，並知道如何面對或處理，例如：I try to comprehend the world.（我試著了解這世界）。

understand：表示理解、了解某個人事物的意義時最常用的字，例如：He understands me.（他懂我）或I understand Spanish.（我懂西班牙文）。

- view [vju] v. 將……看成是
- viewpoint [ˈvjuˌpɔɪnt] n. 見解

- wonder [ˈwʌndɚ] v. 納悶
- world view [wɝld][vju] n. 世界觀

═ 思維傾向 ═

- abstract [ˈæbstrækt] a. 抽象的
- advanced [ədˈvænst] a. 開明的
- anarchism [ˈænɚˌkɪzəm] n. 無政府主義
- balanced [ˈbælənst] a. 平衡的
- biased [ˈbaɪəst] a. 有偏見的
- centrism [ˈsɛntrɪzəm] n.（政治的）中間派
- chauvinism [ˈʃovɪnˌɪzəm] n. 沙文主義
- collectivism [kəˈlɛktɪvˌɪzəm] n. 集體主義
- conformism [kənˈfɔrmɪzəm] n. 盲從因循
- conservative [kənˈsɝvətɪv] a. 保守的
- creative [krɪˈetɪv] a. 有創意的
- critical [ˈkrɪtɪkl̩] a. 批判性的
- democratic [ˌdɛməˈkrætɪk] a. 民主的
- detached [dɪˈtætʃt] a. 保持距離的
- dichotomy [daɪˈkɑtəmɪ] n. 二分法
- dissident [ˈdɪsədənt] a. 有異議的 n. 異議份子
- dogmatism [ˈdɔgmətɪzəm] n. 教條主義
- down-to-earth [ˌdaʊntəˈɝθ] a. 實際的
- dualism [ˈdjuəlˌɪzəm] n. 二元論
- Eastern thought [ˈistɚn][θɔt] n. 東方思想
- elitism [eˈlitɪzəm] n. 精英主義
- empirical [ɛmˈpɪrɪkl̩] a. 以經驗為依據的；經驗主義的
- Epicureanism [ˌɛpɪkjʊˈrɪənˌɪzəm] n. 享樂主義
- esoteric [ˌɛsəˈtɛrɪk] a. 奧祕的
- ethnocentrism [ˌɛθnəˈsɛntrɪzəm] a. 種族中心主義
- fascism [ˈfæʃˌɪzəm] n. 法西斯主義
- fatalism [ˈfetl̩ˌɪzəm] n. 宿命論
- feminism [ˈfɛmənɪzəm] n. 女性主義
- formalism [ˈfɔrml̩ˌɪzəm] n. 形式主義
- freethinking [ˈfriˈθɪŋkɪŋ] a. 思想自由的 n. 自由思想
- fundamentalism [ˌfʌndəˈmɛntl̩ˌɪzəm] n. 基本教義派
- heretic [ˈhɛrətɪk] a. 異端的
- heuristic [hjʊˈrɪstɪk] a. 啟發式的
- homophobic [ˌhoməˈfobɪk] a. 恐同（害怕同性戀）的
- humanism [ˈhjumənˌɪzəm] n. 人道主義
- iconoclasm [aɪˈkɑnəˌklæzəm] n. 破除偶像崇拜
- idealism [aɪˈdiəˌlɪzəm] n. 理想主義；唯心論
- ideology [ˌaɪdɪˈɑlədʒɪ] n. 意識形態
- impartial [ɪmˈpɑrʃəl] a. 無偏見的
- impractical [ɪmˈpræktɪkl̩] a. 不切實際的
- independent [ˌɪndɪˈpɛndənt] a. 獨立的
- individualism [ɪndəˈvɪdʒʊəlˌɪzəm] n. 個人主義
- leftism [ˈlɛftɪzəm] n. 左翼主義
- liberal [ˈlɪbərəl] a. 自由主義的
- Marxism [ˈmɑrksɪzəm] n. 馬克思主義
- metaphysical [ˌmɛtəˈfɪzɪkl̩] a. 形而上的
- modernism [ˈmɑdɚnˌɪzəm] n. 現代主義
- monotheism [ˈmɑnoθiˌɪzəm] n. 一神論
- moralism [ˈmɔrəlɪzəm] n. 道德主義
- mysticism [ˈmɪstəˌsɪzəm] n. 神祕主義
- negative [ˈnɛgətɪv] a. 負面消極的
- nihilism [ˈnaɪəlˌɪzəm] n. 虛無主義
- objective [əbˈdʒɛktɪv] a. 客觀的

- optimism [ˈɑptəmɪzəm] n. 樂觀
- oppositional [ˌɑpəˈzɪʃənəl] a. 對立的
- opportunism [ˌɑpɚˈtjunɪzəm] n. 投機主義
- orthodoxy [ˈɔrθəˌdɑksɪ] n. 正統說法
- paranoia [ˌpærəˈnɔɪə] n. 疑神疑鬼
- pessimism [ˈpɛsəmɪzəm] n. 悲觀
- philosophical [ˌfɪləˈsɑfɪkḷ] a. 哲學的
- positive [ˈpɑzətɪv] a. 正面積極的
- practical [ˈpræktɪkḷ] a. 注重實效的
- pragmatic [prægˈmætɪk] a. 務實的
- prejudice [ˈprɛdʒədɪs] n. 偏見
- progressive [prəˈgrɛsɪv] a. 進步的
- purism [ˈpjʊrɪzəm] n. 純粹主義
- puritanism [ˈpjʊrɪtənɪzəm] n. 清教主義
- racism [ˈresɪzəm] n. 種族主義
- radical [ˈrædɪkḷ] a. 激進的
- rationalism [ˈræʃənḷˌɪzəm] n. 理性主義
- reactionary [rɪˈækʃənˌɛrɪ] a. 反動的 n. 反動派
- realism [ˈrɪəlˌɪzəm] n. 現實主義
- reformism [rɪˈfɔrmɪzəm] n. 革新主義
- religious [rɪˈlɪdʒəs] a. 宗教的
- rightism [ˈraɪtɪzəm] n. 右翼主義
- school [skul] n. 學派
- sectarian [sɛkˈtɛrɪən] a. 有派系意識的 n. 派別成員
- separatism [ˈsɛpərəˌtɪzəm] n. 分離主義
- sexism [ˈsɛksˌɪzəm] n. 性別偏見
- simplistic [sɪmˈplɪstɪk] a. 過分簡化的
- skepticism [ˈskɛptəsɪzəm] n. 懷疑論
- spiritual [ˈspɪrɪtʃʊəl] a. 心靈的
- stereotype [ˈstɛrɪəˌtaɪp] n. 刻板印象
- stoicism [ˈstoɪˌsɪzəm] n. 禁慾主義
- subjective [səbˈdʒɛktɪv] a. 主觀的
- theoretical [ˌθiəˈrɛtɪkḷ] a. 理論性的
- theory [ˈθiərɪ] n. 理論
- thinking [ˈθɪŋkɪŋ] n. 思維
- traditionalism [trəˈdɪʃənḷɪzəm] n. 傳統主義
- unorthodox [ʌnˈɔrθəˌdɑks] a. 非正統的
- Western thought [ˈwɛstɚn][θɔt] n. 西方思想
- worldly [ˈwɝldlɪ] a. 世俗的

─ 思考的一般特性 ─

- absent-minded [ˈæbsntˈmaɪndɪd] a. 心不在焉的
- causal [ˈkɔzḷ] a. 因果的
- clear [klɪr] a. 清晰的
- concentrated [ˈkɑnsɛnˌtretɪd] a.全神貫注的
- confused [kənˈfjuzd] a. 糊塗的
- considerate [kənˈsɪdərɪt] a. 考慮周全的
- curious [ˈkjʊrɪəs] a. 好奇的
- credulous [ˈkrɛdʒʊləs] a. 輕信的
- depth [dɛpθ] n. 深度
- discriminatory [dɪˈskrɪmənəˌtorɪ] a. 有識別力的
- distracted [dɪˈstræktɪd] a. 分心的
- divided [dəˈvaɪdɪd] a. 意見分歧的
- dreamy [ˈdrimɪ] a. 愛做白日夢的
- encyclopedic [ɪnˌsaɪkləˈpidɪk] a.知識淵博的
- erroneous [ɪˈronɪəs] a. 錯誤的
- evocative [ɪˈvɑkətɪv] a. 引發回憶的
- fallacy [ˈfæləsɪ] n. 謬誤
- farsighted [ˈfɑrˈsaɪtɪd] a. 有遠見的

- flexible [ˈflɛksəbḷ] a. 靈活的
- focused [ˈfokəst] a. 專心的
- foggy [ˈfɑgɪ] a. 模糊的；朦朧的
- fresh [frɛʃ] a. 新鮮的
- futile [ˈfjutḷ] a. 無用的
- fuzzy [ˈfʌzɪ] a. 模糊不清的
- germane [dʒɝˈmen] a. 適當的
- great [gret] a. 極好的
- grounded [graʊndɪd] a. 有根據的
- gullible [ˈgʌləbḷ] a. 好騙的
- half-baked [ˈhæfˈbekt] a. 不夠成熟的
- hidebound [ˈhaɪdˌbaʊnd] a. 古板頑固的
- immature [ˌɪməˈtjʊr] a. 未成熟的
- in-depth [ˈɪnˈdɛpθ] a. 深入的
- inapt [ɪnˈæpt] a. 不適當的
- inarguable [ɪnˈɑrgjʊəbḷ] a. 不容爭辯的
- inflexible [ɪnˈflɛksəbḷ] a. 不能改變的
- influential [ˌɪnflʊˈɛnʃəl] a. 有影響力的
- informative [ɪnˈfɔrmətɪv] a. 增長見聞的
- ingenious [ɪnˈdʒinjəs] a. 獨創的
- inquisitive [ɪnˈkwɪzətɪv] a. 好追問的
- insane [ɪnˈsen] a. 荒唐愚蠢的
- insight [ˈɪnˌsaɪt] n. 洞見
- inspiring [ɪnˈspaɪrɪŋ] a. 啟發人心的
- instinctive [ɪnˈstɪŋktɪv] a. 直覺的
- instructive [ɪnˈstrʌktɪv] a. 教育性的
- insular [ˈɪnsəlɚ] a. 島民心態的
- irrational [ɪˈræʃənḷ] a. 缺乏理性的
- irrelevant [ɪˈrɛləvənt] a. 不對題的
- judicious [dʒuˈdɪʃəs] a. 明斷的
- keen [kin] a. 聰敏的
- knowledgeable [ˈnɑlɪdʒəbḷ] a. 有見識的
- knowing [ˈnoɪŋ] a. 知情的
- level-headed [lɛvḷˈhɛdɪd] a. 頭腦清晰的
- logical [ˈlɑdʒɪkḷ] a. 合邏輯的
- lucid [ˈlusɪd] a. 清晰易懂的
- matter-of-fact [ˈmætərəvˈfækt] a. 實事求是的
- mature [məˈtjʊr] a. 成熟的
- memorable [ˈmɛmərəbḷ] a. 值得懷念的
- methodical [məˈθɑdɪkəl] a. 講究方法的
- misleading [mɪsˈlidɪŋ] a. 誤導的
- naive [nɑˈiv] a. 天真的
- non-judgmental [ˈnɑndʒʌdʒˈmɛntḷ] a. 不作個人價值觀論斷的
- oblivious [əˈblɪvɪəs] a. 渾然不知的
- organized [ˈɔrgənˌaɪzd] a. 有組織的
- paradox [ˈpærəˌdɑks] n. 悖論
- parochial [pəˈrokiəl] a. 目光狹隘的
- pensive [ˈpɛnsɪv] a. 若有所思的
- pertinent [ˈpɝtṇənt] a. 中肯的
- plausible [ˈplɔzəbḷ] a. 似乎有理的
- pinpoint [ˈpɪnˌpɔɪnt] a. 準確的
- pointless [ˈpɔɪntlɪs] a. 不得要領的
- preliminary [prɪˈlɪməˌnɛrɪ] a. 初步的
- preoccupied [priˈɑkjəˌpaɪd] a. 入神的
- preposterous [priˈpɑstərəs] a. 荒謬反常的
- problematic [ˌprɑbləˈmætɪk] a. 有問題的
- provincial [prəˈvɪnʃəl] a. 偏狹鄉氣的
- provocative [prəˈvɑkətɪv] a. 挑釁的
- rational [ˈræʃənḷ] a. 有理性的
- reasonable [ˈriznəbḷ] a. 合理的
- redolent [ˈrɛdḷənt] a. 令人想起……的

- relevant [ˈrɛləvənt] a. 切題的
- rigid [ˈrɪdʒɪd] a. 僵化的
- sane [sen] a. 明智的
- self-contradictory [ˈsɛlfˌkɑntrəˈdɪktərɪ] a. 自相矛盾的
- sensible [ˈsɛnsəbl̩] a. 合情理的
- shaky [ˈʃekɪ] a. 不穩固的
- sharp [ʃɑrp] a. 敏銳的
- single-minded [ˈsɪŋgl̩ˈmaɪndɪd] a. 一心一意的
- skewed [skjud] a. 曲解的
- sober [ˈsobɚ] a. 清醒的
- solid [ˈsɑlɪd] a. 堅固的
- sound [saʊnd] a. 健全的
- spurious [ˈspjʊrɪəs] a. 似是而非的
- strong [strɔŋ] a. 有力的
- succinct [səkˈsɪŋkt] a. 言簡意賅的
- superstitious [ˌsupɚˈstɪʃəs] a. 迷信的
- systematic [ˌsɪstəˈmætɪk] a. 有系統的
- tenable [ˈtɛnəbl̩] a. 站得住腳的
- tenuous [ˈtɛnjʊəs] a. 脆弱的
- thought-provoking [ˈθɔtprəˌvokɪŋ] a. 引人深思的
- thoughtful [ˈθɔtfəl] a. 若有所思的
- thoughtless [ˈθɔtlɪs] a. 欠思慮的
- trenchant [ˈtrɛntʃənt] a. 犀利的
- tunnel vision [ˈtʌnl̩] [ˈvɪʒən] n. 井蛙之見
- unassailable [ˌʌnəˈseləbl̩] a. 無懈可擊的
- unbiased [ʌnˈbaɪəst] a. 無偏見的
- undeniable [ˌʌndɪˈnaɪəbl̩] a. 無可否認的
- understandable [ˌʌndɚˈstændəbl̩] a. 可理解的
- ungrounded [ʌnˈgraʊndɪd] a. 沒有根據的
- unimaginable [ˌʌnɪˈmædʒɪnəbl̩] a. 難以想像的
- unknowing [ʌnˈnoɪŋ] a. 不知情的
- unorganized [ʌnˈɔrgənˌaɪzd] a. 未經組織的
- unproven [ʌnˈpruvən] a. 未經證實的
- unreasonable [ʌnˈriznəbl̩] a. 不合理的
- untested [ʌnˈtɛstɪd] a. 未經考驗的
- unthinkable [ʌnˈθɪŋkəbl̩] a. 不可思議的
- unthinking [ʌnˈθɪŋˌkɪŋ] a. 思慮不周的
- unwise [ʌnˈwaɪz] a. 不智的
- unwitting [ˌʌnˈwɪtɪŋlɪ] a. 不知情的
- vague [veg] a. 含糊的
- viable [ˈvaɪəbl̩] a. 可行的
- vivid [ˈvɪvɪd] a. 生動的
- weak [wik] a. 無說服力的
- well-founded [ˈwɛlˈfaʊndɪd] a. 理由充足的
- wise [waɪz] a. 明智的
- wishful thinking [ˈwɪʃfəl][ˈθɪŋkɪŋ] n. 一廂情願的想法
- world view [wɝld] [vju] n. 世界觀

〔態度表現〕

＝積極／消極＝

- active [ˈæktɪv] a. 積極的
- aggressive [əˈgrɛsɪv] a. 有進取精神的；有幹勁的
- ambitious [æmˈbɪʃəs] a. 有企圖心的
- ardent [ˈɑrdənt] a. 熱切的
- diligent [ˈdɪlədʒənt] a. 勤勉的
- earnest [ˈɝnɪst] a. 認真的

- enthusiastic [ɪnˌθjuzɪˈæstɪk] a. 熱心的
- fervent [ˈfɝvənt] a. 熱烈的
- lazy [ˈlezɪ] a. 懶散的
- motivated [ˈmotɪvetɪd] a. 充滿動機的
- passive [ˈpæsɪv] a. 消極的
- serious [ˈsɪrɪəs] a. 當真的；嚴肅的
- tepid [ˈtɛpɪd] a. 不熱心的
- tireless [ˈtaɪrlɪs] a. 孜孜不倦的
- voluntary [ˈvɑlənˌtɛrɪ] a. 自願的

＝ 友善／不友善 ＝

- affable [ˈæfəbl̩] a. 和氣的
- aloof [əˈluf] a. 保持距離的
- amiable [ˈemɪəbl] a. 友好的
- cold [kold] a. 冷冰冰的
- considerate [kənˈsɪdərɪt] a. 體貼的
- distant [ˈdɪstənt] a. 疏遠的

字辨

affable、amiable 與 friendly

affable：態度和氣有禮的，例如：an affable smile（和氣的微笑）。

amiable：比 affable 的意思更積極一點，指友好而樂意幫忙或配合的，可用來形容人或事物，例如：an amiable disposition.（性情和善）、an amiable conversation（和善的談話）。

friendly：比前兩者常用，泛指人態度友善，可用來形容人與事物，例如：a friendly match（友誼賽）、a friendly environment（友善的環境）。

- friendly [ˈfrɛndlɪ] a. 友善的
- frosty [ˈfrɔstɪ] a. 冷若冰霜的
- haughty [ˈhɔtɪ] a. 高傲的
- hospitable [ˈhɑspɪtəbl̩] a. 好客的
- hostile [ˈhɑstɪl] a. 有敵意的
- inhospitable [ɪnˈhɑspɪtəbl̩] a. 不好客的
- kind [kaɪnd] a. 親切的
- lukewarm [ˈlukˈwɔrm] a. 冷淡的
- malevolent [məˈlɛvələnt] a. 不懷好意的
- nice [naɪs] a. 和善的
- suave [swɑv] a. 圓滑溫和的
- unfriendly [ʌnˈfrɛndlɪ] a. 不友善的
- unkind [ʌnˈkaɪnd] a. 不親切的
- unwilling [ʌnˈwɪlɪŋ] a. 不樂意的
- warm [wɔrm] a. 溫暖的
- willing [ˈwɪlɪŋ] a. 樂意的
- xenophobia [ˌzɛnəˈfobɪə] n. 仇外

＝ 仁慈／嚴格 ＝

- austere [ɔˈstɪr] a. 嚴厲的
- authoritarian [əˌθɔrəˈtɛrɪən] a. 權威主義的
- clement [ˈklɛmənt] a. 仁慈的
- cold-blooded [ˈkoldˈblʌdɪd] a. 冷血的
- cruel [ˈkruəl] a. 殘忍的
- demanding [dɪˈmæɪŋ] a. 要求多的
- didactic [dɪˈdæktɪk] a. 好說教的
- dogmatic [dɔgˈmætɪk] a. 教條主義的
- exacting [ɪgˈzæktɪŋ] a. 苛刻的
- generous [ˈdʒɛnərəs] a. 寬宏大量的
- hard [hɑrd] a. 嚴厲的
- harsh [hɑrʃ] a. 嚴厲的

- inflexible [ɪnˈflɛksəbl̩] a. 不退讓的
- interrogative [ˌɪntəˈrɑgətɪv] a. 質問的
- intolerant [ɪnˈtɑlərənt] a. 不寬容的
- lenient [ˈlinjənt] a. 寬大的
- literalist [ˈlɪtərəlɪst] n. 拘泥字面解釋的人
- merciful [ˈmɝsɪfəl] a. 慈悲的
- petty [ˈpɛtɪ] a. 小裡小氣的
- picky [ˈpɪkɪ] a. 愛挑剔的
- reproachful [rɪˈprotʃfəl] a. 責備的
- rigid [ˈrɪdʒɪd] a. 嚴格死板的
- rigorous [ˈrɪgərəs] a. 嚴格的
- ritualistic [ˌrɪtʃʊəlˈɪstɪk] a. 固守儀式的
- strict [strɪkt] a. 嚴格的
- tender [ˈtɛndɚ] a. 溫柔的

字辨

rigid、rigorous 與 strict

rigid：特別強調對人事物的態度嚴格到死板、沒有通融餘地，例如：He is rigid and inflexible abot rules.（他對遵守規定這件事很嚴格，不肯通融）。也可以用來形容人的個性死板不知變通。

rigorous：指對人事物的態度嚴格或嚴謹，例如：She is rigorous about quality.（她對品質的要求很嚴格）或 He is rigorous in his approach.（他的方法很嚴謹）。

strict：指嚴格要求人事物遵守規定，不得逾越，經常用來形容父母師長對孩子或學童的態度。例如：He is strict with his students.（他對學生很嚴格）。

- tolerant [ˈtɑlərənt] a. 容忍的
- unforgiving [ˌʌnfɚˈgɪvɪŋ] a. 不原諒的
- unsparing [ʌnˈspɛrɪŋ] a. 不留情的

＝ 攻擊／平和 ＝

- aggressive [əˈgrɛsɪv] a. 咄咄逼人的
- argumentative [ˌɑrgjəˈmɛntətɪv] a. 好辯的
- assertive [əˈsɝtɪv] a. 武斷的
- combative [kəmˈbætɪv] a. 好戰的
- competitive [kəmˈpɛtətɪv] a. 好競爭的
- dovish [ˈdʌvɪʃ] a. 鴿派的，溫和派的
- forceful [ˈforsfəl] a. 有說服力的
- gentle [ˈdʒɛntl̩] a. 溫和的
- peaceful [ˈpisfəl] a. 愛好和平的
- contentious [kənˈtɛnʃəs] a. 愛爭論的
- inoffensive [ˌɪnəˈfɛnsɪv] a. 不傷人的
- offensive [əˈfɛnsɪv] a. 冒犯的
- ruthless [ˈruθlɪs] a. 無情的
- threatening [ˈθrɛtn̩ɪŋ] a. 威脅的
- violent [ˈvaɪələnt] a. 凶暴的

＝ 有禮貌／沒禮貌 ＝

- abrupt [əˈbrʌpt] a. 唐突的
- barbaric [bɑrˈbærɪk] a. 野蠻的
- civil [ˈsɪvl̩] a. 客氣的
- civilized [ˈsɪvəˌlaɪzd] a. 有禮貌的
- cocky [ˈkɑkɪ] a. 驕傲的
- complacent [kəmˈplesn̩t] a. 自滿的
- condescending [ˌkɑndɪˈsɛndɪŋ] a. 屈尊的
- courteous [ˈkɝtjəs] a. 謙恭的

- deferential [ˌdɛfəˈrɛnʃəl] a. 恭敬的
- humble [ˈhʌmbḷ] a. 謙卑的；低聲下氣的
- impolite [ˌɪmpəˈlaɪt] a. 無禮的
- insolent [ˈɪnsələnt] a. 傲慢無禮的
- modest [ˈmɑdɪst] a. 謙虛的
- polite [pəˈlaɪt] a. 有禮貌的
- rude [rud] a. 粗魯無禮的

═ 確定／不確定 ═

- bullish [ˈbʊlɪʃ] a.（尤指對股市）樂觀看漲的
- certain [ˈsɝtən] a. 確定的
- conceited [kənˈsitɪd] a. 自負的；（口）想入非非的
- confident [ˈkɑnfədənt] a. 有信心的
- laid-back [ˈledˌbæk] a. 好整以暇的；（口）悠閒的

字辨

certain、positive 與 sure

certain：有把握的、確定的，傾向是有客觀根據的確信，語氣比 sure 強烈，例如：I'm certain that he'll come.（我確信他會來）。

positive：表示百分之百的相信，語氣是三個詞彙中最武斷的，例如：I'm positive I had carried the key with me.（我確定自己真的有帶鑰匙）。

sure：相信的，有時傾向是主觀認定，語氣顯得稍弱，例如：I'm sure that you'll pass the exam.（我相信你會通過考試的）。

- optimistic [ˌɑptəˈmɪstɪk] a. 樂觀的
- pessimistic [ˌpɛsəˈmɪstɪk] a. 悲觀的
- positive [ˈpɑzətɪv] a. 確信的
- skeptical [ˈskɛptɪkḷ] a. 多疑的
- sure [ʃʊr] a. 確信的
- trusting [ˈtrʌstɪŋ] a. 信任的；輕易相信別人的
- uncertain [ʌnˈsɝtṇ] a. 不確定的
- unsure [ˌʌnˈʃʊr] a. 沒把握的
- unsuspecting [ˌʌnsəˈspɛktɪŋ] a. 不懷疑的

═ 謹慎／輕率 ═

- brash [bræʃ] a. 性急的
- careful [ˈkɛrfəl] a. 小心的
- careless [ˈkɛrlɪs] a. 粗心的
- cautious [ˈkɔʃəs] a. 謹慎的
- circumspect [ˈsɝkəmˌspɛkt] a. 小心周詳的

字辨

careful、cautious 與 circumspect

careful：常用語，形容人的個性、舉止或態度小心，肯留心注意細節。例如：He is careful about his manners.（他很留意自己的禮儀）。

cautious：同樣為小心、謹慎的意思，但暗示是為了避免不好的狀況或危險出現而心存戒慎。動詞 caution 便有「警告」的意思。例如：The teacher is cautious not to be too harsh on her students.（老師很小心不對學生太嚴厲）。

circumspect：意思接近 careful，是指小心、會仔細考量各項周圍因素的，不同的是 circumspect 多用來形容處事態度，不太用來形容人本身，例如我們會說 He is circumspect when talking about himself.（他談到自己時態度很小心），但通常不說He is a circumspect person.（他是個小心的人）。

- discreet [dɪˈskrit] a. 慎重的
- fastidious [fæsˈtɪdɪəs] a. 過分嚴謹的
- flippant [ˈflɪpənt] a. 輕浮的
- heady [ˈhɛdɪ] a. 莽撞的
- heedless [ˈhidlɪs] a. 不注意的
- imprudent [ɪmˈprudn̩t] a. 輕率的
- indiscreet [ˌɪndɪˈskrit] a. 不慎重的
- measured [ˈmɛʒɚd] a. 仔細考慮過的
- meticulous [məˈtɪkjələs] a. 拘泥細節的
- mindful [ˈmaɪdfəl] a. 留心的
- mindless [ˈmaɪndlɪs] a. 不留心的
- negligent [ˈnɛglɪdʒənt] a. 疏忽的
- prudent [ˈprudn̩t] a. 審慎的
- random [ˈrændəm] a. 任意的
- rash [ræʃ] a. 貿然行事的
- reckless [ˈrɛklɪs] a. 不顧後果的
- reserved [rɪˈzɝvd] a. 有所保留的
- scrupulous [ˈskrupjələs] a. 嚴謹的
- unwary [ʌnˈwɛrɪ] a. 不警戒的
- wary [ˈwɛrɪ] a. 警戒的

═ 正式／隨意 ═

- businesslike [ˈbɪznɪsˌlaɪk] a. 公事公辦的
- casual [ˈkæʒʊəl] a. 不拘禮節的
- ceremonious [ˌsɛrəˈmonjəs] a. 講究禮數的
- formal [ˈfɔrml̩] a. 正式的
- informal [ɪnˈfɔrml̩] a. 非正式的
- leisurely [ˈliʒɚlɪ] a. 悠閒的

═ 膽量大／膽量小 ═

- audacious [ɔˈdeʃəs] a. 勇往直前的
- bald-faced [ˈbɔldˌfest] a. 厚臉皮的
- bold [bold] a. 大膽的
- brazen [ˈbrezən] a. 厚顏無恥的
- cheeky [ˈtʃikɪ] a.（口）膽大妄為的
- cowardly [ˈkaʊɚdlɪ] a. 怯懦的

字辨

bald-faced 與 brazen

bald-faced：形容詞 bald 原指禿的、裸露的，延伸有露骨的意思。複合形容詞 bald-faced 則是指不遮羞、厚臉皮的意思，可用來形容人或事物。例如：a bald-faced lie（睜眼說瞎話）；He is bald-faced about his infidelities.（他對自己的不忠坦承不諱）。

brazen：原指黃銅製的，這裡是將黃銅響亮刺耳的特性，延伸來形容人的態度厚顏無恥，例如：He was so brazen that he put all the blame on me.（他厚臉皮到把所有過錯推到我身上）。

• daring [ˈdɛrɪŋ] a. 膽敢的
• shameless [ˈʃemlɪs] a. 無恥的
• timorous [ˈtɪmərəs] a. 提心吊膽的
• unafraid [ʌnəˈfred] a. 無畏的
• unflinching [ʌnˈflɪntʃɪŋ] a. 不退縮的

═ 堅定／動搖 ═

• ambivalent [æmˈbɪvələnt] a 搖擺不定的
• decisive [dɪˈsaɪsɪv] a. 果斷的
• determined [dɪˈtɝmɪnd] a. 已下定決心的
• firm [fɝm] a. 堅貞的
• hesitant [ˈhɛzətənt] a. 遲疑的
• importunate [ɪmˈpɔrtʃənɪt] a. 強求不休的
• insistent [ɪnˈsɪstənt] a. 堅持的
• irresolute [ɪˈrɛzəlut] a. 優柔寡斷的
• obstinate [ˈɑbstənɪt] a. 固執的
• persevering [ˌpɝsəˈvɪrɪŋ] a. 堅忍不拔的
• persistent [pɚˈsɪstənt] a. 反覆持續的
• resolute [ˈrɛzəˌlut] a. 堅毅的 n. 果敢的人
• tenacious [tɪˈneʃəs] a. 頑強的
• undecided [ˌʌndɪˈsaɪdɪd] a. 未決定的
• unaffected [ˌʌnəˈfɛktɪd] a. 不受影響的
• unfazed [ʌnˈfezd] a. 不為所動的
• unmoved [ʌnˈmuvd] a. 不動搖的

═ 坦蕩／遮掩 ═

• blunt [blʌnt] a. 直言不諱的
• candid [ˈkændɪd] a. 坦白的
• clandestine [klænˈdɛstɪn] a. 暗中的
• defensive [dɪˈfɛnsɪv] a. 防人的
• direct [dəˈrɛkt] a. 直截了當的
• evasive [ɪˈvesɪv] a. 迴避的
• frank [fræŋk] a. 坦誠的
• furtive [ˈfɝtɪv] a. 鬼鬼祟祟的
• guarded [ˈgɑrdɪd] a. 慎重而保留的
• mysterious [mɪsˈtɪrɪəs] a. 保持神祕的
• protective [prəˈtɛktɪv] a. 保護的
• reticent [ˈrɛtəsn̩t] a. 沉默的
• secretive [sɪˈkritɪv] a. 隱瞞的
• silent [ˈsaɪlənt] a. 不作聲的
• square [skwɛr] a. 規規矩矩的
• straightforward [ˌstretˈfɔrwɚd] a. 老實坦率的
• unassuming [ˌʌnəˈsjumɪŋ] a. 不裝腔作勢的
• uncommunicative [ˌʌnkəˈmjunəˌketɪv] a. 閉嘴不談的
• unequivocal [ˌʌnɪˈkwɪvəkl̩] a. 不含糊的

═ 贊成／反對 ═

• acquiescent [ˌækwɪˈɛsənt] a. 默認的
• agreeable [əˈgriəbl̩] a. 欣然同意的
• antagonistic [ænˌtægəˈnɪstɪk] a. 對立的
• approving [əˈpruvɪŋ] a. 贊成的
• compliant [kəmˈplaɪənt] a. 迎合的
• confrontational [ˌkɑnfrʌnˈteʃənəl] a. 對抗的
• cooperative [koˈɑpəˌretɪv] a. 樂於合作的
• critical [ˈkrɪtɪkl̩] a. 批評的
• defiant [dɪˈfaɪənt] a. 違抗的
• dismissive [dɪsˈmɪsɪv] a. 不屑一顧的
• disapproving [ˌdɪsəˈpruvɪŋ] a. 不贊成的
• disobedient [ˌdɪsəˈbidɪənt] a. 不服從的

- docile [ˈdɑsḷ] a. 聽話的
- filial [ˈfɪljəl] a. 孝順的
- intransigent [ɪnˈtrænsədʒənt] a. 固執己見的
- neutral [ˈnjutrəl] a. 中立的
- noncommittal [ˌnɑnkəˈmɪtḷ] a. 不置可否的
- obedient [əˈbidjənt] a. 服從的
- reluctant [rɪˈlʌktənt] a. 不甘願的
- resistant [rɪˈzɪstənt] a. 抵抗的
- submissive [sʌbˈmɪsɪv] a. 服從的

字辨

docile、meek、obedient與submissive

docile：特別是指面對權勢或管理時乖順聽話的態度，例如：a docile student（聽話的學生）。

meek：比較是指人個性溫順被動，較容易順服於權威。

obedient：特別是指針對所提出的命令或要求，以服從的態度面對的意思。例如：The Christians are obedient to the commandments of God.（基督徒服從於上帝的聖誡）。

submissive：乖順的意思沒有docile那麼強烈，但仍是指人出於意願或被迫，以服從的態度面對權勢，例如：Traditional women are more submissive to their husbands.（傳統女性對丈夫比較順從）。

- uncompromising [ʌnˈkɑmprəˌmaɪzɪŋ] a. 不妥協的
- uncooperative [ˌʌnkoˈɑpəˌretɪv] a. 不合作的
- unyielding [ʌnˈjildɪŋ] a. 不屈服的
- yielding [ˈjildɪŋ] a. 聽從的

═ 專橫／民主 ═

- bossy [ˈbɑsɪ] a. 愛指揮人的
- coercive [koˈɝsɪv] a. 高壓的
- democratic [ˌdɛməˈkrætɪk] a. 民主的
- despotic [dɪˈspɑtɪk] a. 專制的
- dictatorial [ˌdɪktəˈtorɪəl] a. 獨裁的
- domineering [ˌdɑməˈnɪrɪŋ] a. 盛氣凌人的
- fair [fɛr] a. 公平的
- imperious [ɪmˈpɪrɪəs] a. 專橫跋扈的
- just [dʒʌst] a. 正義的
- oppressive [əˈprɛsɪv] a. 壓迫的
- overbearing [ˈovɚˈbɛrɪŋ] a. 支配的；專橫的
- tyrannical [taɪˈrænɪkḷ] a. 暴虐的
- unfair [ʌnˈfɛr] a. 不公平的
- unjust [ʌnˈdʒʌst] a. 不義的

═ 真誠／不真誠 ═

- dishonest [dɪsˈɑnɪst] a. 不誠實的
- genuine [ˈdʒɛnjʊɪn] a. 誠懇的
- greasy [ˈgrizɪ] a. 油腔滑調的
- guileless [ˈgaɪllɪs] a. 不狡猾的
- half-hearted [hæfˈhɑrtɪd] a. 不認真的
- hearty [ˈhɑrtɪ] a. 衷心的
- honest [ˈɑnɪst] a. 誠實的
- insincere [ˌɪnsɪnˈsɪr] a. 沒有誠意的
- sincere [sɪnˈsɪr] a. 真誠的

- tongue-in-cheek [ˈtʌŋɪnˈtʃik] a. 挖苦的

＝ 有意／無意 ＝

- deliberate [dɪˈlɪbərɪt] a. 故意的
- intentional [ɪnˈtɛnʃənl̩] a. 有意圖的
- purposeful [ˈpɝpəsfəl] a. 有目的的
- unintentional [ˌʌnɪnˈtɛnʃənl̩] a. 無心的
- well-meaning [ˈwɛlˈminɪŋ] a. 善意的
- willful [ˈwɪlfəl a. 存心的

字辨

deliberate、intentional 與 willful

deliberate：表示明知行為的後果或性質為何，仍做了那個行為，通常是指壞事。例如：a deliberate attack（蓄意攻擊）。

intentional：指帶有某種意圖或計畫來做一件事，但未必是壞事。例如：The film is an intentional homage to an early classic.（這部電影是有意向一部經典老片致敬）。

willful：通常指刻意做一件有負面意味的事，因為那正是其目的，例如：
a willful disregard for the safety of other people（刻意忽視他人安全）。

＝ 大方／小氣 ＝

- frugal [ˈfrugl̩] a.（對錢、食物、時間）節約的
- generous [ˈdʒɛnərəs] a. 慷慨的
- miserly [ˈmaɪzɚlɪ] a. 吝嗇的
- moderate [ˈmɑdərɪt] a. 有節制的
- narrow-minded [ˈnæroˈmaɪndɪd] a. 氣量小的
- open-minded [ˈopənˈmaɪndɪd] a. 胸襟開放的
- prodigal [ˈprɑdɪgl̩] a. 揮霍的
- sparing [ˈspɛrɪŋ] a. 節儉的
- spendthrift [ˈspɛndˌθrɪft] a. 揮霍無度的
- stingy [ˈstɪndʒɪ] a. 小氣的
- wasteful [ˈwestfəl] a. 浪費的

字辨

prodigal、spendthrift 與 wasteful

prodigal：特別指人用錢揮霍。prodigal son（敗家子）一詞便是來自聖經裡浪子回頭的寓言（Parable of the prodigal son），該寓言描述小兒子散盡家產後回家向父親懺悔的故事。

spendthrift：特別指人揮霍金錢到失去應有的限度，也可作名詞用，指揮霍無度的人。

wasteful：浪費的，可指用錢揮霍，也可指在其他方面因為有意或無意導致浪費的情形，例如：wasteful of water（浪費水）。

★感性，情緒感受★

＝ 高興、愉快 ＝

- blithe [blaɪð] a. 快活的
- buoyant [ˈbɔɪənt] a. 心情愉快的

• cheerful [ˈtʃɪrfəl] a. 開朗的
• chirpy [ˈtʃɝpɪ] a. 雀躍的
• delight [dɪˈlaɪt] n. 愉悅
• ecstatic [ɛkˈstætɪk] a. 狂喜的
• elated [ɪˈletɪd] a. 興高采烈的
• elation [ɪˈleʃən] n. 興高采烈
• euphoria [juˈforɪə] n. 欣快
• exalted [ɪgˈzɔltɪd] a. 得意洋洋的
• excited [ɪkˈsaɪtɪd] a. 興奮的
• excitement [ɪkˈsaɪtmənt] n. 興奮
• exultation [ˌɛgzʌlˈteʃən] n. 大喜

字辨

delight、gaiety、glee 與 joy

delight：事物所帶來的愉悅感覺，比一般娛樂或樂趣（pleasure）所給予的愉悅更深刻，例如：She looked delighted to see her friends.（她似乎很高興見到朋友們）。

gaiety：歡欣快活，可用來形容一個人的性情，也可以形容活潑歡樂的心情，例如：They celebrated the harvest festival with gaiety.（他們歡欣鼓舞地慶祝豐年祭）。

glee：有時與 gaiety 通用，但雀躍、興奮的感覺更強烈一點，例如：They danced in glee when they learned that they won the lottery.（得知中樂透後，他們開心地手舞足蹈）。

joy：由於精神上的原因而感覺喜悅、喜樂，有種內心的滿足感。例如：the joy of life（生命的喜悅）。

• feverish [ˈfivərɪʃ] a. 狂熱的
• flushed [flʌʃt] a. 興奮得意的
• gay [ge] a. 快樂無憂的
• gaiety [ˈgeətɪ] n. 歡欣
• glad [glæd] a. 高興的
• glee [gli] n. 歡天喜地
• good mood [gʊd][mud] n. 好心情
• happy [ˈhæpɪ] a. 快樂的，高興的

字辨

glad 與 happy

glad：通常是針對某個情況表示高興，例如：I'm glad that she is coming.（我很高興她要來了）或 Glad to meet you.（很高興見到你）。

happy：可用來表示一時的情緒或持久的心理狀態，未必是針對某個特定情況，例如：You look happy.（你看起來很高興）或 She lives a happy life（她過著快樂的人生）。

• high [haɪ] a. 興奮陶醉的
• jaunty [ˈdʒɔntɪ] a. 喜洋洋的
• jolly [ˈdʒɑlɪ] a. 快活的
• joy [dʒɔɪ] n. 喜悅
• jubilation [ˌdʒublˈeʃən] n. 歡騰
• light-hearted [ˈlaɪtˈhɑrtɪd] a. 輕鬆愉快的
• merry [ˈmɛrɪ] a. 歡樂的
• mirth [mɝθ] n. 歡笑
• overexcited [ˌovɚɪkˈsaɪtɪd] a. 過度興奮的
• overjoyed [ˌovɚˈdʒɔɪd] a. 喜不自勝的

- pleased [plizd] n. 高興滿意的
- rapture [ˈræptʃɚ] n. 欣喜若狂
- satisfied [ˈsætɪsˌfaɪd] a. 滿意的
- terrific [təˈrɪfɪk] a. 非常好的
- thrilled [θrɪld] a. 非常興奮的
- triumph [ˈtraɪəmf] n. 勝利的喜悅

═ 驚訝、驚嚇、害怕 ═

- afraid [əˈfred] a. 害怕的
- agoraphobia [ˌægərəˈfobɪə] n. 廣場恐懼症
- alarmed [əˈlɑrmd] a. 驚恐的
- amazed [əˈmezd] a. 驚奇的
- angst [ɑŋst] n. 憂懼
- astonished [əˈstɑnɪʃt] a. 驚愕的
- awe [ɔ] n. 敬畏

字辨

afraid 與 fear

afraid：形容詞，泛指各種情況下的害怕或恐懼，例如：I'm afraid of you.（我怕你）、He is afraid of darkness.（他怕黑）。另也可指「恐怕」，例如：I'm afraid that I can't come tomorrow.（恐怕明天我不能來）。

fear：做動詞或名詞使用，可用來描述 afraid 所指涉的恐懼，如：I fear you.（我怕你）、He fears darkness.（他怕黑），但介系詞不同，意義也會跟著轉變，例如：I fear for you（我替你感到害怕）。另外，要表示帶有敬畏的恐懼時，應該要使用 fear，例如：fear of God（敬畏上帝）。

- claustrophobia [ˌklɔstrəˈfobɪə] n. 幽閉恐懼症
- consternation [ˌkɑnstɚˈneʃən] n. 驚愕
- dismay [dɪsˈme] n. 驚慌
- dismayed [dɪsˈmed] a. 驚慌的
- dread [drɛd] n. 懼怕
- dumbfounded [ˌdʌmˈfaʊndɪd] a.（驚訝得）目瞪口呆的
- fear [fɪr] n. 恐懼
- fearless [ˈfɪrlɪs] a. 無畏的
- fright [fraɪt] n. 驚嚇
- horror [ˈhɔrɚ] a. 怖懼；極端厭惡
- intimidated [ɪnˈtɪməˌdetɪd] a. 嚇到的
- petrified [ˈpɛtrɪfaɪd] a. 嚇呆的
- phobia [ˈfobɪə] n. 恐懼（症）
- scared [skɛrd] a. 受驚嚇的
- shattered [ˈʃætɚd] a. 震驚失措的
- shocked [ʃɑkt] a. 震驚的
- startled [ˈstɑrtḷd] a. 嚇一跳的
- stunned [stʌnd] a. 大吃一驚的
- stupefied [ˈstjupəˌfaɪd] a. 驚呆的
- surprised [səˈpraɪzd] a. 驚訝的
- terrified [ˈtɛrəˌfaɪd] a. 駭懼的
- terror [ˈtɛrɚ] n. 駭懼
- trepidation [ˌtrɛpəˈdeʃən] n. 顫慄
- thunderstruck [ˈθʌndɚˌstrʌk] a. 嚇壞了的
- transfixed [trænsˈfɪkst] a.（因為恐懼或驚嚇而）呆若木雞的

═ 困惑 ═

- abashed [əˈbæʃt] a. 發窘的
- baffled [ˈbæfḷd] a. 難倒的

- bewildered [bɪˈwɪldɚd] a. 困惑昏頭的
- confused [kənˈfjuzd] a. 混亂的
- disconcerted [ˌdɪskənˈsɝtɪd] a. 倉皇失措的
- perplexed [pɚˈplɛkst] a. 困惑不知所措的
- puzzled [pʌzḷd] a. 搞糊塗的
- troubled [ˈtrʌbḷd] a. 發愁的

字辨

bewildered、confused、perplexed 與 puzzled

bewildered：因為事情太過複雜、混亂或發生得太快，而如迷路般暈頭轉向的，例如：I am bewildered by the rapidity of change.（改變的速度讓我暈頭轉向）。

confused：常用語，表示因為事情的混亂或混淆而不能理解或不知該如何做，例如：He is confused about his sexuality.（他對自己的性傾向很困惑）。

perplexed：表示不能理解發生什麼事或該怎麼做而困惑，帶有憂心的意味，例如：He looked at me with a perplexed expression.（他用困惑的表情看著我）。

puzzled：表示事情如謎題（puzzle）般費解或出乎意料而被弄糊塗的，例如：I am puzzled how she did it.（我很困惑她是怎麼做到的）。

═ 焦躁、煩亂 ═

- anxious [ˈæŋkʃəs] a. 焦慮的
- distracted [dɪˈstræktɪd] a. 心煩意亂的
- distraught [dɪˈstrɔt] a. 快發狂的
- distressed [dɪˈstrɛst] a. 苦惱的
- disturbed [dɪˈstɝbd] a. 心亂的
- panic [ˈpænɪk] a. 恐慌的
- restless [ˈrɛstlɪs] a. 焦躁不安的
- stressed [strɛst] a. 感到有壓力的
- uneasy [ʌnˈizɪ] a. 心神不安的
- upset [ʌpˈsɛt] a. 煩亂的

═ 緊張 ═

- edgy [ˈɛdʒɪ] a. 緊張易怒的
- jumpy [ˈdʒʌmpɪ] a. 提心吊膽的
- nervous [ˈnɝvəs] a. 緊張的
- tense [tɛns] a. 緊繃的

═ 失望、消沉、憂鬱 ═

- blue [blu] a. 憂鬱的
- crestfallen [ˈkrɛstˌfɔlən] a. 氣餒的
- dejected [dɪˈdʒɛktɪd] a. 沮喪的
- bipolar disorder [baɪˈpolɚ][dɪsˈɔrdɚ] n. 躁鬱症
- defeat [dɪˈfit] n. 挫敗感 v. 戰勝，擊敗
- depression [dɪˈprɛʃən] n. 憂鬱（症）
- despair [dɪˈspɛr] n. 絕望
- desperation [ˌdɛspəˈreʃən] n. 不顧一切；絕望
- despondence [dɪˈspandəns] n. 消沉
- disappointed [ˌdɪsəˈpɔɪntɪd] a. 失望的
- disheartened [dɪsˈhartnd] a. 灰心的
- dissatisfied [dɪsˈsætɪsˌfaɪd] a. 不滿意的
- doldrums [ˈdaldrəmz] n. 消沉期

- down [daʊn] a. 情緒低落的
- downcast [ˈdaʊnˌkæst] a. 垂頭喪氣的
- frustrated [ˈfrʌstretɪd] a. 挫折的
- frustration [ˌfrʌsˈtreʃən] n. 挫折感
- gloom [glum] n. 陰鬱
- heavy-hearted [ˈhɛvɪˈhɑrtɪd] a. 心情沉重的
- hopeless [ˈhoplɪs] a. 不抱希望的
- low [lo] a. 情緒低落的
- melancholy [ˈmɛlənˌkɑlɪ] n. 憂鬱
- miserable [ˈmɪzərəbḷ] a. 悲慘的
- moody [ˈmudɪ] a. 心情不穩的
- pensive [ˈpɛnsɪv] a. 鬱鬱寡歡的
- somber [ˈsɑmbɚ] a. 陰鬱的
- sulky [ˈsʌlkɪ] a. 悶悶不樂的
- terrible [ˈtɛrəbḷ] a. 很糟糕的

— 傷心、苦痛 —

- agony [ˈægənɪ] n. 極度痛苦，磨人的痛苦
- anguish [ˈæŋgwɪʃ] n. 錐心
- breakdown [ˈbrekˌdaʊn] n. 崩潰
- collapse [kəˈlæps] n. 虛脫
- disillusioned [ˌdɪsɪˈluʒənd] a. 感到幻滅的
- grief [grif] n. 悲傷
- heartbroken [ˈhɑrtˌbrokən] a. 心碎的
- hurt [hɝt] n. 受傷；傷痛
- implacable [ɪmˈplækəbḷ] a. 無法撫慰的
- mournful [ˈmornfəl] a. 哀戚的
- mushy [ˈmʌʃɪ] a. 感傷的
- pain [pen] n. 痛苦
- pang [pæŋ] n. 痛心
- sadness [ˈsædnɪs] n. 悲哀
- sorrow [ˈsɑro] n. 憂傷
- sorrowful [ˈsɑrəfəl] a. 傷心的
- trauma [ˈtrɔmə] n. 創傷
- unhappy [ʌnˈhæpɪ] a. 不快樂的
- wretched [ˈrɛtʃɪd] a. 悲慘的
- weepy [ˈwipɪ] a. 哭哭啼啼的
- woe [wo] n. 悲痛
- woeful [ˈwofəl] a. 哀慟的

字辨

grief、sadness、sorrow 與 woe

grief：因為發生某件事而感到傷心，例如：I felt grief at the death of my father.（父親過世讓我很傷心）。

sadness：表示悲傷、難過的常用詞，泛指各種感到傷心、悲哀的感受。例如：He was deep in sadness.（他陷入深深的哀傷）。

sorrow：因為失去而感到憂傷，常帶有懊悔或內疚意味，例如：Cain felt sorrow for murdering his brother.（該隱為殺死弟弟而憂傷）。

woe：深刻而無法平復的哀傷，名詞型態較常出現在詩句中，平時的常見用法是做為感嘆用的 Woe is me.（我好慘啊）。

— 生氣，激動 —

- agitated [ˈædʒəˌtetɪd] a. 激動的
- anger [ˈæŋgɚ] n. 生氣
- annoyed [əˈnɔɪd] a. 惱火的
- berserk [ˈbɝsɝk] a. 狂怒的

- bitterness [ˈbɪtɚnɪs] n. 憤懣
- cross [krɔs] a. 發怒的
- displeased [dɪsˈplizd] a. 不高興的
- exasperation [ɪgˌzæspəˈreʃən] n. 氣惱
- frantic [ˈfræntɪk] a. 狂亂的

字辨

anger、cross、fury、livid、mad、outrage 與 rage

anger：生氣的常用詞，泛指各種情況下因為某件事或某人而惱火的感受。形容詞為 angry。

cross：形容詞，發怒或惱火的程度較輕微，例如：She is cross with herself.（她很氣自己）。

fury：名詞，比 angry 或 cross 強烈許多的暴怒感受，也是常用詞。形容詞為 furious。

livid：形容詞，原意是烏青的，後引申為形容人非常生氣（以致臉色鐵青的），經常用於媒體報導。例如：The union is livid about the company's decision to lay off employers.（工會對公司決定解雇職員非常憤怒）。

mad：形容詞，口語中常用來表達對某人生氣，例如：She is mad at her husband.（她對丈夫很生氣）。

outrage：特別指因為暴行或不公而引起的憤怒，例如：The public showed outrage at the massacre.（大眾對那場屠殺表示憤怒）。

rage：名詞，難以克制或隱藏的憤怒。例如：He shook with rage.（他氣得發抖）。

- fury [ˈfjʊrɪ] n. 暴怒
- hysterical [hɪsˈtɛrɪkḷ] a. 歇斯底里的
- indignation [ˌɪndɪgˈneʃən] n. 憤慨
- infuriate [ɪnˈfjʊrɪˌet] v. 使大怒
- livid [ˈlɪvɪd] a.（口）非常生氣的
- mad [mæd] a. 生氣的
- outrage [ˈaʊtˌredʒ] n. 義憤
- piqued [pikt] a. 被激怒的
- rage [redʒ] n. 盛怒
- sullen [ˈsʌlɪn] a. 不高興的

＝ 平靜 ＝

- calm [kɑm] a. 平靜的
- composed [kəmˈpozd] a. 鎮定的
- comfortable [ˈkʌmfɚtəbḷ] a. 自在的
- relaxed [rɪˈlækst] a. 放鬆的
- relieved [rɪˈlivd] a. 放下心來的
- untroubled [ʌnˈtrʌbḷd] a. 不煩惱的

＝ 疲憊 ＝

- exhausted [ɪgˈzɔstɪd] a. 精疲力竭的
- fatigued [fəˈtigd] a. 疲乏的
- languid [ˈlæŋgwɪd] a. 缺少活力的，無精打采的
- listless [ˈlɪstlɪs] a. 無精打采的
- run-down [ˈrʌnˌdaʊn] a. 疲憊而健康不佳的
- shagged [ˈʃægɪd] a. 精疲力竭的
- spiritless [ˈspɪrɪtlɪs] a. 沒有精神的
- tired [taɪrd] a. 疲累的
- wan [wɑn] a. 虛弱疲倦的
- worn-out [ˈwornˈaʊt] a. 累壞的

＝喜歡、愛＝

- adoration [ˌædəˈreʃən] n. 傾慕
- ambivalence [æmˈbɪvələns] n. 矛盾情感
- appreciation [əˌpriʃɪˈeʃən] n. 欣賞
- attachment [əˈtætʃmənt] n. 依戀
- cherish [ˈtʃɛrɪʃ] v. 珍愛
- craze [krez] n. 狂熱
- crush [krʌʃ] n.（口）迷戀
- devotion [dɪˈvoʃən] n. 熱愛
- dote [dot] v. 溺愛
- enthralled [ɛnˈθrɔld] a. 被迷住的
- favor [ˈfevɚ] n., v. 偏愛
- fond [fɑnd] a. 喜歡的
- infatuation [ɪnˌfætʃʊˈeʃən] n. 痴迷
- interested [ˈɪntərɪstɪd] a. 感興趣的
- like [laɪk] v. 喜歡
- liking [laɪkɪŋ] n. 喜歡，喜好
- love [lʌv] n., v. 愛
- lovesick [ˈlʌvˌsɪk] a. 為愛所苦的
- obsession [əbˈsɛʃən] n. 著迷
- prefer [prɪˈfɝ] v. 更喜歡

＝肯定、重視＝

- admiration [ˌædməˈreʃən] n. 欽佩
- acceptance [əkˈsɛptəns] n. 接納
- acknowledgement [əkˈnɑlɪdʒmənt] n. 承認
- approval [əˈpruvḷ] n. 贊成
- recognition [ˌrɛkəgˈnɪʃən] n. 認可
- regard [rɪˈgɑrd] n. 器重
- respect [rɪˈspɛkt] n., v. 敬重
- worship [ˈwɝʃɪp] n. 崇拜

＝感激＝

- appreciation [əˌpriʃɪˈeʃən] n. 感謝
- gratitude [ˈgrætəˌtjud] n. 感激之情
- thankful [ˈθæŋkfəl] a. 感謝的

＝討厭、憎恨、嫉妒＝

- abhor [əbˈhɔr] v. 憎惡
- aversion [əˈvɝʃən] n. 嫌惡
- boredom [ˈbordəm] n. 無聊；厭倦
- detestation [ˌditɛsˈteʃən] n. 憎惡
- discomfort [dɪsˈkʌmfɚt] n. 不舒服
- disgust [dɪsˈgʌst] n. 作嘔 v. 使厭惡
- dislike [dɪsˈlaɪk] n. 不喜歡
- enmity [ˈɛnmətɪ] n. 敵意
- envy [ˈɛnvɪ] n., v. 妒忌
- fed-up [fɛdˈʌp] a. 忍無可忍的
- feud [fjud] n. 世仇
- gall [gɔl] n. 怨恨；惱怒
- grievance [ˈgrivəns] n. 委屈
- grudge [grʌdʒ] n. 怨妒
- hate [het] n., v. 憎恨

字辨

hate 與 hatred

hate：表示痛恨、厭惡某個人事物的一般常用語，可做動詞或名詞用，例如：I hate doing homework.（我討厭寫功課）。

hatred：用法與 hate 大致相近，但只有名詞型態。

- hatred [ˈhetrɪd] n. 仇恨
- hostility [hɑsˈtɪlətɪ] n. 敵意
- jealous [ˈdʒɛləs] a. 嫉妒的
- loathe [loð] v. 厭惡
- rancor [ˈræŋkɚ] n. 積怨
- repugnance [rɪˈpʌgnəns] n. 反感
- repulsion [rɪˈpʌlʃən] n. 嫌惡
- resent [rɪˈzɛnt] v. 怨恨
- revengeful [rɪˈvɛndʒfəl] a. 充滿復仇心的
- spite [spaɪt] n. 惡意
- vengeful [ˈvɛndʒfəl] a. 復仇心重的
- venom [ˈvɛnəm] n. 惡毒
- world-weary [ˈwɝldˌwɪrɪ] a. 厭世的

═ 孤單寂寞 ═

- isolated [ˈaɪsl̩ˌetɪd] a. 孤立的
- helpless [ˈhɛlplɪs] a. 無助的
- lonely [ˈlonlɪ] a. 寂寞的
- void [vɔɪd] n. 空虛感

═ 關懷、憐憫 ═

- care [kɛr] n. 關懷
- compassion [kəmˈpæʃən] n. 同情
- concern [kənˈsɝn] n. 掛心
- empathy [ˈɛmpəθɪ] n. 同理心
- pity [ˈpɪtɪ] n. 憐憫
- self-pity [ˈsɛlfˈpɪtɪ] n. 自憐
- soften [ˈsɔfn̩] v. 心軟
- sympathy [ˈsɪmpəθɪ] n. 同情心
- transference [trænsˈfɝəns] n. 移情

═ 熱忱 ═

- ardor [ˈɑrdɚ] n. 熱忱
- cordiality [kɔrˈdʒælətɪ] n. 熱誠
- craze [krez] n. 狂熱
- devotion [dɪˈvoʃən] n. 熱愛
- devout [dɪˈvaʊt] a. 虔誠的
- eagerness [ˈigɚnɪs] n. 殷切
- enthusiasm [ɪnˈθjuzɪˌæzəm] n. 熱心
- hot-blooded [ˈhɑtˈblʌdɪd] a. 熱血的
- impassioned [ɪmˈpæʃənd] a. 慷慨激昂的
- impulse [ˈɪmpʌls] n. 衝動
- interested [ˈɪntərɪstɪd] a. 感興趣的
- passion [ˈpæʃən] n. 熱情
- vehemence [ˈviəməns] n. 激烈
- zeal [zil] n. 熱忱

═ 平靜 ═

- calm [kɑm] a. 冷靜的
- composure [kəmˈpoʒɚ] n. 鎮定
- peaceful [ˈpisfəl] a. 平和的
- poised [pɔɪzd] a. 泰然自若的
- sedate [sɪˈdet] a. 沉著的
- serenity [səˈrɛnətɪ] n. 沉著安詳
- tranquility [træŋˈkwɪlətɪ] n. 寧靜

═ 冷淡 ═

- alienation [ˌeljəˈneʃən] n. 疏離
- apathy [ˈæpəθɪ] n. 無感情
- callous [ˈkæləs] a. 麻木不仁的
- clammy [ˈklæmɪ] a. 冷漠的

- coldness [ˈkoldnɪs] n. 冷淡
- disinclination [ˌdɪsɪnkləˈneʃən] n. 不樂意
- disinterest [dɪsˈɪntərɪst] n. 不感興趣
- harden [ˈhɑrdn̩] v. 硬起心腸
- heartless [ˈhɑrtlɪs] a. 沒有心肝的
- icy [ˈaɪsɪ] a. 冷冰冰的
- indifferent [ɪnˈdɪfərənt] a. 漠不關心的
- inertia [ɪnˈɝʃə] n. 惰性
- insensitive [ɪnˈsɛnsətɪv] a. 麻木的
- nonchalant [ˈnɑnʃələnt] a. 無動於衷的
- numb [nʌm] a. 失去感覺的
- stony [ˈstonɪ] a. 冷酷無情的

字辨

callous、indifferent與insensitive

callous：特別指對他人的感受毫無感覺、麻木不仁的，例如：callous heart（硬心腸）。

indifferent：對人事物沒有表現出興趣，可用來描述正面或負面的事，例如：He is indifferent to people's suffering.（他對別人的苦難漠不關心）或They are indifferent to the dangers ahead.（他們不在乎前方有沒有危險）。

insensitive：情感上的意思類似callous，指比一般人更不能體會他人感受，例如：He is insensitive to your feelings.（他不關心你的感受）。也用來表示對人事物的感覺遲鈍，通常有負面意味，例如：She is insensitive to criticism.（對於批評，她是麻木無感的）。

- unabashed [ˌʌnəˈbæʃt] a. 滿不在乎的
- unemotional [ˌʌnɪˈmoʃənl̩] a. 不容易動感情的
- unfeeling [ʌnˈfilɪŋ] a. 無感覺的
- unimpressible [ˌʌnɪmˈprɛsəbl̩] a. 難打動的
- unresponsive [ˌʌnrɪˈspɑnsɪv] a. 無反應的
- wooden [ˈwʊdn̩] a. 木然的

═ 憂煩 ═

- apprehension [ˌæprɪˈhɛnʃən] n. 憂慮
- disorientation [dɪsˈɔrɪɛnteʃən] n. 迷惘
- fret [frɛt] v. 煩躁
- harassed [ˈhærəsd] a. 非常煩惱的
- insecurity [ˌɪnsɪˈkjʊrətɪ] n. 不安心
- misgiving [mɪsˈgɪvɪŋ] n. 憂慮不安
- perturbation [ˌpɝtɚˈbeʃən] n. 心神不寧
- qualm [kwɔm] n. 疑慮
- sick [sɪk] a. 心煩意亂的
- vexation [vɛkˈseʃən] n. 傷腦筋
- worry [ˈwɝɪ] n. 擔心

═ 渴望、貪念 ═

- anticipation [ænˌtɪsəˈpeʃən] n. 期望
- avarice [ˈævərɪs] n. 貪婪
- craving [ˈkrevɪŋ] n. 渴望
- greed [grid] n. 貪心

字辨

avarice與greed

avarice：特別是指處心積慮獲得財富的

貪婪，有納為己有不願分享的傾向。不用來形容對於食物的貪心。例如：avarice for wealth（貪財）。

greed：常用語，指關於食物、權力、財富等的貪婪，例如：greed for attention（貪求人們的目光）。

- hopeful [ˈhopfəl] a. 抱有希望的
- longing [ˈlɔŋɪŋ] a. n. 渴望
- yearning [ˈjɝnɪŋ] n. 渴望

字辨

craving、longing 與 yearning

craving：強烈想要某個人事物，較傾向是物質性、世俗性的渴望，例如：a craving for ice cream（渴望吃冰淇淋）、craving for power（渴望有權力）。

longing：比較沒有 craving 那麼激烈，但是持久而深刻的渴望，例如：longing for home（思鄉）。

yearning：意近 craving，指對人事物的強烈渴求，例如：yearning for success（渴望成功）。

＝ 滿足／不滿足 ＝

- content [kənˈtɛnt] n. 滿足
- discontent [dɪskənˈtɛnt] n. 不滿足
- dissatisfaction [ˌdɪssætɪsˈfækʃən] n. 不滿意
- fulfillment [fʊlˈfɪlmənt] n. 滿足感
- pleasure [ˈplɛʒɚ] n. 高興滿意
- satisfaction [ˌsætɪsˈfækʃən] n. 滿意

＝ 寬慰 ＝

- ease [iz] n. 安心自在
- comfort [ˈkʌmfɚt] n. 安慰
- relief [rɪˈlif] n. 寬心
- security [sɪˈkjʊrətɪ] n. 安心
- solace [ˈsɑlɪs] n. 慰藉
- unworried [ʌnˈwɝɪd] a. 不擔心的

＝ 信心／沒信心 ＝

- complacency [kəmˈplesn̩sɪ] n. 自滿
- conceit [kənˈsit] n. 自負
- confidence [ˈkɑnfədəns] n. 信心
- mistrust [mɪsˈtrʌst] n. 不信任
- pride [praɪd] n. 自豪
- smug [smʌg] a. 沾沾自喜的
- trust [trʌst] n. 信任
- vanity [ˈvænətɪ] n. 虛榮

＝ 思念 ＝

- homesick [ˈhomˌsɪk] a. 想家的
- miss [mɪs] v. 想念
- nostalgia [nɑsˈtældʒɪə] n. 鄉愁

＝ 輕蔑、嘲笑 ＝

- acid [ˈæsɪd] n. 譏刺
- contempt [kənˈtɛmpt] n. 輕蔑
- despise [dɪˈspaɪz] v. 鄙視

• disdain [dɪsˈden] n., v. 不屑
• mock [mɑk] n., v. 嘲弄
• ironic [aɪˈrɑnɪk] a. 譏諷的
• sarcasm [ˈsɑrkæzm] n. 諷刺
• sardonic [sɑrˈdɑnɪk] a. 譏諷的
• scorn [skɔrn] n., v. 奚落

＝ 懊悔 ＝

• guilt [gɪlt] n. 內疚
• penitent [ˈpɛnətənt] a. 悔悟的
• regret [rɪˈgrɛt] n. 後悔
• remorse [rɪˈmɔrs] n. 自責悔恨
• repent [rɪˈpɛnt] v. 懺悔
• rue [ru] n. 悔恨
• unrepentant [ˌʌnrɪˈpɛntənt] a. 不悔悟的

＝ 屈辱、羞恥 ＝

• ashamed [əˈʃemd] a. 慚愧的
• bashfulness [ˈbæʃfəlnɪs] n. 不好意思
• embarrassment [ɪmˈbærəsmənt] n. 困窘
• humiliated [hjuˈmɪlɪˌetɪd] a. 感到屈辱的
• mortified [ˈmɔrtɪfaɪd] a. 窘迫的
• shame [ʃem] n. 羞恥感
• sheepish [ˈʃipɪʃ] a. 難為情的

＝ 敏感 ＝

• emotional [ɪˈmoʃənl̩] a. 容易感動的
• fragile [ˈfrædʒəl] a. 脆弱的
• neurotic [njʊˈrɑtɪk] a. 神經質的
• vulnerable [ˈvʌlnərəbl̩] a. 易受傷害的
• sappy [ˈsæpɪ] a.（口）容易傷感的
• sensitive [ˈsɛnsətɪv] a. 敏感的

＝ 吐露／壓抑 ＝

• curbed [kɝbd] a. 抑制的
• disclose [dɪsˈkloz] v. 吐露
• pent-up [pɛntˈʌp] a.（情感等）被壓抑的
• repressed [rɪˈprɛst] a. 壓抑的
• restrained [rɪˈstrend] a. 克制的
• stifled [ˈstaɪfl̩d] a. 被扼殺的
• vent [vɛnt] v. 發洩

＝ 情感的相關詞彙 ＝

• affection [əˈfɛkʃən] n. 溫情
• emotion [ɪˈmoʃən] n. 情感
• feeling [ˈfilɪŋ] n. 感覺
• heart [hɑrt] n. 心；心腸
• heartstrings [ˈhɑrtˌstrɪŋz] n. 心弦
• innermost [ˈɪnɚˌmost] a. 內心深處的
• inward [ˈɪnwɚd] a. 內心的
• outburst [ˈaʊtˌbɝst] n.（情感的）爆發
• visceral [ˈvɪsərəl] a. 發自內心的
• whole-hearted [ˈholˈhɑrtɪd] a. 全心全意的

★感官知覺★

〔視覺〕

• afterimage [ˈæftɚˌɪmɪdʒ] n. 殘像
• blackout [ˈblækˌaʊt] n. 眼前發黑
• blind [blaɪnd] a. 盲的

- blurred [blɝd] a. 模糊不清的
- color-blind [ˈkʌlɚˌblaɪnd] a. 色盲的
- dazzle [ˈdæzl̩] v. 使眼花 n. 耀眼，燦爛
- eye-catching [ˈaɪˌkætʃɪŋ] a. 吸睛的
- fail [fel] v.（視力）衰退
- glaring [ˈglɛrɪŋ] a. 刺眼的
- sightless [ˈsaɪtlɪs] a. 看不見的
- sparkle [ˈspɑrkl̩] n. 閃亮
- twinkle [ˈtwɪŋkl̩] v.（眼神）發亮

〔聽覺〕

- audible [ˈɔdəbl̩] a. 可聽見的
- brassy [ˈbræsɪ] a. 刺耳的
- clamor [ˈklæmɚ] n. 叫囂聲
- deaf [dɛf] a. 聾的
- deafening [ˈdɛfn̩ɪŋ] a. 震耳欲聾的
- deep [dip] a. 低沉的
- distinct [dɪˈstɪŋkt] a. 清楚的
- hard of hearing [ˌhɑrd ɑv ˈhɪrɪŋ] a. 重聽的
- harsh [hɑrʃ] a. 刺耳的
- indistinct [ˌɪndɪˈstɪŋkt] a. 微弱不清楚的
- loud [laʊd] a. 大聲的
- melodious [məˈlodɪəs] a. 悅耳動聽的
- muffled [ˈmʌfl̩d] a. 聲音被蒙住的
- noisy [ˈnɔɪzɪ] a. 喧鬧的
- orotund [ˈorəˌtʌnd] a. 響亮的
- piercing [ˈpɪrsɪŋ] a. 尖銳刺耳的
- quiet [ˈkwaɪət] a. 安靜的
- resonant [ˈrɛzənənt] a. 宏亮的
- resounding [rɪˈzaʊndɪŋ] a. 響亮的
- rough [rʌf] a. 粗糙刺耳的
- shrill [ʃrɪl] a. 尖銳的
- silent [ˈsaɪlənt] a. 寂靜無聲的
- soft [sɔft] a. 柔聲的
- sonorous [səˈnorəs] a. 聲音洪亮的
- still [stɪl] a. 靜默的
- stone-deaf [ˈstonˈdɛf] a. 全聾的
- tuneful [ˈtjunfəl] a. 悅耳的
- undertone [ˈʌndɚˌton] n. 小聲
- uproar [ˈʌpˌror] n. 吵鬧
- voiceless [ˈvɔɪslɪs] a. 無聲的

〔嗅覺〕

- acrid [ˈækrɪd] a. 刺激性的
- aromatic [ˌærəˈmætɪk] a. 香醇的
- balmy [ˈbɑmɪ] a. 芬芳的
- fragrant [ˈfregrənt] a. 香的
- noisome [ˈnɔɪsəm] a. 有惡臭的
- odorous [ˈodərəs] a. 臭的；難聞的
- offensive [əˈfɛnsɪv] a. 討厭的
- pungent [ˈpʌndʒənt] a. 嗆鼻的
- rancid [ˈrænsɪd] a. 令人作嘔的
- reek [rik] v. 散發（濃烈而令人不快的）氣味
- rotten [ˈrɑtn̩] a. 發臭的
- scent [sɛnt] n. 香味
- scentless [ˈsɛntlɪs] a. 無氣味的
- smell [smɛl] v. 散發某種氣味
- stench [stɛntʃ] n. 惡臭
- stink [stɪŋk] v. 發惡臭
- tangy [ˈtæŋɪ] a.（味道）強烈的
- unpleasant [ʌnˈplɛzn̩t] a.（味道）令人不快的

〔味覺〕

- acrid [ˈækrɪd] a. 辛辣的；苦的
- bitter [ˈbɪtɚ] a. 苦的
- bland [blænd] a. 淡而無味的
- dainty [ˈdentɪ] a. 可口的
- delicious [dɪˈlɪʃəs] a. 美味的
- flat [flæt] a. 淡而無味的；（酒、飲料）走了氣的
- flavor [ˈflevɚ] n. 味道
- flavorless [ˈflevɚlɪs] a. 無滋味的
- harsh [hɑrʃ] a. 澀口的
- hot [hɑt] a. 辣的
- light [laɪt] a. 淡的
- luscious [ˈlʌʃəs] a. 甜美的
- nippy [ˈnɪpɪ] a. 辛辣的
- palatable [ˈpælətəb] a. 好吃的
- peppery [ˈpɛpərɪ] a. 有胡椒味的
- rich [rɪtʃ] a. 層次豐富的
- salty [ˈsɔltɪ] a. 鹹的
- sapid [ˈsæpɪd] a. 有風味的
- savory [ˈsevərɪ] a. 香辣開胃的；鹹的
- seasoned [ˈsizn̩d] a. 調過味的
- sour [ˈsaʊr] a. 酸的，酸臭的
- spicy [ˈspaɪsɪ] a. 有香料的；辣的
- strong [strɔŋ] a. 味道重
- sweet [swit] a. 甜的
- tangy [ˈtæŋɪ] a. 強烈的
- tart [tɑrt] a. 酸的
- tasty [ˈtestɪ] a. 美味的
- tasteless [ˈtestl̩ɪs] a. 沒味道的
- unpalatable [ʌnˈpælətəbl̩] a. 難以下嚥的
- yummy [ˈjʌmɪ] a. 好吃的

〔觸覺〕

- bumpy [ˈbʌmpɪ] a. 隆起的
- coarse [kors] a.（因為顆粒較粗大而）粗糙的
- downy [ˈdaʊnɪ] a. 絨毛的
- even [ˈivən] a. 平的
- fluffy [ˈflʌfɪ] a. 毛茸茸的
- glossy [ˈglɔsɪ] a. 光滑的
- hairy [ˈhɛrɪ] n. 多毛的
- hard [hɑrd] a. 硬的
- harsh [hɑrʃ] a.（令人不快地）粗糙的
- irregular [ɪˈrɛgjəlɚ] a. 不規則的
- jagged [ˈdʒægɪd] a. 鋸齒狀的
- ragged [ˈrægɪd] a. 凹凸不平的
- rough [rʌf] a. 粗糙的
- shagged [ˈʃægɪd] a. 有粗毛的
- sleek [slik] a. 柔滑的
- silky [ˈsɪlkɪ] a. 絲綢般的
- slippery [ˈslɪpərɪ] a. 滑的
- smooth [smuð] a. 平滑的
- soft [sɔft] a. 柔軟的
- uneven [ʌnˈivən] a. 不平的
- velvety [ˈvɛlvɪtɪ] a. 天鵝絨般的

〔其他知覺〕

- balance [ˈbæləns] n. 平衡
- cold sensation [kold][sɛnˈseʃən] n. 冷覺
- hunger [ˈhʌŋgɚ] n. 餓
- pain [pen] n. 痛

- pressure [ˈprɛʃɚ] n. 壓
- sensation [sɛnˈseʃən] n. 感覺
- sense [sɛns] n. 感官
- thirst [θɝst] n., v. 渴
- tickle [ˈtɪkḷ] n. 癢感 v. 搔癢
- warm sensation [wɔrm][sɛnˈseʃən] n. 溫覺

〔第六感、預感、靈感〕

- clairvoyance [klɛrˈvɔɪəns] n. 千里眼
- divination [dɪvəˈneʃən] n. 預言，占卜
- extrasensory [ˌɛkstrəˈsɛnsərɪ] a. 超感覺的
- extrasensory perception [ɛkstrəˈsɛnsərɪ][pɚˈsɛpʃən] n. 超能力
- hunch [hʌntʃ] n. 預感
- inspiration [ˌɪnspəˈreʃən] n. 靈感
- instinct [ˈɪnstɪŋkt] n.本能
- intuition [ˌɪntjuˈɪʃən] n. 直覺
- omnipotent [ɑmˈnɪpətənt] a. 全能的
- omniscient [ɑmˈnɪʃənt] a. 全知的
- paranormal [ˌpærəˈnɔrməl] a. 超常的
- precognition [ˌprikɑgˈnɪʃən] n. 先知
- prophecy [ˈprɑfəsɪ] n. 預言（能力）
- psychometry [saɪˈkɑmətrɪ] n. 接觸感應；心靈占卜
- second sight [ˈsɛkənd][saɪt] n. 超人的眼力
- sixth sense [sɪksθ][sɛns] n. 第六感
- superhuman [ˌsupɚˈhjumən] a. 超人的
- telegnosis [ˌtɛləgˈnosɪs] n. 靈覺
- telepathy [təˈlɛpəθɪ] n. 心電感應

延伸例句

▸▸▸ She was lost in thought.
她正想事情想得入神。

▸▸▸ Something was on his mind.
他心裡有事。

▸▸▸ I am afraid I can't follow you.
恐怕我聽不懂你在說什麼。

▸▸▸ Please listen to me.
請聽我說。

▸▸▸ I see what you mean.
我了解你的意思了。

▸▸▸ You are risking your life without a second thought.
你這樣不三思而後行是冒生命危險。

▸▸▸ I am not in the mood for a quarrels.
我沒心情吵架。

▸▸▸ She has been in the doldrums since last winter.
她從去年冬天以來就一直意志消沉。

▸▸▸ He was swept away by love.
他被愛沖昏了頭。

▸▸▸ My heart is numb with anguish.
我的心痛到麻木。

▸▸▸ All history is the history of thought.
一切歷史都是思想的歷史。

▸▸▸ She gave me a cold shoulder.
她對我很冷淡。

▶▶▶ Her sorrow tugged at his heartstrings.
她的憂傷觸動了他的心弦。

▶▶▶ Don't be too hard on yourself.
別太為難自己。

▶▶▶ He found solace in religion.
他從宗教得到慰藉。

心·得·筆·記

我有什麼？

/ 內在

/ 外在

一、內外特質：我有什麼？／內在

情境對話

Mrs. Chen：I saw your daughter playing piano yesterday. She's so talented!
我昨天看到妳女兒彈鋼琴。她很有天分耶！

Mrs. Lin：Thanks, I wish that she'd be ambitious, too.
謝謝，我希望她也要更有抱負一點。

Mrs. Chen：Isn't she? She seemed very confident.
沒有嗎？她看起來很有自信。

Mrs. Lin：Maybe too self-assured and laid-back.
也許對自己太有把握也太悠哉了。

Mrs. Chen：Don't push her too hard.
別逼她逼得太緊了。

Mrs. Lin：Yes, I wish I had your patience.
是啊，如果我像你那麼有耐心就好了。

Mrs. Chen：Actually, my son is so self-contained that sometimes I don't think he needs me.
事實上，我兒子獨立自主到有時我會覺得他不需要我。

Mrs. Lin：I remember he is the top student in his class.
我記得他是班上成績最好的學生。

Mrs. Chen：Yes, but I would rather that he be more sociable.
是啊，但我寧可他更愛交際一點。

Mrs. Lin：Mothers are never satisfied!
媽媽們永遠都不知滿足！

字彙

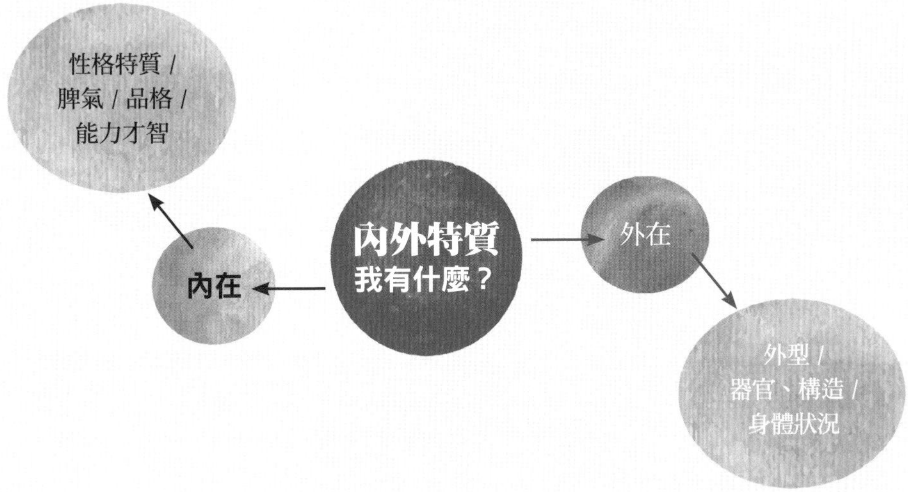

性格特質 /
脾氣 / 品格 /
能力才智

內外特質
我有什麼？

內在

外在

外型 /
器官、構造 /
身體狀況

★性格特質★

〔性格的相關詞彙〕

- aptitude [ˈæptə͵tjud] n. 自然傾向
- characteristic [͵kærəktəˈrɪstɪk] a. 特有的
- disposition [͵dɪspəˈzɪʃən] n. 性情
- distinctive [dɪˈstɪŋktɪv] a. 特殊的
- idiosyncratic [͵ɪdɪəsɪŋˈkrætɪk] a. 與眾不同的
- intrinsic [ɪnˈtrɪnsɪk] a. 內在固有的
- penchant [ˈpɛntʃənt] n. 傾向
- personality [͵pɝsn̩ˈælətɪ] n. 個性
- temperament [ˈtɛmprəmənt] n. 氣質
- typical [ˈtɪpɪkl̩] a. 典型的
- unique [juˈnik] a. 獨一無二的

字辨

aptitude 與 penchant

aptitude：指人因為習性、性向或能力而特別會去做某件事或投入某個領域，例如：an aptitude for fixing things（喜歡修東西）、Birds have a aptitude for altitude.（鳥喜歡飛高）。

penchant：指出於各種原因，特別傾向展現某種作風或選擇某樣東西，例如：He has a penchant for provocation.（他很愛挑釁別人）、She has a penchant for staying up late.（她經常晚睡）。

字辨

disposition 與 temperament

disposition：指人所表現出來的性情，

例如：a cheerful / nervous / friendly disposition（性情開朗／容易緊張／友善）。

temperament：指人內在的情感氣質、脾性，例如：a nervous /melancholic / fiery temperament（神經質／憂鬱氣質／火爆脾氣）。

〔有自信／無自信〕

- arrogant [ˈærəgənt] a. 自大的
- big-headed [ˈbɪgˌhɛdɪd] a. 大頭症的
- confident [ˈkɑnfədənt] a. 有自信的
- control freak [kənˋtrol][frik] n. 控制狂
- diffident [ˈdɪfədənt] a. 缺乏自信的
- egocentric [ˌigoˈsɛntrɪk] a. 自我中心的
- egotist [ˈigətɪst] n. 自我中心的人
- hubris [ˈhjubrɪs] n. 傲慢
- narcissist [nɑrˈsɪsɪst] n. 自戀的人
- self-absorbed [ˌsɛlfəbˈsɔrbd] a. 專注於自身事務的
- self-assertive [ˌsɛlfˈəsɝtɪv] a. 自我主張強烈的
- self-assured [ˌsɛlfəˈʃʊrd] a. 有自信的
- self-centered [ˌsɛlfˈsɛntɚd] a. 自我中心的
- self-contained [ˌsɛlfkənˈtend] a. 有自己天地的
- self-important [ˌsɛlfɪmˈpɔrtn̩t] a. 妄自尊大的
- self-righteous [ˈsɛlfˈraɪtʃəs] a. 自以為是的
- manipulative [məˈnɪpjəˌletɪv] a. 愛操縱人的
- pretentious [prɪˈtɛnʃəs] a. 惺惺作態的
- strong [strɔŋ] a. 堅強的

〔主動／被動〕

- active [ˈæktɪv] a. 主動的
- adventurous [ədˈvɛntʃərəs] a. 愛冒險的
- ambitious [æmˈbɪʃəs] a. 有企圖心的
- bold [bold] a. 大膽的
- decisive [dɪˈsaɪsɪv] a. 果斷的
- enterprising [ˈɛntɚˌpraɪzɪŋ] a. 有進取心的
- extroverted [ˈɛkstroˈvɝtɪd] a. 外向的
- foolhardy [ˈfulˌhɑrdɪ] a. 有勇無謀的
- gutless [ˈgʌtlɪs] a. 無膽量的
- gutsy [ˈgʌtsɪ] a. 有種的
- indecisive [ˌɪndɪˈsaɪsɪv] a. 優柔寡斷的
- introverted [ˈɪntrəvɝtɪd] a. 內向的
- passive [ˈpæsɪv] a. 被動的
- pushy [ˈpʊʃɪ] a. 硬幹的
- spontaneous [spɑnˈtenɪəs] a. 自動自發的

〔好鬥／軟弱〕

- aggressive [əˈgrɛsɪv] a. 攻擊性強的
- beastly [ˈbistlɪ] a. 野蠻的
- brutal [ˈbrutl̩] a. 粗暴的
- coward [ˈkaʊɚd] n. 懦夫
- ferocious [fəˈroʃəs] a. 凶殘的
- fierce [fɪrs] a. 凶猛好鬥的
- masochist [ˈmæzəkɪst] n. 被虐狂
- militant [ˈmɪlətənt] a. 好戰的
- quarrelsome [ˈkwɔrəlsəm] a. 愛吵架的
- sadistic [sæˈdɪstɪk] a. 殘酷成性的

- spineless [ˈspaɪnlɪs] a. 沒有骨氣的
- tough [tʌf] a. 剛強耐勞的；逞勇好鬥的
- violent [ˈvaɪələnt] a. 凶暴的
- wayward [ˈwewɚd] a. 乖張的
- weak [wik] a. 軟弱的
- wild [waɪld] a. 狂野的
- wimp [wɪmp] n. 軟弱無能的人

〔率直／狡詐〕

- calculating [ˈkælkjəˌletɪŋ] a. 工於心計的
- chameleon [kəˈmiljən] n. 變色龍
- childlike [ˈtʃaɪldˌlaɪk] a. 孩子般的
- complex [ˈkɑmplɛks] a. 心思複雜的
- cunning [ˈkʌnɪŋ] a. 狡猾的
- enigmatic [ˌɛnɪgˈmætɪk] a. 謎樣的
- ingenuous [ɪnˈdʒɛnjʊəs] a. 率直的
- mysterious [mɪsˈtɪrɪəs] a. 神祕的
- outspoken [aʊtˈspokən] a. 直腸子的
- politic [ˈpɑləˌtɪk] a. 精明狡猾的
- scheming [ˈskimɪŋ] a. 充滿心機的
- simple [ˈsɪmpḷ] a. 單純的
- simple-minded [ˈsɪmpḷˈmaɪndɪd] a. 純樸的
- sly [slaɪ] a. 狡詐的
- sophisticated [səˈfɪstɪˌketɪd] a. 老於世故的
- straightforward [ˌstretˈfɔrwɚd] a. 老實坦率的
- unpretentious [ʌnprɪˈtɛnʃəs] a. 樸實不做作的
- worldly [ˈwɝldlɪ] a. 世故的
- worldly-wise [ˈwɝldlɪˈwaɪz] a. 老練世故的

〔服從／反抗〕

- badass [ˈbædæs] n. 狠角色
- conformist [kənˈfɔrmɪst] n. 循規蹈矩的人
- cool [kul] a. 酷的
- independent [ˌɪndɪˈpɛndənt] a. 獨立的
- malleable [ˈmælɪəbḷ] a. 溫順的
- meek [mik] a. 順從的
- nonconformist [ˌnɑnkənˈfɔrmɪst] n. 不墨守成規的人
- rebellious [rɪˈbɛljəs] a. 叛逆的
- self-reliant [ˈsɛlfrɪˈlaɪənt] a. 自立自強的
- unruly [ʌnˈrulɪ] a. 任性不羈的

〔合群／不合群〕

- anti-social [ˈæntɪˈsoʃəl] a. 反社會的
- approachable [əˈprotʃəbḷ] a. 可親近的
- cynic [ˈsɪnɪk] n. 憤世嫉俗的人
- deviant [ˈdivɪənt] a. 脫軌的
- difficult [ˈdɪfəˌkəlt] a. 難相處
- easy-going [ˈizɪˌgoɪŋ] a. 隨和的
- eccentric [ɪkˈsɛntrɪk] a. 古怪的
- gentle [ˈdʒɛntḷ] a. 和善的
- gregarious [grɪˈgɛrɪəs] a. 愛與人為伴的
- homebody [ˈhomˌbɑdɪ] n. 宅男／宅女
- loner [ˈlonɚ] n. 獨來獨往的人
- maverick [ˈmævərɪk] n. 特立獨行的人
- misanthrope [ˈmɪzənˌθrop] n. 厭惡人類的人
- outgoing [ˈaʊtˌgoɪŋ] a. 善交際的
- perverted [pɚˈvɝtɪd] a. 變態的
- quirky [ˈkwɝkɪ] a. 古怪的

• sociable [ˈsoʃəbl̩] a. 善交際的
• unsociable [ʌnˈsoʃəbl̩] a. 不愛交際的

〔堅持／容易放棄〕

• bigoted [ˈbɪgətɪd] a. 冥頑不靈的
• captious [ˈkæpʃəs] a. 愛挑人毛病的
• careful [ˈkɛrfəl] a. 小心的
• careless [ˈkɛrlɪs] a. 粗心的
• carping [ˈkɑrpɪŋ] a. 吹毛求疵的
• diligent [ˈdɪlədʒənt] a. 勤勉的
• disciplined [ˈdɪsəplɪnd] a. 有紀律的
• fortitude [ˈfɔrtəˌtjud] n. 堅忍不拔
• frivolous [ˈfrɪvələs] a. 愚蠢輕佻的
• fussy [ˈfʌsɪ] a. 愛挑剔細節的
• industrious [ɪnˈdʌstrɪəs] a. 勤勉的

字辨

diligent 與 industrious

diligent：經常用來形容人就一件事或一個目的所表現出的勤奮，常用來形容學生，例如：She is a diligent student.（她是個勤奮的學生）。

industrious：單純用來形容人的個性，例如：He is an industrious person.（他是個勤奮的人）。

• neat freak [nit] [frik] n. 有潔癖的人
• perfectionist [pɚˈfɛkʃənɪst] n. 完美主義者
• punctilious [pʌŋkˈtɪlɪəs] a. 一板一眼的
• rash [ræʃ] a. 輕率的
• refractory [rɪˈfrækˌtorɪ] a. 倔強的
• rigid [ˈrɪdʒɪd] a. 死板的
• rough-and-ready [ˈrʌfənˈrɛdɪ] a. 粗線條的
• square [skwɛr] a. 古板老實的
• stiff-necked [ˈstɪfˈnɛkt] a. 頑固的
• stubborn [ˈstʌbɚn] a. 固執的；頑強的
• strong-willed [ˌstrɔŋˈwɪld] a. 意志堅強的

〔嚴肅／樂天〕

• carefree [ˈkɛrˌfri] a. 無憂無慮的
• grave [grev] a. 嚴肅的
• happy-go-lucky [ˈhæpɪgoˌlʌkɪ] a. 隨遇而安的
• hedonic [hiˈdɑnɪk] a. 享樂主義的
• humorous [ˈhjumərəs] a. 幽默的
• naughty [ˈnɔtɪ] a. 頑皮的
• serious [ˈsɪrɪəs] a. 嚴肅的；認真的
• solemn [ˈsɑləm] a. 不苟言笑的
• stern [stɝn] a. 嚴厲的

〔講理／不講理〕

• childish [ˈtʃaɪldɪʃ] a. 幼稚的
• crackpot [ˈkrækˌpɑt] n. 瘋瘋癲癲的人
• down-to-earth [ˌdaʊntəˈɝθ] a. 腳踏實地的
• dramatic [drəˈmætɪk] a. 戲劇性的
• mad [mæd] a. 瘋狂的
• reasonable [ˈriznəbl̩] a. 講理的
• sensible [ˈsɛnsəbl̩] a. 明理的
• unreasonable [ʌnˈriznəbl̩] a. 不講理的

〔外放／內斂〕

- high-profiled [ˈhaɪˈprofaɪld] a. 高調的
- low-profiled [ˈloˈprofaɪld] a. 低調的
- meddler [ˈmɛdlɚ] n. 愛管閒事的人
- meddlesome [ˈmɛdl̩səm] a. 愛管閒事的
- nosy [ˈnozɪ] a. 愛打聽的
- ostentatious [ˌɑstɛnˈteʃəs] a. 招搖的
- passionate [ˈpæʃənɪt] a. 熱情的
- pompous [ˈpɑmpəs] a. 愛炫耀的
- private [ˈpraɪvɪt] a. 重隱私的
- showy [ˈʃoɪ] a. 賣弄的
- sunny [ˈsʌnɪ] a. 陽光的
- withdrawn [wɪðˈdrɔn] a. 退縮的

〔健談／寡言〕

- communicative [kəˈmjunəˌketɪv] a. 健談的
- eloquent [ˈɛləkwənt] a. 雄辯滔滔的
- glib [glɪb] a. 油嘴滑舌的
- loudmouth [ˈlaʊdˌmaʊθ] n. 多嘴的人
- quiet [ˈkwaɪət] a. 文靜的
- reserved [rɪˈzɝvd] a. 含蓄的
- reticent [ˈrɛtəsn̩t] a. 沉默的
- shy [ʃaɪ] a. 害羞的
- silent [ˈsaɪlənt] a. 沉默的
- sleek [slik] a. 花言巧語的
- taciturn [ˈtæsəˌtɝn] a. 沉默寡言的
- talkative [ˈtɔkətɪv] a. 喜歡說話的
- timid [ˈtɪmɪd] a. 羞怯的
- uncommunicative [ˌʌnkəˈmjunəˌketɪv] a. 不愛說話的

字辨

reticent 與 taciturn

reticent：指人選擇在某些場合保持沉默，例如：She is reticent about her private life.（她對私事並不多談）。

taciturn：指人的天性傾向沉默寡言，例如：He is so taciturn that people think he is dumb.（他沉默寡言到人們以為他是啞巴）。

〔易受影響／不易受影響〕

- hard-boiled [ˈhɑrdˈbɔɪld] a. 不動感情的
- placid [ˈplæsɪd] a. 平靜的
- pliable [ˈplaɪəbl̩] a. 易受影響的
- receptive [rɪˈsɛptɪv] a. 善於接納的
- sentimental [ˌsɛntəˈmɛntl̩] a. 多愁善感的
- suggestible [səˈdʒɛstəbl̩] a. 耳根子軟的
- tender-hearted [ˈtɛndɚˌhɑrtɪd] a. 心腸很軟的

〔急／慢〕

- impatient [ɪmˈpeʃənt] a. 性急的
- impetuous [ɪmˈpɛtʃʊəs] a. 衝動性急的
- impulsive [ɪmˈpʌlsɪv] a. 衝動的
- imprudent [ɪmˈprudn̩t] a. 輕率的
- laid-back [ˈledˌbæk] a. 悠哉的
- patient [ˈpeʃənt] a. 有耐心的
- rash [ræʃ] a. 輕率魯莽的
- reckless [ˈrɛklɪs] a. 魯莽的，不顧後果的
- slow [slo] a. 動作慢的

- slowcoach [ˈsloˌkotʃ] n.（英式）慢郎中
- slowpoke [ˈsloˌpok] n.（美式）慢郎中

〔堅強／軟弱〕

- adamant [ˈædəmənt] a. 堅定不移的
- delicate [ˈdɛləkət] a. 嬌弱的
- fragile [ˈfrædʒəl] a. 脆弱的
- frail [frel] a. 意志薄弱的
- feeble [fibl̩] a. 軟弱的
- hardy [ˈhɑrdɪ] a. 勇敢的
- resolute [ˈrɛzəˌlut] a. 果敢的
- staunch [stɔntʃ] n. 堅定的
- strong [strɔŋ] a. 堅強的
- strong-willed [ˌstrɔŋˈwɪld] a. 意志堅定的
- sturdy [ˈstɝdɪ] a. 堅決的
- weak [wik] a. 懦弱的
- weakling [ˈwiklɪŋ] n. 懦弱的人

〔自戀／自卑／驕傲〕

- arrogant [ˈærəgənt] a. 自大的
- cocky [ˈkɑkɪ] a. 趾高氣昂的
- conceited [kənˈsitɪd] a. 自負的
- confidence [ˈkɑnfədəns] n. 自信
- egotist [ˈigətɪst] n. 自我中心的人
- haughty [ˈhɔtɪ] a. 高傲的
- humble [ˈhʌmbl̩] a. 謙卑的
- a sense of inferiority [ə][sɛns][ɑv] [ɪnfɪrɪˈɑrətɪ] n. 自卑感
- modest [ˈmɑdɪst] a. 謙虛的
- narcissist [nɑrˈsɪsɪst] n. 自戀的人
- pompous [ˈpɑmpəs] a. 浮誇的
- pretentious [prɪˈtɛnʃəs] a. 矯揉做作的
- pride [praɪd] n. 自豪
- proud [praʊd] a. 自尊心強的
- self-esteem [ˌsɛlfəsˈtim] n. 自尊
- self-important [ˌsɛlfɪmˈpɔrtn̩t] a. 妄自尊大的
- snobbish [ˈsnɑbɪʃ] a. 勢利眼的
- supercilious [ˌsupɚˈsɪlɪəs] a. 目中無人的
- a sense of superiority [ə][sɛns][ɑv] [səˌpɪrɪˈɔrətɪ] n. 優越感
- uppity [ˈʌpətɪ] a. 高傲的
- vain [ven] a. 愛慕虛榮的

〔陽性特質／陰性特質〕

- boyish [ˈbɔɪɪʃ] a. 男孩子氣的
- feminine [ˈfɛmənɪn] a. 陰柔的
- girlish [ˈgɝlɪʃ] a. 女孩子氣的
- manly [ˈmænlɪ] a. 有男子氣概的
- masculine [ˈmæskjəlɪn] a. 陽剛的
- macho [ˈmɑtʃo] n. 大男人
- unmanly [ʌnˈmænlɪ] a. 無男子氣概的
- unwomanly [ʌnˈwʊmənlɪ] a. 不像女人的
- womanly [ˈwʊmənlɪ] a. 有女人味的

★脾氣★

〔脾氣好〕

- agreeable [əˈgriəbl̩] a. 好相處的
- contain [kənˈten] v. 克制（脾氣、好奇心等）
- even-tempered [ˈivənˈtɛmpɚd] a. 心平氣和的

- forgiving [fɚˋgɪvɪŋ] a. 寬容的
- good-tempered [ˋgʊdˋtɛmpɚd] a. 脾氣好的
- nice [naɪs] a. 脾氣好的
- patient [ˋpeʃənt] a. 有耐心的
- stoical [ˋstoɪkḷ] a. 不為喜怒哀樂所動的
- temper [ˋtɛmpɚ] n. 脾氣
- tolerant [ˋtɑlərənt] a. 容忍的

〔脾氣差〕

- bad-tempered [ˋbædˋtɛmpɚd] a. 脾氣差的
- capricious [kəˋprɪʃəs] a. 善變的
- choleric [ˋkɑlərɪk] a. 易怒的
- crosspatch [ˋkrɔsˏpætʃ] n. 脾氣壞的人
- disagreeable [ˏdɪsəˋgriəbḷ] a. 難相處的
- erupt [ɪˋrʌpt] v.（脾氣）爆發
- fiery [ˋfaɪərɪ] a. 火爆的
- fractious [ˋfrækʃəs] a. 任性易怒的
- fussy [ˋfʌsɪ] a. 愛挑剔細節的
- grumpy [ˋgrʌmpɪ] a. 愛鬧彆扭的
- hot-tempered [ˋhɑtˋtɛmpɚd] a. 極為易怒的
- huffy [ˋhʌfɪ] a. 易受冒犯的
- ill-tempered [ˋɪlˋtɛmpɚd] a. 脾氣壞的
- impatient [ɪmˋpeʃənt] a. 不耐煩的
- inflammable [ɪnˋflæməbḷ] a. 一觸即發的
- irascible [ɪˋræsəbḷ] a. 易怒的
- irritable [ˋɪrətəbḷ] a. 煩躁的
- mercurial [mɝˋkjʊrɪəl] a. 反覆無常的
- morose [məˋros] a. 悶悶不樂的
- peevish [ˋpivɪʃ] a. 動輒抱怨的
- prickly [ˋprɪklɪ] a. 敏感易怒的
- querulous [ˋkwɛrələs] a. 愛發牢騷的
- quick-tempered [ˋkwɪkˋtɛmpɚd] a. 脾氣來得快的
- snappish [ˋsnæpɪʃ] a. 愛罵人的
- sour [ˋsaʊr] a. 乖戾刻薄的
- surly [ˋsɝlɪ] a. 脾氣乖戾的
- tantrum [ˋtæntrəm] n.（如孩子般）耍脾氣
- touchy [ˋtʌtʃɪ] a. 敏感易怒的
- unpredictable [ˏʌnprɪˋdɪktəbḷ] a. 不可預料的
- uptight [ˋʌpˋtaɪt] a. 煩躁不安的
- volatile [ˋvɑlətḷ] a. 善變的

★品格★

〔美德〕

- admirable [ˋædmərəbḷ] a. 令人欽佩的
- altruist [ˋæltrʊˏɪst] n. 利他主義者
- benevolent [bəˋnɛvələnt] a. 仁慈的
- blameless [ˋblemlɪs] a. 清白無瑕疵的
- bountiful [ˋbaʊntəfəl] a. 慷慨的
- brave [brev] a. 勇敢的
- character [ˋkærɪktɚ] n. 品格

字辨

character 與 personality

character：在環境與經歷的影響下，從一個人的信仰與價值觀形成的品格，通常有道德上的正負面觀感，例如誠實（honest）、正直（upright）通常被視為正面品格，不誠實（dishonest）、不忠（disloyal）為負面品格。

personality（p.105）：一個人自然形成而與他人有所區別的個性，展現出其思維、行動與情感特性（trait），例如善交際（sociable）、被動（passive）、神經質（neurotic）等。

- charitable [ˈtʃærətəbḷ] a. 慈善的
- chaste [tʃest] a. 貞潔的
- chivalrous [ˈʃɪvḷrəs] a. 有騎士風範的
- conscientious [ˌkɑnʃɪˈɛnʃəs] a. 憑良心的
- courageous [kəˈredʒəs] a. 有勇氣的
- decent [ˈdisṇt] a. 正派的
- dependable [dɪˈpɛndəbḷ] a. 可靠的
- dignity [ˈdɪgnətɪ] n. 尊嚴
- dutiful [ˈdjutɪfəl] a. 盡忠職守的
- fair [fɛr] a. 公平的
- faithful [ˈfeθfəl] a. 忠誠的
- fidelity [fɪˈdɛlətɪ] n. 忠貞
- flawless [ˈflɔlɪs] a. 無瑕疵的
- gallant [ˈgælənt] a. 英勇的

字辨

fair 與 just

fair：公平的，對待所有人或所有事物一視同仁，沒有偏私。

just：公正的，從符合正義的角度出發來分配權利與義務。例如：God is just, not fair.（上帝是公正的，但不是公平的）。

- generosity [ˌdʒɛnəˈrɑsətɪ] n. 寬宏大量
- good [gʊd] a. 優秀的
- good-willed [ˈgʊdˈwɪld] a. 善意的
- high-minded [ˈhaɪˈmaɪndɪd] a. 情操高尚的
- honest [ˈɑnɪst] a. 耿直的
- honorable [ˈɑnərəbḷ] a. 高尚的
- immaculate [ɪˈmækjəlɪt] a. 無汙點的
- innocent [ˈɪnəsṇt] a. 清白的
- integrity [ɪnˈtɛgrətɪ] n. 廉正
- irreproachable [ˌɪrɪˈprotʃəbḷ] a. 無可指摘的
- just [dʒʌst] a. 公正的
- kind [kaɪnd] a. 好心的
- knightly [ˈnaɪtlɪ] a. 俠義的
- laudable [ˈlɔdəbḷ] a. 值得讚賞的
- law-abiding [ˈlɔəˌbaɪdɪŋ] a. 守法的

字辨

brave、gallant 與 valiant

brave：指人勇於採取行動或面對某種情況，為一般用語，例如：He was brave enough to stay in that haunted house overnight.（他膽子大到敢在那間鬼屋過夜）。

gallant：形容人如古代騎士般英勇，帶有注重操守或榮譽的意味，如：It is a gallant defense of their country.（這是他們英勇保衛國家的舉動）。另外也指如騎士般對女性殷勤體貼。

valiant：特別指冒著危險決意前進的英勇氣概，例如：He was valiant in battle.（他在戰爭中很英勇）。

- loyal [ˈlɔɪəl] a. 忠心的
- impeccable [ɪmˈpɛkəbl̩] a. 無懈可擊的
- incorruptible [ˌɪnkəˈrʌptəbl̩] a. 不能收買的
- mercy [ˈmɝsɪ] n. 慈悲
- modest [`mɑdɪst] adj. 謙虛的
- moral [ˈmɔrəl] a. 講道德的
- munificent [mjuˈnɪfəsn̩t] a. 寬厚的
- noble [ˈnobl̩] a. 品德高尚的
- perfect [ˈpɝfɪkt] a. 完美的
- principled [ˈprɪnsəpl̩d] a. 有操守的
- pure [pjʊr] a. 純潔的
- rectitude [ˈrɛktəˌtjud] n. 正直
- reliable [rɪˈlaɪəbl̩] n. 可信賴的
- reputable [ˈrɛpjətəbl̩] a. 聲譽好的
- respectable [rɪˈspɛktəbl̩] a. 值得尊敬的
- responsible [rɪˈspɑnsəbl̩] a. 負責的
- righteous [ˈraɪtʃəs] a. 正人君子的
- selfless [ˈsɛlflɪs] a. 無私的
- stalwart [ˈstɔlwɚt] n. 忠實成員
- staunch [stɔntʃ] a. 忠實可靠的
- steadfast [ˈstɛdˌfæst] a. 忠貞不移的
- truthful [ˈtruθfəl] a. 誠實的
- trustworthy [ˈtrʌstˌwɝðɪ] a. 值得信賴的
- trusty [ˈtrʌstɪ] a. 可信賴的
- unfailing [ʌnˈfelɪŋ] a. 經久不衰的
- unselfish [ʌnˈsɛlfɪʃ] a. 不謀私利的
- upright [ˈʌpˌraɪt] a. 品行端正的
- upstanding [ʌpˈstændɪŋ] a. 品行端正的
- valiant [ˈvæljənt] a. 英勇的
- virtuous [ˈvɝtʃʊəs] a. 有品德的

〔惡習〕

- bad [bæd] a. 壞的
- bad guy [bæd][gaɪ] n. 壞人
- bastard [ˈbæstɚd] n. 壞蛋
- biased [ˈbaɪəst] a. 有偏見的
- bigoted [ˈbɪgətɪd] a. 冥頑不靈的
- bitchy [ˈbɪtʃɪ] a. 惡毒的
- contemptible [kənˈtɛmptəbl̩] a. 可鄙的
- contracted [kənˈtræktɪd] a. 度量小的
- corrupt [kəˈrʌpt] a. 腐敗的
- cowardice [ˈkaʊɚdɪs] n. 懦弱
- crafty [ˈkræftɪ] a. 奸詐狡猾的
- craven [ˈkrevən] a. 怯懦的 n. 懦夫
- cruel [ˈkruəl] a. 殘忍的
- dangerous [ˈdendʒərəs] a. 帶來危險的
- decadent [ˈdɛkədn̩t] a. 敗德的
- deceitful [dɪˈsitfəl] a. 欺詐的
- demonic [diˈmɑnɪk] a. 惡魔般的
- depraved [dɪˈprevd] a. 墮落的
- despicable [ˈdɛspɪkəbl̩] a. 卑鄙的
- devious [ˈdivɪəs] a. 不光明正大的
- dishonest [dɪsˈɑnɪst] a. 不正直的，不誠實的
- disloyal [dɪsˈlɔɪəl] a. 不忠的
- disreputable [dɪsˈrɛpjətəbl̩] a. 聲名狼藉的
- dissolute [ˈdɪsəlut] a. 放蕩的
- evil [ˈivl̩] a. 邪惡的
- hypocritical [ˌhɪpəˈkrɪtɪkl̩] a. 偽善的
- illiberal [ɪˈlɪbərəl] a. 偏執不開通的
- immoral [ɪˈmɔrəl] a. 不道德的
- infamous [ˈɪnfəməs] a. 臭名遠播的

- infidelity [ˌɪnfəˋdɛlətɪ] n. 不忠貞
- insular [ˋɪnsələ˞] a. 思想狹隘的，保守的
- maleficent [məˋlɛfəsn̩t] a. 作奸犯科的
- malicious [məˋlɪʃəs] a. 惡意的
- mean [min] a. 心地不好的
- narrow-minded [ˋnæroˋmaɪndɪd] a. 心胸狹窄的；思想狹隘的
- parochial [pəˋrokiəl] a. 狹隘的
- preconception [ˌprikənˋsɛpʃən] n. 成見
- prejudice [ˋprɛdʒədɪs] n. 偏見
- provincial [prəˋvɪnʃəl] a. 偏狹的
- reprobate [ˋrɛprəˌbet] a. 為神所棄的；墮落的
- rigid [ˋrɪdʒɪd] a. 死板的
- scoundrel [ˋskaʊndrəl] n. 惡棍
- self-seeking [ˋsɛlfˋsikɪŋ] a. 追逐私利的
- selfish [ˋsɛlfɪʃ] a. 自私的
- shifty [ˋʃɪftɪ] a. 詭詐的
- short-sighted [ˋʃɔrtˋsaɪtɪd] a. 短視的
- slippery [ˋslɪpərɪ] a. 狡猾靠不住的
- sneaky [ˋsnikɪ] a. 鬼鬼祟祟的
- snobbish [ˋsnɑbɪʃ] a. 勢利眼的
- spiteful [ˋspaɪtfəl] a. 充滿惡意的
- traitorous [ˋtretərəs] a. 背信忘義的
- treacherous [ˋtrɛtʃərəs] a. 不忠的；奸詐的
- unfaithful [ʌnˋfeθfəl] a. 不忠誠的
- unjust [ʌnˋdʒʌst] a. 不公的
- unkind [ʌnˋkaɪnd] a. 壞心的
- unprincipled [ʌnˋprɪnsəpl̩d] a. 不講操守的
- unreliable [ˌʌnrɪˋlaɪəbl̩] a. 不可靠的
- untrustworthy [ʌnˋtrʌstˌwɝðɪ] a. 不能信賴的
- vicious [ˋvɪʃəs] a. 惡毒的
- villain [ˋvɪlən] n. 反派
- weasel [ˋwizl̩] n. 小人
- wicked [ˋwɪkɪd] a. 缺德的
- wily [ˋwaɪlɪ] a. 陰險狡詐的

★能力才智★

〔聰明／愚笨〕

- bird-brain [ˋbɝdˌbren] n. 笨蛋
- brainless [ˋbrenlɪs] a. 無腦的
- brainy [ˋbrenɪ] a. 腦筋好的
- bright [braɪt] a. 聰穎的
- clever [ˋklɛvə˞] a. 聰明的
- crass [kræs] a. 愚鈍的
- daft [dæft] a. 愚笨古怪的
- dim-witted [ˋdɪmˌwɪtɪd] a. 愚蠢的
- dumb [dʌm] a. 笨的
- empty-headed [ˌɛmptɪˋhɛdɪd] a. 腦袋空空的
- foolish [ˋfulɪʃ] a. 傻的
- idiot [ˋɪdɪət] n. 白痴；糊塗蟲
- ignorant [ˋɪgnərənt] a. 無知的
- imbecile [ˋɪmbəsl̩] a. 弱智的
- intellectual [ˌɪntl̩ˋɛktʃʊəl] a. 智力發達的
- intelligence [ɪnˋtɛlədʒəns] n. 智能
- intelligent [ɪnˋtɛlədʒənt] a. 聰慧的
- moron [ˋmorɑn] n. 智障
- obtuse [əbˋtjus] a. 愚鈍的
- sagacious [səˋgeʃəs] a. 睿智的
- silly [ˋsɪlɪ] a. 傻笨的

字辨

bright、clever、intelligent 與 smart

bright：通常用來描述孩童或年輕學生聰明，暗示其將來可能有前途，例如：She is a bright student with good grades.（她是成績優異的聰明學生）。

clever：指人腦筋動得快，能找出解決問題的方法，有小聰明的意思，偶爾帶有負面意味，例如：He is a clever thief.（他是個聰明的小偷）。

intelligent：指人智商高、學習能力強，例如：The robot is so intelligent that it is able to self-learn.（那個機器人聰明得能自我學習）。

smart：用來形容人腦筋好的常用語，例如：I want to be as smart as you.（我想和你一樣聰明）。

- smart [smɑrt] a. 聰明的
- stupid [ˈstjupɪd] a. 愚蠢的
- unintelligent [ˌʌnɪnˈtɛlədʒənt] a. 不聰明的
- unwise [ʌnˈwaɪz] a. 不明智的
- vacuous [ˈvækjʊəs] a. 腦袋空洞的
- wise [waɪz] a. 有智慧的
- witless [ˈwɪtlɪs] a. 沒腦子的

〔有能力／無能力〕

- able [ˈebl̩] a. 有能力的
- adaptable [əˈdæptəbl] a. 適應力強的
- articulate [ɑrˈtɪkjəlɪt] a. 口才好的
- capable [ˈkepəbl̩] a. 有能力的
- clairvoyant [klɛrˈvɔɪənt] n. 千里眼
- competent [ˈkɑmpətənt] a. 能幹稱職的
- creative [krɪˈetɪv] a. 有創造力的
- discerning [dɪˈzɝnɪŋ] a. 好眼力的
- elite [eˈlit] n. 精英
- endurance [ɪnˈdjʊrəns] n. 耐力
- expressive [ɪkˈsprɛsɪv] a. 表達能力好的
- feckless [ˈfɛklɪs] a. 不中用的
- genius [ˈdʒinjəs] n. 天才
- gifted [ˈgɪftɪd] a. 有天賦的
- grit [grɪt] n. 恆毅力
- imaginative [ɪˈmædʒəˌnetɪv] a. 有想像力的
- incapable [ɪnˈkepəbl̩] a. 沒有能力的
- persuasive [pɚˈswesɪv] a. 有說服力的
- potential [pəˈtɛnʃəl] n. 潛能

字辨

gifted 與 talented

gifted：指擁有與生俱來的天賦（gift）或潛能（potential），例如語言、數學、科學、音樂等天賦，但未必明顯地表露在外，例如：He is gifted, but he doesn't like studying.（他有天賦但不喜歡讀書）。

talented：指表現在外的成就高於其他人，特別是具有展現性質的才華（talent），如語言、運動、表演、交際等。提到資優時則會結合兩個字來描述：gifted and talented children（資優兒童）。

- precocious [prɪˈkoʃəs] a. 早熟的
- prodigy [ˈprɑdədʒɪ] n. 神童
- self-control [ˌsɛlfkənˈtrol] n. 自制力
- silver-tongued [ˈsɪlvɚˈtʌŋd] a. 辯才無礙的
- social butterfly [ˈsoʃəl][ˈbʌtɚˌflaɪ] n. 交際花
- talented [ˈtæləntɪd] a. 有才情的
- telepathy [təˈlɛpəθɪ] n. 心靈感應
- versatile [ˈvɝsətḷ] a. 多才多藝的
- well-connected [ˈwɛlkəˈnɛktɪd] a. 人脈廣的
- well-spoken [ˈwɛlˈspokən] a. 善於辭令的

〔出色／不出色〕

- average [ˈævərɪdʒ] a. 中等的
- brilliant [ˈbrɪljənt] a. 優秀的
- distinguished [dɪˈstɪŋgwɪʃt] a. 卓越的
- established [əsˈtæblɪʃt] a. 已有聲望的
- excellent [ˈɛksḷənt] a. 優等的
- exceptional [ɪkˈsɛpʃənḷ] a. 出色的
- extraordinary [ɪkˈstrɔrdṇˌɛrɪ] a. 出類拔萃的
- good [gʊd] a. 好的
- good-enough [gʊd ˈənʌf] a. 夠好的
- mediocre [ˈmidɪˌokɚ] n. 平庸的
- outstanding [ˈaʊtˈstændɪŋ] a. 傑出的
- peerless [ˈpɪrlɪs] a. 無與倫比的
- top [tɑp] a. 頂尖的
- underachieved [ˌʌndərəˈtʃivd] a. 未能發揮學習潛力的
- undistinguished [ˌʌndɪsˈtɪŋgwɪʃt] a. 不怎麼樣的

〔靈巧／笨拙〕

- adroit [əˈdrɔɪt] a. 靈巧熟練的
- astute [əˈstjut] a. 機敏的
- awkward [ˈɔkwɚd] a. 笨拙的
- blundering [ˈblʌndərɪŋ] a. 笨手笨腳的
- bumbling [ˈbʌmblɪŋ] a. 錯誤百出的
- informed [ɪnˈfɔrmd] a. 消息靈通的
- nimble [ˈnɪmbḷ] a. 手腳靈敏的；頭腦機敏的
- perceptive [pɚˈsɛptɪv] a. 敏銳的
- quick-witted [ˈkwɪkˈwɪtɪd] a. 有急智的
- resourceful [rɪˈsorsfəl] a. 足智多謀的
- sharp [ʃɑrp] a. 敏銳的
- shrewd [ʃrud] a. 機靈的
- slow [slo] a. 遲鈍的
- witty [ˈwɪtɪ] a. 機智的

〔有涵養／無涵養〕

- accomplished [əˈkɑmplɪʃt] a. 有造詣的
- cultured [ˈkʌltʃɚd] a. 有涵養的
- educated [ˈɛdʒʊˌketɪd] a. 有教養的
- erudite [ˈɛrʊˌdaɪt] a. 博學的
- knowing [noɪŋ] a. 通曉的
- knowledgeable [ˈnɑlɪdʒəbḷ] a. 有見識的
- learned [ˈlɝnɪd] a. 有學問的
- lettered [ˈlɛtɚd] a. 有文藝涵養的；飽學的
- literate [ˈlɪtərɪt] a. 有文化涵養的
- polymath [ˈpɑlɪˌmæθ] n. 博學的人
- professional [prəˈfɛʃənḷ] a. 內行的
- savvy [ˈsævɪ] a. 有實學的
- scholarly [ˈskɑlɚlɪ] a. 有學者風範的
- skillful [ˈskɪlfəl] a. 有技術的
- well-read [ˈwɛlˈrɛd] a. 博覽群書的

延伸例句

▶▶▶ He is too aggressive to be reasonable.
他咄咄逼人到蠻不講理。

▶▶▶ She could barely contain her sadness as she waved goodbye.
揮手道別時，她幾乎克制不了自己的悲傷。

▶▶▶ He erupted in anger.
他勃然大怒。

▶▶▶ I lost my temper at work.
我工作時發了脾氣。

▶▶▶ I'm already at my wit's end.
我已經黔驢技窮。

▶▶▶ That child is throwing the tantrum.
那孩子正在耍脾氣。

▶▶▶ What a pretentious snob!
真是個惺惺作態的勢利眼！

▶▶▶ No one can be morally perfect.
沒有人在道德上是十全十美的。

▶▶▶ Have mercy on me.
可憐可憐我吧。

▶▶▶ Those who succeed have more grit than talent.
人的成功主要來自恆毅力，不是才能。

▶▶▶ The public should become more politically informed.
大眾應該變得更有政治見識。

▸▸▸ She is an able and conscientious statesman.
她是個有能力和良心的政治家。

▸▸▸ Seniors today are increasingly Internet-savvy.
現在長輩們也愈來愈懂得使用網路了。

▸▸▸ He is a man with a good heart.
他是個心腸好的人。

▸▸▸ She is an average student with moderate intelligence.
她是個智能中等的平凡學生。

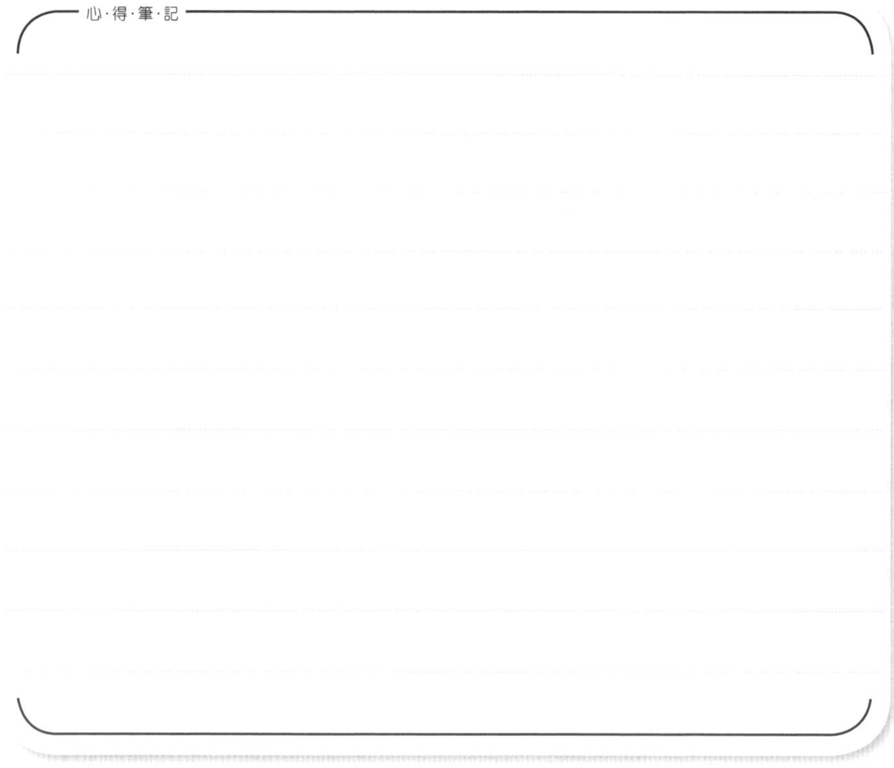

二、內外特質：我有什麼？／外在

情境對話

Helen : What a beautiful angel she is.
她真是個漂亮的天使。

Helen's sister : Do you think she looks like me?
你覺得她長得像我嗎？

Helen : She surely has your big brown eyes.
她確實有妳的褐色大眼睛。

Helen's sister : I think so, too, and I hope that she won't be near-sighted like me.
我也這麼覺得，希望她不會像我一樣有近視眼。

Helen : Her high forehead and straight nose are like her father's.
她的高額頭和直鼻子就像父親了

Helen's sister : She is also taller than other children of her age, like her dad.
她也和她爸一樣，比同年齡的小孩高。

Helen : Look how long her limbs are.
你看她的手腳多長啊。

Helen's sister : And strong, too. She kicks a lot!
而且很有力氣，老是亂踢！

Helen : I still remember how her skin was wrinkled when she was born.
我還記得她出生時皮膚皺巴巴的。

Helen's sister : Yes, it has become smoother and lighter now.
對呀，現在變平滑，膚色也比較淡了。

Helen : Her hair is still sparse and short, though.
不過她的頭髮還是很稀疏又短。

Helen's sister : It will grow soon. I can't wait to braid her hair!
很快就會長長了。我等不及要替她綁辮子了！

字彙

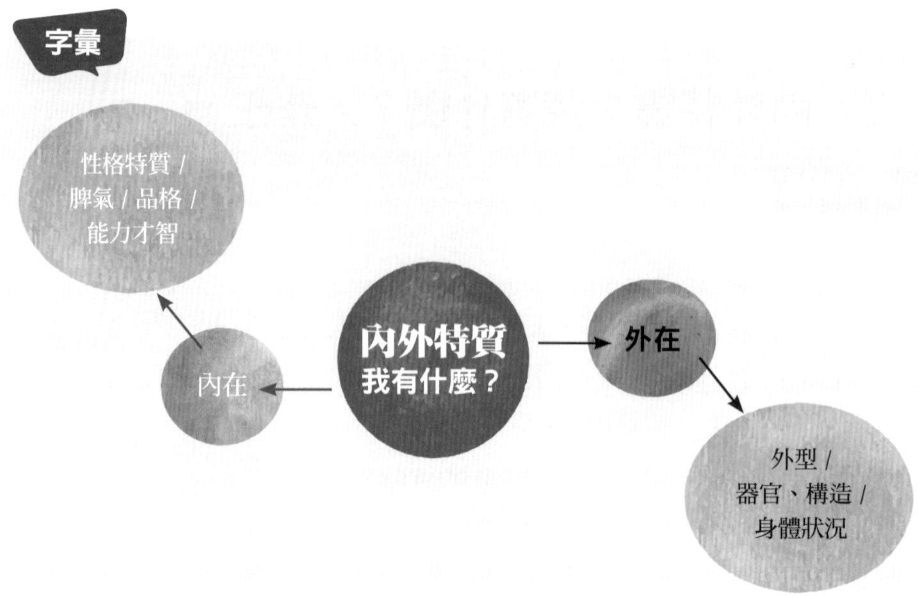

★外型★

〔臉部〕

═ 整體與臉型 ═

- appearance [əˈpɪrəns] n. 外表，外貌
- baby-faced [ˈbebɪˌfest] a. 娃娃臉的
- contour [ˈkɑntʊr] n.（立體）輪廓
- countenance [ˈkaʊntənəns] n. 面容
- diamond face [ˈdaɪəmənd][fes] n. 鑽石型臉
- face [fes] n. 臉
- feature [fitʃɚ] n. 面貌特徵
- heart-shaped face [ˈhɑrtˌʃept][fes] n. 心型臉
- lineament [ˈlɪnɪəmənt] n. 面貌輪廓特徵

字辨

appearance、countenance、face、features、lineamentenchant與visage

appearance：指「外表」，有時未必只指臉，也包含人的衣著、舉止、氣質等給人的表面印象。

countenance：通常包含表情，例如 a sad countenance（悲傷的臉）。另外 countenance 也指鎮定的表情，因此 out of countenance 是指不鎮靜、變得驚慌的意思。

face：解剖學意義上的「臉」，包含五官及其鄰近部位，為最普遍的用詞。

feature：單數指「臉部特徵」，複數 features 也可用來指臉。

diamond face

heart-shaped face

oblong face

oval face

round face

square face

triangular face

lineament：特別指與臉部（或身體）輪廓有關的特徵。

visage：意思接近 face，指實際的臉，但口語中較少使用。

- oblong face [ˈɑbloŋ][fes] n. 長橢圓型臉
- outline [ˈaʊtˌlaɪn] n.（外部）輪廓
- oval face [ˈovḷ][fes] n. 鵝蛋臉
- physiognomy [ˌfɪzɪˈɑgnəmɪ] n. 面相
- profile [ˈprofaɪl] n. 側面
- round face [raʊnd][fes] n. 圓臉
- square face [skwɛr][fes] n. 方臉，國字臉
- triangular face [traɪˈæŋgjələ˞][fes] n. 三角形臉
- visage [ˈvɪzɪdʒ] n. 容貌，面貌

═ 面色 ═

- ashen [ˈæʃən] a. 面色灰白的
- bloodless [ˈblʌdlɪs] a. 面無血色的；無生氣的
- colorless [ˈkʌlə˞lɪs] a. 面無血色的
- complexion [kəmˈplɛkʃən] n. 氣色，臉色
- gray [gre] a.（面色、頭髮）灰白的
- livid [ˈlɪvɪd] a. 鐵青的
- pale [pel] a. 蒼白的
- pallid [ˈpælɪd] a.（臉色因生病而）蒼白的，慘白的
- pallor [ˈpælə˞] n. 慘白

字辨

bloodless、colorless、pale、pallid、pallor、pasty 與 white

bloodless 與 colorless：特別指「面無血色」。bloodless 的另一個意思是指人「冷血」。

pale：因為恐懼、驚嚇、生病、體弱等原因而「臉色發白」，或膚色比別人白皙的意思，如：She is pale-skinned.

（她的膚色很白）。為最常用的詞彙。

pallid：形容「臉色慘白」，有生病的意味。例如：pallid as a corpse（如死屍般慘白）。另也可形容「色彩淺淡的」，如 pallid blue（淺青色）。

pallor：意思與 pallid 相近，也是指「臉色慘白」，但 pallor 為名詞，通常用來描述病狀。例如：Her pallor was due to anemia（她的蒼白是貧血造成的）。

pasty：就氣色來說，意義與 pallid 及 pallor 相近，有不健康的暗示。

white：指膚色的「白」，另也指人在突然的情緒或健康波動下，臉色一瞬間發白的情況，如：His face turned white.（他的臉色發白）。

- pasty [ˈpæstɪ] a. 面無血色的
- rosy [ˈrozɪ] a. 透紅的
- ruddy [ˈrʌdɪ] a. 氣色紅潤的
- waxy [ˈwæksɪ] a. 面色如蠟的
- white [hwaɪt] a. 白皙的；臉色發白的

= 頭髮 =

- bald [bɔld] a. 禿的
- bangs [bæŋs] n. 劉海
- blonde [blɑnd] a. 金髮的
- braid [bred] n. 辮子
- brunette [bruˈnɛt] a. 深褐色頭髮的
- bun [bʌn] n. 小圓髻
- business hairstyle [ˈbɪznɪs][ˈhɛrˌstaɪl] n. 西裝頭
- center-parted [ˈsɛntɚˈpɑrtɪd] a. 中分的
- chignon [ˈʃinjɑn] n. 包頭
- cowlick [ˈkaʊlɪk] n. 一綹梳不平的頭髮
- crew cut [kru] [kʌt] n. 平頭
- crinkly [ˈkrɪŋklɪ] a. 乾硬捲曲的
- crop [krɑp] n. 短髮
- curly hair [ˈkɝlɪ][hɛr] n. 捲髮
- forelock [ˈforˌlɑk] n. 前額的垂髮
- fringe [frɪndʒ] n. 劉海
- frosty [ˈfrɔstɪ] a. 灰白的，銀白的
- hair [hɛr] n. 毛髮
- hairdo [ˈhɛrˌdu], hairstyle [ˈhɛrˌstaɪl] n. 髮型
- hairless [ˈhɛrlɪs] a. 無毛髮的，禿的
- hairline [ˈhɛrˌlaɪn] n. 髮際線
- half-up [ˈhæfˌʌp] n. 公主頭
- kinky hair [ˈkɪŋkɪ][hɛr] n. 黑人般的捲髮
- lank [læŋk] n. 細直單調的頭髮
- left side parting [lɛft][saɪd][ˈpɑrtɪŋ] n. 左旁分
- lock [lɑk] n. 一綹頭髮
- long hair [lɔŋ][hɛr] n. 長髮
- loose [lus] a. 散開的
- lustrous [ˈlʌstrəs] a. 有光澤的
- mane [men] n. 長而濃密的頭髮
- mat [mæt] n. 厚重的亂髮
- medium-length hair [ˈmidɪəmˈlɛŋθ][hɛr] n. 中長髮
- mop [mɑp] n. 濃密蓬亂的頭髮
- mousy [ˈmaʊsɪ] a. 鼠灰色的
- naturally curly [ˈnætʃərəlɪ][ˈkɝlɪ] a. 自然捲的

- parting [ˈpɑrtɪŋ] n. 頭髮的分線
- pepper-and-salt[ˈpɛpɚnˈsɔlt] , salt-and-pepper [ˈsɔltnˈpɛpɚ] a.（毛髮）花白的
- pigtail [ˈpɪgˌtel] n. 雙辮、雙馬尾
- plait [plet] n. 辮子（英式較常用）
- ponytail [ˈponɪˌtel] n. 馬尾
- raven [ˈrevn̩] a. 烏黑亮麗的
- redhead [ˈrɛdˌhɛd] n. 紅髮的人
- right side parting [raɪt][saɪd][ˈpɑrtɪŋ] n. 右旁分
- ringlet [ˈrɪŋlɪt] n. 一綹長鬈髮
- scrapeover [ˈskrepˈovɚ] n. 把頭髮梳到一邊（以遮掩禿頭）
- shaggy [ˈʃægɪ] a. 長而散亂的
- shaved head [ʃevd][hɛd] n. 光頭
- shiny [ˈʃaɪnɪ] a. 閃亮的
- short hair [ʃɔrt][hɛr] n. 短髮
- shoulder-length hair [ˈʃoldɚˈlɛŋθ][hɛr] n. 及肩長髮
- side-parted [ˈsaɪdˈpɑrtɪd] a. 旁分的
- silvery [ˈsɪlvərɪ] a. 銀白的
- slaphead [ˈslæpˌhɛd] n. 光頭，禿子

- sleek [slik] a. 光滑直順的
- sparse [spɑrs] a. 稀疏的
- spiky [ˈspaɪkɪ] a.（髮型）豎起的
- split ends [splɪt][ɛndz] n. 分岔的髮尾
- sprout [spraʊt] v.（毛髮）冒出
- straight hair [stret][hɛr] n. 直髮
- stringy [ˈstrɪŋɪ] a.（尤指頭髮髒時）呈繩條狀的細髮
- swept-back [ˈswɛptˌbæk] a. 向後梳的
- thatch [θætʃ] n. 稻草般的亂髮
- thick [θɪk] a. 多而厚的
- thin [krɑp] a. 少的
- thinning [θɪnɪŋ] a. 逐漸稀疏的
- topknot [ˈtɑpˌnɑt] n. 頂髻，丸子頭
- tress [ˈtres] n. 一束長髮
- tresses [ˈtrɛsɪz] n. 女人的一頭秀髮
- tuft [tʌft] n. 一簇毛髮
- unkempt [ʌnˈkɛmpt] a. 未整理的

字辨

lock、tuft與tress

lock：指頭上的一小束頭髮，或特別剪下來保存的一綹頭髮。

tuft：指自然長在一起，或綁成一簇的頭髮、鬍鬚等毛髮，或是糾結成一團的毛髮。

tress：特別指一束長髮。通常用複數來表示一頭漂亮的長髮，如 Her black tresses fell into loose curls over her shoulders.（她的黑髮流洩為一頭微捲的長髮，垂在肩上）。

- updo [ˈʌpˌdu] n. 攏起盤高的髮型
- wavy hair [ˈwevɪ][hɛr] n. 波浪捲髮
- widow's peak [ˈwɪdos][pik] n. 美人尖
- wig [wɪg] n. 假髮
- wiggly [ˈwɪglɪ] a. 微捲的，波浪狀的
- wiry [ˈwaɪrɪ] a. 如鐵絲般乾硬的

═ 眉眼 ═

- almond eyes [ˈɑmənd][aɪz] n. 杏眼，丹鳳眼
- bug-eyed [ˈbʌgˌaɪd] a. 兩眼凸出的
- bushy eyebrows [ˈbʊʃɪ][ˈaɪˌbraʊz] n. 濃眉

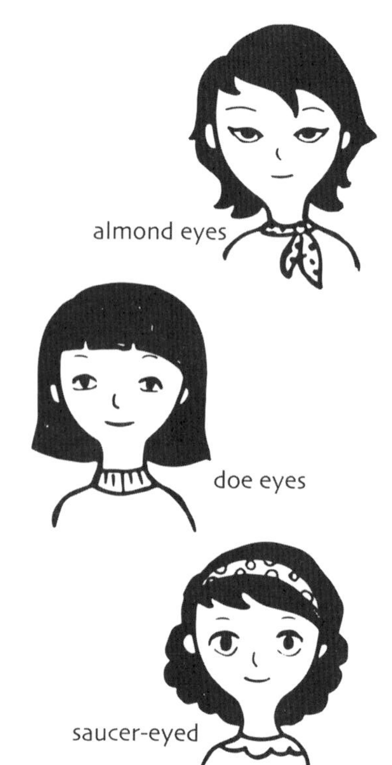

- corner of the eye [ˈkɔrnɚ][ɑv][ðə][aɪ] n. 眼角
- cross-eyed [ˈkrɔsˌaɪd] a. 鬥雞眼的
- crow's feet [kros][fit] n. 魚尾紋
- dark circles [dɑrk][ˈsɝkl̩z] n. 黑眼圈
- doe eyes [do][aɪz] n. 如母鹿般的迷人大眼
- double eyelid [ˈdʌbl̩][ˈaɪˌlɪd] n. 雙眼皮
- eye [aɪ] n. 眼睛
- eye bags [aɪ][bægz] n. 眼袋
- eyebrow [ˈaɪˌbraʊ], brow [braʊ] n. 眉毛
- eyelash [ˈaɪˌlæʃ] n. 眼睫毛
- eyelid [ˈaɪˌlɪd] n. 眼皮
- goggle-eyed [ˈgɑgl̩ˌaɪd] a. 瞪大眼睛的
- laughter lines [ˈlæftɚ][laɪnz] n.（眼睛四周的）笑紋
- piggy [ˈpɪgɪ] a. 眼睛小似豬的
- pupil [ˈpjupl̩] n. 瞳孔
- saucer-eyed [ˈsɔsɚˌaɪd] a. 眼睛又大又圓的
- single eyelid [ˈsɪŋgl̩][ˈaɪˌlɪd] n. 單眼皮
- sparse eyebrows [spɑrs][ˈaɪˌbraʊz] n. 稀疏的眉毛
- thin eyebrows [θɪn][ˈaɪˌbraʊz] n. 細眉

＝ 鼻 ＝

- aquiline nose [ˈækwəˌlaɪn][noz] n. 鷹勾鼻
- bulbous nose [ˈbʌlbəs][noz] n. 蒜頭鼻
- Greek nose [grik][noz] n. 直鼻，希臘鼻
- nose [noz] n. 鼻
- nostril [ˈnɑstrɪl] n. 鼻孔；鼻翼
- snub nose [snʌb][noz] n. 塌鼻，獅子鼻
- strong nose [strɔŋ][noz] n. 高挺的鼻子
- tip of the nose [tɪp][ɑv][ðə][noz] n. 鼻尖
- upturned nose [ʌpˈtɝnd][noz] n. 朝天鼻

＝ 嘴 ＝

- buck teeth [bʌk][tiθ] n. 兔寶寶牙
- big lips [bɪg][lɪps], thick lips [θɪk][lɪps] n. 厚唇
- corner of the mouth [ˈkɔrnɚ][ɑv][ðə][maʊθ] n. 嘴角
- Cupid's bow [ˈkjupɪds][bo] n. 上唇線，唇峰
- full lips [fʊl][lɪps] n. 飽滿的嘴唇
- lip [lɪp] n. 唇
- mouth [maʊθ] n. 嘴，口

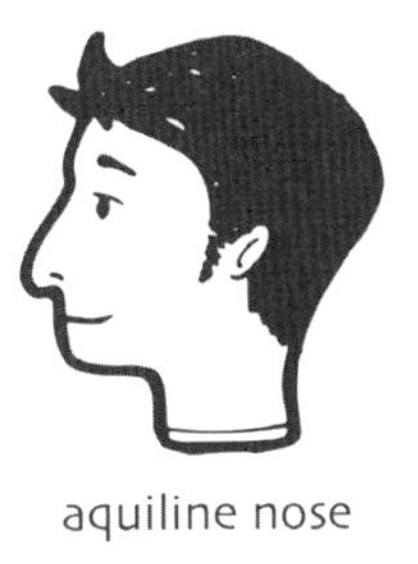

aquiline nose

bulbous nose

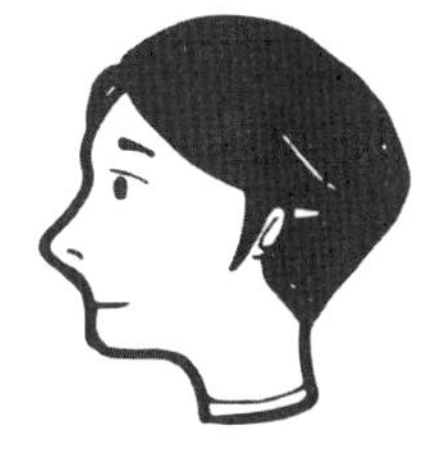

Greek nose

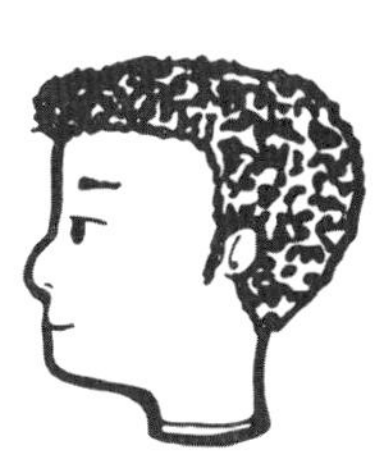

snub nose

upturned nose

- overbite [ˈovɚˌbaɪt] n. 暴牙
- small lips [smɔl][lɪps], thin lips [θɪn][lɪps] n. 薄唇
- small mouth [smɔl][maʊθ] n. 小嘴
- smile lines [smaɪl][laɪnz] n. 法令紋
- wide mouth [waɪd][maʊθ] n. 闊嘴

字辨

big mouth 與 wide mouth

big mouth（或 **bigmouth**）：意思近似中文的「大嘴巴」，即多嘴的人。如：He is a big mouth.（他是個大嘴巴）。

wide mouth：單純指一個人嘴巴很大時，通常用 wide mouth 表示。

＝ 鬍鬚 ＝

- beard [bɪrd] n.（下巴的）鬍鬚
- goatee [goˈti] n.（下巴的）山羊鬍
- hairy [ˈhɛrɪ] a. 多毛的
- mustache [ˈmʌstæʃ] n.（唇上方的）髭
- mutton chop whiskers [ˈmʌtn̩][tʃap][ˈhwɪskɚs] n. 羊排絡腮鬍
- shave [ʃev] v. 剃，刮（毛髮）
- sideburns [ˈsaɪdˌbɝnz] n. 鬢角
- soul patch [sol][pætʃ] n. 嘴唇下方的一小撮鬍子
- stubble [ˈstʌbl̩] n. 短鬚
- unshaven [ʌnˈʃevən] a.（鬍子）未刮的
- whisker [ˈhwɪskɚ] n. 腮鬚

＝ 臉與下巴 ＝

- cheek [tʃik] n. 臉頰
- cheekbone [ˈtʃikˌbon] n. 顴骨
- chin [tʃɪn] n. 下巴
- cleft chin [klɛft][tʃɪn] n. 裂下巴（指下巴中央有凹窩）
- dimple [ˈdɪmpl̩] n. 酒窩
- double chin [ˈdʌbl̩][tʃɪn] n. 雙下巴
- forehead [ˈfɔrˌhɛd] n. 額頭
- jaw [dʒɔ] n. 下巴，下顎

字辨

chin 與 jaw

chin：指偏臉正面的下巴。

jaw：指包含兩側的整個下顎。

- jawline [dʒɔlaɪn] n. 下巴輪廓線
- jowl [dʒaʊl] n. 下頜垂肉
- temple [ˈtɛmpl̩] n. 太陽穴
- underbite [ˈʌndɚˌbaɪt] n. 戽斗

＝ 耳朵 ＝

- antihelix [ˌæntɪˈhilɪks] n. 對耳輪
- attached ear lobe [əˈtætʃt][ɪr][lob] n. 耳垂緊貼
- ear [ɪr] n. 耳朵
- ear lobe [ɪr][lob], lobule [ˈlɑbjul] n. 耳垂
- ear piercing [ɪr][ˈpɪrsɪŋ] n. 穿耳洞

- earhole [ˈɪrhol] n. 耳孔
- free ear lobe [fri][ɪr][lob] n. 耳垂分離
- helix [ˈhilɪks] n. 耳輪
- piercing [ˈpɪrsɪŋ] n. 耳洞
- pinna [ˈpɪnə] n. 耳廓
- pointed ears [ˈpɔɪntɪd][ɪrz] n. 尖耳
- protruding ears [proˈtrudɪŋ][ɪrz], prominent ears [ˈprɑmənənt][ɪrz] n. 招風耳

〔身材、外貌〕

═ 外貌與身型 ═

- body shape [ˈbɑdɪ][ʃep] n. 身型
- back [bæk] n. 身體背面
- beanpole [ˈbinˌpol] n. 瘦竹竿
- beefy [ˈbifɪ] a. 胖壯多肉的
- big [bɪg] a. 高大的；胖的
- big-boned [ˈbɪgˌbond] a. 骨架大的
- bony [ˈbonɪ] a.（人或身體某部位）瘦骨嶙峋的
- bosomy [ˈbʊzəmɪ] a. 豐滿的
- build [bɪld] n. 體格
- bulky [ˈbʌlkɪ] a. 大塊頭的，笨重的
- burly [ˈbɝlɪ] a. 壯實的
- chubby [ˈtʃʌbɪ] a. 圓胖的，胖嘟嘟的
- chunky [ˈtʃʌŋkɪ] a. 厚壯的
- corpulent [ˈkɔrpjələnt] a. 臃腫的，肥胖的
- curvaceous [kɝˈveʃəs] a. 凹凸有致的
- deformed [dɪˈfɔrmd] a. 畸形的
- fat [fæt] a. 肥胖的
- fatty [ˈfætɪ] n. 胖子

字辨

chubby、plump 與 rotund

chubby：形容圓胖可愛，通常用來形容小孩子。例如：a chubby baby（圓胖的嬰兒）。

plump：形容有點圓胖但討喜的身材。

rotund：來自拉丁語 rotundus，意思是「圓的」（round）。用來形容人圓圓胖胖時，通常不會當面用這個字。

- figure [ˈfɪgjɚ] n. 身材
- front [frʌnt] n. 身體正面
- gangling [ˈgæŋglɪŋ] a. 高瘦而笨拙的
- heavy [ˈhɛvɪ] a. 笨重的
- height [haɪt] n. 身高
- large [lɑrdʒ] a. 大的
- lean [lin] a. 修長的
- left [lɛft] a. 左半身的
- left-hand [ˈlɛftˈhænd] a. 左手邊的
- left-handed [ˈlɛftˈhædɪd] a. 左撇子的
- little [ˈlɪtl] a. 小的，年幼的
- long [lɔŋ] a. 長的
- meaty [ˈmitɪ] a. 胖壯多肉的
- middle-sized [ˈmɪdl̩saɪzd], medium-sized [ˈmidɪəmˌsaɪzd] a. 中等尺寸的
- naked [ˈnekɪd] a. 赤裸的
- nudity [ˈnjudətɪ] n. 裸體狀態
- obese [oˈbis] a. 極肥胖的
- outweigh [aʊtˈwe] v. 比……重
- overweight [ˈovɚˌwet] a. 超重的

字辨

big 和 large；little 和 small

僅就描述身體與身材來說，big 與 large、small 與 little在很多地方互通，但有時用法仍有差異。

big 和 large：都可以用來形容實體，例如 large / big hands（大手）、large / big feet（大腳）、large / big eyes（大眼）等。但形容人的身材時是用 big。依說話的語境，He is big. 可指他很「高大」或「胖」。另 big 也指年紀較長，例如：She is big enough to take care of herself.（她已經大到能照顧自己了）。

little 和 small：也都可以用來形容實體，例如 small / little nose（小鼻子）、small / little ears（小耳朵），但 little 通常帶有孩童的聯想，因此 a small girl 是指身材嬌小的女孩，a little girl 則是指（年紀小的）小女孩。表示程度低、量少、重要性小時，則是用 little，例如 It makes little difference whether he comes or not.（他來不來差別不大）。

- pear-shaped [ˈpɛrˌʃept] a. 梨形體型的
- petite [pəˈtit] a. 嬌小玲瓏的
- physical [ˈfɪzɪkḷ] a. 身體的
- physique [fɪˈzik] n.（尤指健身過的）體型，體格
- plump [plʌmp] a. 有點圓胖的
- porky [ˈporkɪ] a.（似豬肉般）胖嘟嘟的
- pudgy [ˈpʌdʒɪ] a. 肉肉的
- puppy fat [ˈpʌpɪ][fæt] n. 嬰兒肥
- rangy [ˈrendʒɪ] a. 四肢瘦長的
- right [raɪt] a. 右半身的
- right-hand [ˈraɪtˌhænd] a. 右手邊的
- right-handed [ˈraɪtˈhændɪd] a. 右撇子的
- robust [rəˈbʌst] a. 健壯的
- roly-poly [ˈrolɪˌpolɪ] a. 矮胖的
- rotund [roˈtʌnd] a. 圓滾滾的
- rubicund [ˈrubɪkənd] a. 胖而臉色紅潤的
- runt [rʌnt] n. 矮冬瓜
- scraggy [ˈskrægɪ] a. 瘦而健康的
- scrawny [ˈskrɔnɪ] a. 骨瘦如柴的
- shapeless [ˈʃeplɪs] a. 身材走樣的
- shapely [ˈʃeplɪ] a. 體態勻稱的
- short [ʃɔrt] a. 短的；矮的
- shorty [ˈʃɔrtɪ] n. 矮子
- skinny [ˈskɪnɪ] a. 瘦巴巴的
- slender [ˈslɛndɚ] a. 纖細的
- slim [slɪm] a. 苗條的

字辨

slender 與 slim

slender：纖細優雅的。多半用來形容女性。

slim：苗條好看的。可以用來形容男性與女性。

- small [smɔl] a. 小的；矮的
- solid [ˈsɑlɪd] a. 結實的
- spindly [ˈspɪndlɪ] a. 瘦長而弱不禁風的
- state [stet] n.（身或心的）狀態
- stature [ˈstætʃɚ] n. 身高，個頭

- stiff [stɪf] a. 僵硬的
- stocky [ˈstɑkɪ] a. 粗壯的
- stout [staʊt] a. 胖壯的
- strapping [ˈstræpɪŋ] a. 高大健壯的，魁梧的
- stringy [ˈstrɪŋɪ] a. 高瘦的
- stubby [ˈstʌbɪ] a. 矮壯的
- stumpy [ˈstʌmpɪ] a.（手腳，手指腳趾等）粗短的；（人）矮胖的
- stunted [ˈstʌntɪd] a. 發育不全的
- sturdy [ˈstɝdɪ] a. 強壯可靠的
- supple [ˈsʌpl̩] a. 柔軟的
- symmetrical [sɪˈmɛtrɪkl̩] a. 左右對稱的
- tall [tɔl] a. 高的
- thin [θɪn] a. 瘦的
- tiny [ˈtaɪnɪ] a. 極小的
- titch [tɪtʃ] n. 小不點
- tower [ˈtaʊɚ] v. 高人一等
- trim [trɪm] a. 無贅肉的
- tubby [ˈtʌbɪ] a.（如水桶般）矮胖的

字辨

height 與 stature

height：指一般意義上的高度，舉凡人的身高、山的高度、桌子的高度等，都可以用這個詞表示。

stature：在實物上尤指人的身高或塊頭，tall stature（高個子）是指高於標準的身高，short stature（矮個子）是指低於標準的身高，medium stature 是指中等身高；另 stature 也可以用來指地位高度，因此，He is a man of high stature. 是指「他德高望重」的意思。

- unbalanced [ʌnˈbælənst] a. 不均衡的
- underweight [ˈʌndɚˌwet] a. 過輕的
- weigh [we] v. 重達……
- weight [wet] n. 體重
- weightless [ˈwetlɪs] a. 似乎沒有重量的；輕盈的
- well-built [ˈwɛlˈbɪlt] a. 體格很好的

字辨

beefy、burly、chunky、robust、solid、stocky、sturdy 與 well-built

beefy：強調人像牛肉（beef）般多肉胖壯的。

burly：可能比 solid 更強調如拳擊手、摔角手般肌肉發達的強健體格。如果想強調運動員般健康勻稱的體格，可以說He has an athletic build.（他有運動員般的體格）。

chunky、stocky：強調體積厚大的實感（stock 是樹木的主幹，chunk 意指厚塊），兩字都有虎背熊腰，甚至矮壯的意味。

robust：指健壯的形象，強調身體健康有力。

solid：a solid build、solidly built 除了形容體格結實外，solid 還略帶一點多肉的意思。

sturdy：較強調人強健可靠，不容易倒下。也常用來形容建築物、物品等堅固耐用。

well-built：形容人體格（build）健美時，最普通的說法是 He is well-built.（他體格很好）。

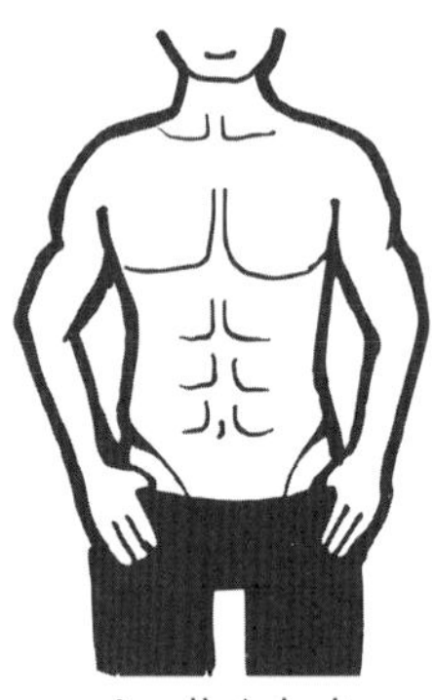

Apollo's belt

firm abs

muffin top,
love handles

— 脖子、肩膀 —

- Adam's apple [ˈædəms][ˈæpḷ] n. 喉結
- bare-shouldered [ˈbɛrˈʃoldɚd] a. 裸肩的
- broad-shouldered [ˈbrɔdˈʃoldɚd] a. 寬肩的
- bullnecked [ˈbʊlnɛkt] a. 脖子粗短的
- collarbone [ˈkɑlɚˌbon] n. 鎖骨
- nape [nep] n. 後頸
- narrow-shouldered [ˈnæroˈʃoldɚd] a. 窄肩的
- neck [nɛk] n. 脖、頸
- neck lines [nɛk][laɪnz] n. 頸紋
- round-shouldered [ˈraʊndˈʃoldɚd] a. 肩膀前屈的
- shoulder [ˈʃoldɚ] n. 肩

— 軀幹 —

- Apollo's belt [əˈpɑlos][bɛlt] n. 人魚線
- barrel chest [ˈbærəl][tʃɛst] n. 桶狀胸
- beer belly [bɪr] [ˈbɛlɪ] n. 啤酒肚
- behind [bɪˈhaɪnd] n.（口）屁股，臀部
- belly [ˈbɛlɪ] n. 腹部；胃
- belly button [ˈbɛlɪ][ˈbʌtṇ] n.（口）肚臍
- big belly[bɪg][ˈbɛlɪ], paunch [pɔntʃ] n.（男人的）大肚子
- bikini line [bɪˈkinɪ][laɪn] n. 比基尼線
- body [ˈbɑdɪ] n. 身體
- bosom [ˈbʊzəm] n. 胸，懷
- bottom [ˈbɑtəm] n.（口）屁股，臀部
- breast [brɛst] n. 胸部；乳房
- bust [bʌst] n. 女性胸部；胸圍
- butt crack [bʌt][kræk] n. 股溝
- buttock [ˈbʌtək] n. 臀部
- chest [tʃɛst] n. 胸部
- cleavage [ˈklivɪdʒ] n. 乳溝
- crotch [krɑtʃ] n. 胯部
- firm abs [fɝm][`eˈbiɛs] n. 馬甲線；小腹平坦
- flank [flæŋk] n. 側腹、腰窩
- flat-chested [ˈflætˈtʃɛstɪd] a. 平胸的
- groin [grɔɪn] n. 鼠蹊部
- haunch [hɔntʃ] n. 後臀

字辨

crotch 與 groin

crotch：指胯下，位置大約與 groin 相同，即兩腿與軀幹相連的地方，但 crotch比較口語，另這個字也指衣服的「褲襠」及「樹枝分叉的地方」。

groin：比較屬於解剖學用語，指「鼠蹊部」或「腹股溝」，即腿連接軀幹的部位，包含生殖器在內。向醫生解釋受傷情況時，通常會說 groin injury（鼠蹊部受傷）、groin pain（鼠蹊部痛）。

- hunchbacked [ˈhʌntʃˌbækt] a. 駝背的
- middle [ˈmɪdl̩] n. 腰腹部
- midriff [ˈmɪdrɪf] n. 中腹部
- muffin top [ˈmʌfɪn][tɑp], love handles [lʌv][ˈhændl̩z] n. 游泳圈，腰間贅肉
- navel [ˈnevl̩] n. 肚臍
- nipple [ˈnɪpl̩] n. 乳頭
- pigeon-chested [ˈpɪdʒənˈtʃɛstɪd] a. 雞胸的
- potbelly [ˈpɑtˌbɛlɪ] n. 大肚子（的人）
- private parts [ˈpraɪvɪt][pɑrts] n. 私處
- pubes [ˈpjubiz] n. 陰毛
- pubic [ˈpjubɪk] a. 陰部的
- roll [rol] n. 凸腹
- rump [rʌmp] n. 屁股
- stacked [stækt] a.（口）大胸脯的
- torso [ˈtɔrso] n. 軀幹
- trunk [trʌŋk] n. 軀幹
- umbilical cord [ʌmˈbɪlɪkl̩][kɔrd] n. 臍帶
- underarm [ˈʌndɚˌɑrm] n. 腋窩
- waist [west] n. 腰
- waist-hip ratio [ˈwestˈhɪp][ˈreʃo] n. 腰臀比
- waistline [ˈwestˌlaɪn] n. 腰圍
- well-endowed [ˌwɛlɪnˈdaʊd] a.女性胸部豐滿的；男性陰莖粗大的

＝手臂、手＝

- arm [ɑrm] n. 手臂
- armpit [ˈɑrmˌpɪt] n. 腋窩
- axilla [ækˈsɪlə] n. 腋
- back of the hand [bæk][ɑv][ðə][hænd] n. 手背
- cuticle [ˈkjutɪkl̩] n. 指甲根部的外皮或角質
- digit [ˈdɪdʒɪt] n. 手指；腳趾
- elbow [ˈɛlbo] n. 手肘
- finger [ˈfɪŋgɚ] a. 手指
- fingernail [ˈfɪŋgɚˌnel] n. 手指甲
- fingerprint [ˈfɪŋgɚˌprɪnt] n. 指紋
- fingertip [ˈfɪŋgɚˌtɪp] n. 指尖
- fist [fɪst] n. 拳頭
- forearm [forˈɑrm] n. 前臂

字辨

torso 與 trunk

torso：指不包括頭與四肢在內的人體軀幹，可以指實際的人體，也可以指以軀幹為主的雕像。

trunk：指人體軀幹時與 torso 大致同義。trunk 當名詞的意思很多，也能用來指樹身、象鼻或車子的後行李箱等。

- gnarled [nɑrld] a.（手或手指）粗糙而骨節突出的
- hand [hænd] n. 手
- index finger [ˈɪndɛks][ˈfɪŋgɚ], forefinger [ˈforˌfɪŋgɚ] n. 食指
- knuckle [ˈnʌkḷ] n. 指關節
- little finger [ˈlɪtḷ][ˈfɪŋgɚ] n. 小指
- matrix [ˈmetrɪks] n. 甲基質
- middle finger [ˈmɪdḷ][ˈfɪŋgɚ] n. 中指
- palm [pɑm] n. 手心
- ring finger [rɪŋ][ˈfɪŋgɚ] n. 無名指
- thumb [θʌm] n. 拇指
- thumbnail [ˈθʌmˌnel] n. 拇指指甲
- wrist [rɪst] n. 手腕

═ 腿、腳 ═

- ankle [ˈæŋkḷ] n. 腳踝
- ball of the foot [bɔl][ɑv][ðə][fʊt] n. 前腳掌
- bandy [ˈbændɪ] a. O 形腿的
- bare foot [bɛr][fʊt] n. 光腳
- big toe [bɪg][to] n. 大拇趾
- bow legs [bo][lɛgz] n. O 形腿
- calf [kæf] n. 小腿
- cripple [ˈkrɪpḷ] n. 瘸子、跛子
- flat feet [flæt][fit] n. 扁平足、有扁平足的人
- foot [fʊt] n. 腳
- hamstring [ˈhæmˌstrɪŋ] n. 大腿後肌肉
- heel [hil] n. 腳跟
- instep [ˈɪnˌstɛp] n. 腳背
- joint [dʒɔɪnt] n. 關節
- knee [ni] n. 膝蓋
- knock-kneed [ˈnɑkˌnid] a. X 形腿的
- lap [læp] n.（坐著時的）大腿前側
- leg [lɛg] n. 腿
- leggy [ˈlɛgɪ] a. 腿修長的
- legless [ˈlɛglɪs] a. 缺腿的
- limb [lɪm] n. 一條手臂或腿
- limbs [lɪmz] n. 四肢
- muscular calves [ˈmʌskjəlɚ][kævz] n. 蘿蔔腿
- pigeon-toed [ˈpɪdʒənˌtod] a. 內八字的
- shin [ʃɪn] n. 小腿前側、脛
- sole [sol] n. 腳掌
- splay-footed [ˌspleˈfʊtɪd] a. 外八字的
- thigh [θaɪ] n. 大腿
- tiptoe [ˈtɪpˌto] n. 腳尖
- toe [to] n. 腳趾
- toenail [ˈtoˌnel] n. 腳趾甲
- underfoot [ˌʌndɚˈfʊt] adv. 腳下

〔儀態〕

═ 姿態、神采 ═

- bearing [ˈbɛrɪŋ] n. 舉止，姿態
- demeanor [dɪˈminɚ] n. 姿態，言行舉止
- mien [min] n. 風采，神采

═ 迷人好看 ═

- angel [ˈendʒḷ] n. 天使；可愛的女人或小孩
- attractive [əˈtræktɪv] a. 吸引人的
- beautiful [ˈbjutəfəl] a. 美麗的
- charismatic [ˌkærɪzˈmætɪk] n. 有領袖魅力的

字辨

bearing、demeanor 與 mien

bearing：指的是人呈現在外的舉止姿態，尤指某種特殊的人物姿態。如 military bearing（軍人姿態）、noble bearing（高貴姿態）或He has the bearing of a gentleman.（他有紳士姿態）。

demeanor：比較單純指人的言行舉止。如 The jury observed the demeanor of the witness.（陪審團觀察證人的言行舉止）。

mien：比 bearing 與 demeanor 更文雅的說法，如：He maintained a mien of calmness.（他保持神色平靜）或 a man of serious mien（舉止正經的人）。

- charming [ˈtʃɑrmɪŋ] a. 迷人的
- cherub [ˈtʃɛrəb] n. 小天使；天真可愛的孩子
- comely [ˈkʌmlɪ] a.（尤指女子）好看的
- cute [kjut] a. 可愛的
- dazzling [ˈdæzlɪŋ] a. 絢爛奪目的
- glittering [ˈglɪtərɪŋ] a. 閃閃發亮的
- good looks [gʊd][lʊks] n. 美貌
- gorgeous [ˈgɔrdʒəs] a. 華麗的
- handsome [ˈhænsəm] a. 英俊的，漂亮的
- lovable [ˈlʌvəbḷ] a. 討人喜歡的
- lovely [ˈlʌvlɪ] a. 美麗的
- luscious [ˈlʌʃəs] a. 甜美誘人的
- nice [naɪs] a.好的
- nice-looking [ˈnaɪsˈlʊkɪŋ] a. 好看的
- nubile [ˈnjubɪl] a. 年輕性感的
- nymphet [nɪmˈfɛt] n. 性感的少女
- outshine [aʊtˈʃaɪn] v. 比……亮眼
- personable [ˈpɝsṇəbḷ] a. 給人好感的
- pretty [ˈprɪtɪ] a. 漂亮的
- pulchritude [ˈpʌlkrɪˌtjud] n. 外型標緻，漂亮
- radiant [ˈredjənt] a. 光采照人的
- ravishing [ˈrævɪʃɪŋ] a. 銷魂迷人的
- resplendent [rɪˈsplɛndənt] a. 絢爛奪目的
- seraphic [səˈræfɪk] a. 純潔或美麗如天使的
- sexy [ˈsɛksɪ] a. 性感的
- stunning [ˈstʌnɪŋ] a. 美得驚人的
- sultry [ˈsʌltrɪ] a. 性感誘人的
- tasty [ˈtestɪ] a. 秀色可餐的

＝ 令人反感 ＝

- disgusting [dɪsˈgʌstɪŋ] a. 令人作嘔的
- hideous [ˈhɪdɪəs] a. 可怕的，醜惡的
- off-putting [ˈɔfˌpʊtɪŋ] a. 令人反感的
- sinister [ˈsɪnɪstɚ] a. 邪惡的；不祥的
- ugly [ˈʌglɪ] a. 醜陋的
- unappealing [ˌʌnəˈpilɪŋ] a. 不吸引人的
- unattractive [ˌʌnəˈtræktɪv] a. 不吸引人的
- uncool [ˈʌnˈkʊl] a. 不酷的
- unlovely [ʌnˈlʌvlɪ] a. 不可愛的，醜的
- unpleasant [ʌnˈplɛzṇt] a. 令人不快的
- unpresentable [ˈʌnprɪˈzɛntəbḷ] a. 難登大雅之堂的
- unsightly [ʌnˈsaɪtlɪ] a. 不好看的

＝ 熱情／冷淡 ＝

- amicable [ˈæmɪkəbl̩] a. 友好的
- bashful [ˈbæʃfəl] a. 不好意思的，靦腆的
- calm [kɑm] a. 平靜的，不為所動的
- cold [kold] a. 冷淡的
- companionable [kəmˈpænjənəbl̩] a. 人緣好的
- composed [kəmˈpozd] a. 鎮定的
- convivial [kənˈvɪvɪəl] a. 開朗快活的
- cool [kul] a. 酷的
- cordial [ˈkɔrdʒəl] a. 熱情友好的
- distant [ˈdɪstənt] a. 疏遠的
- easygoing [ˈizɪˌgoɪŋ] a. 隨和的
- friendly [ˈfrɛndlɪ] a. 友善的
- frigid [ˈfrɪgɪd] a. 冷漠的
- frosty [ˈfrɔstɪ] a. 冷若冰霜的
- guarded [ˈgɑrdɪd] a. 有戒心的
- haughty [ˈhɔtɪ] a. 高傲的
- hostile [ˈhɑstɪl] a. 有敵意的
- inaccessible [ˌɪnækˈsɛsəbl̩] a. 不易親近的
- inscrutable [ɪnˈskrutəbl̩] a. 難以捉摸的
- insolent [ˈɪnsələnt] a. 傲慢的，無禮的
- shy [ʃaɪ] a. 羞怯的
- sociable [ˈsoʃəbl̩] a. 愛社交的

＝ 優雅／粗笨 ＝

- balletic [bəˈlɛtɪk] a. 像芭蕾舞的
- boorish [ˈbʊrɪʃ] a. 粗魯的
- clownish [ˈklaʊnɪʃ] a. 像小丑的，笨拙滑稽的
- clumsy [ˈklʌmzɪ] a. 笨拙的
- courteous [ˈkɝtjəs] a. 客氣的，謙恭有禮的
- courtly [ˈkortlɪ] a. 文雅有禮的
- cultivated [ˈkʌltəˌvetɪd] a. 有涵養的
- cultured [ˈkʌltʃɚd] a. 有文化的
- elegant [ˈɛləgənt] a. 優雅的
- genteel [dʒɛnˈtil] a. 文質彬彬的
- gentle [ˈdʒɛntl̩] a. 溫文儒雅的
- graceful [ˈgresfəl] a. 優雅的
- inelegant [ɪnˈɛləgənt] a. 不優雅的
- refined [rɪˈfaɪnd] a. 優雅的，有教養的

字辨

elegant、graceful 與 refined

elegant：美感、品味上的優美悅目，有地位或氣派的暗示。也可以用來形容事物，如：an elegant banquet（優雅的宴會）。

gracful：言行舉止上的優雅俐落，為人自然散發的氣質。例如：She moved gracefully.（她優雅地走動）。

refined：有涵養的優雅，展現出經過調教的品味。如 a refined taste（高雅的品味）。

- rough [rʌf] a. 粗獷的
- rude [rud] a. 魯莽的
- rugged [ˈrʌgɪd] a. 粗野的
- uneducated [ʌnˈɛdʒʊˌketɪd] a. 缺乏教養的
- ungainly [ʌnˈgenlɪ] a. 姿態難看的
- ungraceful [ʌnˈgresfəl] a. 不優雅的
- unrefined [ˌʌnrɪˈfaɪnd] a. 不優雅的

- urbanity [ɝˈbænətɪ] n. 都會風格；溫文儒雅
- vulgar [ˈvʌlgɚ] a. 粗野的；庸俗的

═ 端莊／輕浮 ═

- decent [ˈdisn̩t] a. 端莊的；正派的；體面的
- decorum [dɪˈkorəm] n. 禮節；端莊有禮
- dignity [ˈdɪgnətɪ] n. 尊嚴；泰然自若
- flippant [ˈflɪpənt] a. 輕浮的
- gentlemanly [ˈdʒɛntl̩mənlɪ] a. 紳士般的
- gracious [ˈgreʃəs] a. 得體有禮的
- indecent [ɪnˈdisn̩t] a. 不得體的
- poised [pɔɪzd] a. 泰然自若的
- serene [səˈrin] a. 寧靜安祥的
- stately [ˈstetlɪ] a. 威嚴的
- coquettish [koˈkɛtɪʃ] a. 賣弄風情的
- coy [kɔɪ] a. 靦腆的；忸怩作態的

═ 整潔／骯髒 ═

- clean [klin] a. 乾淨的
- clean-shaven [ˈklinˈʃevn̩] a. 鬍子刮乾淨的
- natty [ˈnætɪ] a. 清爽宜人的
- natural [ˈnætʃərəl] a. 自然的
- neat [nit] a. 整潔有序的
- scruffy [ˈskrʌfɪ] a. 骯髒邋遢的
- scuzzy [ˈskʌzɪ] a. 骯髒令人不快的
- shipshape [ˈʃɪpˌʃep] a. 整齊乾淨的
- spruce [sprus] a.（衣著、外衣）光鮮整潔的
- tidy [ˈtaɪdɪ] a. 整潔的
- untidy [ʌnˈtaɪdɪ] a. 不整潔的，邋遢的

═ 時髦／邋遢 ═

- aristocratic [ˌærɪstəˈkrætɪk] a. 貴族氣派的
- beau [bo] n. 愛漂亮的男子
- bon vivant [ˌbɔviˈvaŋ] a. 生活講究的人
- chic [ˈʃik] a. 時髦別致的
- classy [ˈklæsɪ] a. 高級的，精美的
- dandy [ˈdændɪ] n. 花花公子
- dressy [ˈdrɛsɪ] a. 愛打扮的
- glamorous [ˈglæmərəs] a. 光鮮亮麗的
- hillbilly [ˈhɪlˌbɪlɪ] n. 鄉巴佬
- metrosexual [ˌmetrəʊˈseksʊəl] n. 都會美型男
- noble [ˈnobl̩] a. 高貴的
- old-school [ˈoldˈskul] a. 老派的
- old-style [ˈoldˈstaɪl] a. 舊式的
- outworn [aʊtˈworn] a. 過時的
- passé [pæˈse] a. 不再時髦的
- rakish [ˈrekɪʃ] a. 時髦瀟灑的
- sloppy [ˈslɑpɪ] a. 衣著邋遢的
- slovenly [ˈslʌvənlɪ] a. 不修邊幅的
- snazzy [ˈsnæzɪ] a. 時髦有魅力的
- stylish [ˈstaɪlɪʃ] a. 時髦有型的
- taste [test] n. 品味
- tasteful [ˈtestfəl] a. 有品味的
- tasteless [ˈtestl̩ɪs] a. 沒有品味的
- throwback [ˈθroˌbæk] n. 復古
- trendy [ˈtrɛndɪ] n. 趕時髦的人
- unfashionable [ʌnˈfæʃənəbl̩] a. 不時髦的
- unhip [ʌnˈhɪp] a. 不時髦的
- well-dressed [ˈwɛlˈdrɛst] a. 穿著體面的
- well-groomed [ˈwɛlˈgrumd] a. 穿著講究的
- with-it [ˈwɪðˌɪt] a. 趕得上流行的

═ 陽剛／陰柔 ═

- boyish [ˈbɔɪɪʃ] a. 像男孩的
- chivalrous [ˈʃɪvl̩rəs] a. 有騎士風範的
- commanding [kəˈmændɪŋ] a. 威風凜凜的
- delicate [ˈdɛləkət] a. 嬌弱的；精緻的
- effeminate [ɪˈfɛmənɪt] a. 娘娘腔的
- feminine [ˈfɛmənɪn] a. 陰柔的
- ferocious [fəˈroʃəs] a. 凶猛的，令人生畏的
- girlish [ˈgɝlɪʃ] a. 女孩子氣的
- leonine [ˈliəˌnaɪn] a. 獅子般的，威猛的
- mannish [ˈmænɪʃ] a.（女性）像男人的
- masculine [ˈmæskjəlɪn] a. 陽剛的
- unmanly [ʌnˈmænlɪ] a. 無男子氣概的
- unwomanly [ʌnˈwʊmənlɪ] a. 沒有女人味的
- womanish [ˈwʊmənɪʃ] a. 像女人般的

═ 普通／特別 ═

- bizarre [bɪˈzɑr] a. 怪異的
- eccentric [ɪkˈsɛntrɪk] a. 不合常規的
- enigmatic [ˌɛnɪgˈmætɪk] a. 謎樣的
- ethereal [ɪˈθɪrɪəl] a. 有靈氣的
- femme fatale [fam][fɑˈtɑl] n. 蛇蠍美女
- homely [ˈhomlɪ] a. 相貌平凡的
- imposing [ɪmˈpozɪŋ] a. 有分量的
- impressive [ɪmˈprɛsɪv] a. 令人印象深刻的
- mysterious [mɪsˈtɪrɪəs] a. 神祕的
- odd [ɑd] a. 古怪的
- nondescript [ˈnɑndɪˌskrɪpt] a. 無特色的
- ordinary [ˈɔrdn̩ˌɛrɪ] a. 普通的
- outlandish [aʊtˈlændɪʃ] a. 異地的；異於尋常的

字辨

bizarre、eccentric、odd 與 strange

bizarre：比 strange 或 odd 顯得更不尋常、更古怪，特別用來指人的外表或裝扮怪異，如：a bizarre man with a painted face.（臉上有彩繪的怪人）。

eccentric：特別指人的行事作風或性格「古怪」、「不合常規」或「不按常理」。例如：He is eccentric but brilliant.（他人怪但聰明）。

odd：通常用來指情況或行為「出乎意料」、「與平時不同」。不帶有負面含意。例如：It's odd that he didn't call me.（他沒有打電話給我，真怪）。也可以用來形容人作風古怪。

strange：用來形容人事物「奇怪」、「奇妙」、「不尋常」時，strange 是最普通的用詞，如：a strange man（怪人）、a strange place（奇怪的地方）、a strange story（奇怪的故事）等。另 strange 也有「陌生」的意思，例如 The flavor is strange to me.（我沒聞過這味道）。

- peculiar [pɪˈkjuljɚ] a. 特有的；奇特的
- plain [plen] a. 相貌平平的
- strange [strendʒ] a. 奇異的
- unique [juˈnik] a. 獨特的
- unprepossessing [ˌʌnpripəˈzɛsɪŋ] a. 不太引人注目的
- unremarkable [ʌnrɪˈmɑrkəbl̩] a. 沒有特殊之處的
- weirdo [ˈwɪrdo] n. 打扮或行為古怪的人

★器官、構造★

〔頭部〕

═ 血液、血管 ═

• artery [ˈɑrtərɪ] n. 動脈
• blood [blʌd] n. 血液
• blood group [blʌd][grup], blood type [blʌd][taɪp] n. 血型
• blood pressure [blʌd][ˈprɛʃɚ] n. 血壓
• blood vessel [blʌd][ˈvɛsl̩] n. 血管
• bloodstream [ˈblʌdˌstrim] n. 血流
• capillary [ˈkæpl̩ˌɛrɪ] n. 微血管
• carotid artery [kəˈrɑtɪd][ˈɑrtərɪ] n. 頸動脈
• coronary artery [ˈkɔrəˌnɛrɪ][ˈɑrtərɪ] n. 冠動脈
• plasma [ˈplæzəmə] n. 血漿
• platelet [ˈpletlɪt] n. 血小板
• red blood cell [rɛd][blʌd][sɛl] n. 紅血球
• vascular [ˈvæskjəlɚ] a. 血管的
• vein [ven] n. 靜脈
• white blood cell [hwaɪt][blʌd][sɛl] n. 白血球

═ 腦、頭、臉 ═

• anatomy [əˈnætəmɪ] n. 解剖學
• brain [bren] n. 腦
• brainstem [ˈbrenˌstɛm] n. 腦幹
• cerebellum [ˌsɛrəˈbɛləm] n. 小腦
• cerebral [ˈsɛrəbrəl] a. 大腦的
• cerebral lobe [ˈsɛrəbrəl][lob] n. 腦葉
• cerebrum [ˈsɛrəbrəm] n. 大腦
• cranial [ˈkrenɪəl] a. 頭蓋骨的，頭顱的
• cranial nerve [ˈkrenɪəl][nɝv] n. 腦神經
• cranium [ˈkrenɪəm] n. 顱腔
• dandruff [ˈdændrəf] n. 頭皮屑
• encephalon [ɛnˈsɛfəˌlɑn] n. 腦髓
• facial bone [ˈfeʃəl][bon] n. 顏面骨
• frontal bone [ˈfrʌntl̩][bon] n. 額骨

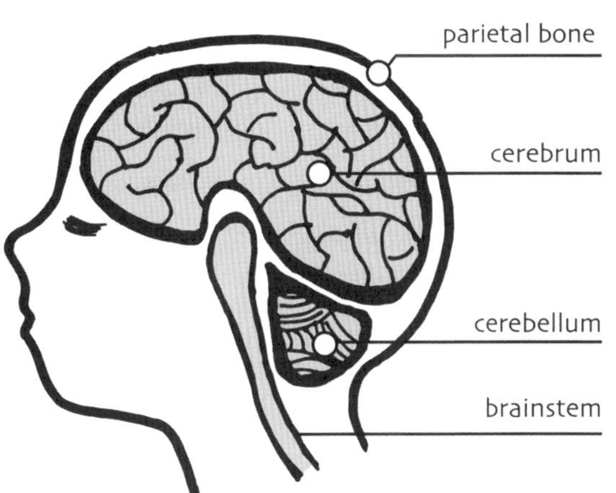

• facial nerve [ˈfeʃəl][nɝv] n. 顏面神經
• grey matter [gre][ˈmætɚ] n. 灰白質
• head [hɛd] n. 頭
• hemisphere [ˈhɛməsˌfɪr] n. 大腦半球，小腦半球
• occipital bone [ɑkˈsɪpətl̩][bon] n. 枕骨
• occiput [ˈɑksɪˌpʌt] n. 枕部，後頭
• organ [ˈɔrgən] n. 器官
• parietal bone [pəˈraɪətl̩][bon] n. 頂骨
• pate [pet] n. 頭頂
• scalp [skælp] n. 頭皮

- skull [skʌl] n. 頭蓋骨，頭顱
- temporal bone[ˈtɛmpərəl][bon] n. 顳骨
- tear duct [tɛr][dʌkt] n. 淚管
- white [hwaɪt] n. 眼白

═ 眼 ═

- sensory organ [ˈsɛnsərɪ][ˈɔrgən], sense organ [sɛns][ˈɔrgən] n. 感覺器官
- cornea [ˈkɔrnɪə] n. 眼角膜
- eye [aɪ] n. 眼睛
- eyeball [ˈaɪˌbɔl] n. 眼球
- iris [ˈaɪrɪs] n. 眼球虹彩
- lachrymal gland [ˈlækrəml̩][glænd] n. 淚腺
- lens [lɛnz] n. 水晶體
- ocular [ˈɑkjələ˞] a. 眼的
- optic [ˈɑptɪk] a. 眼睛的，視覺的
- optic nerve [ˈɑptɪk][nɝv] n. 視神經
- pupil [ˈpjupl̩] n. 瞳孔
- retina [ˈrɛtɪnə] n. 視網膜
- sclera [ˈsklɪrə] n. 鞏膜

═ 耳 ═

- antihelix [ˌæntɪˈhilɪks] n. 對耳輪
- antitragus [ænˈtɪtrəgəs] n. 對耳屏
- aperture [ˈæpə˞tʃə˞] n.（耳道）口
- auricle [ˈɔrɪkl̩] n. 耳廓
- cochlea [ˈkɑklɪə] n. 耳蝸
- ear canal [ɪr][kəˈnæl] n. 耳道
- ear lobe [ɪr][lob], lobule [ˈlɑbjul] n. 耳垂
- eardrum [ˈɪrˌdrʌm] n. 耳膜
- earhole [ˈɪrhol] n. 耳孔
- helix [ˈhilɪks] n. 耳輪
- inner ear [ˈɪnə˞][ɪr] n. 內耳
- middle ear [ˈmɪdl̩][ɪr] n. 中耳
- pinna [ˈpɪnə] n. 耳廓
- ossicle [ˈɑsɪkl̩] n. 聽小骨

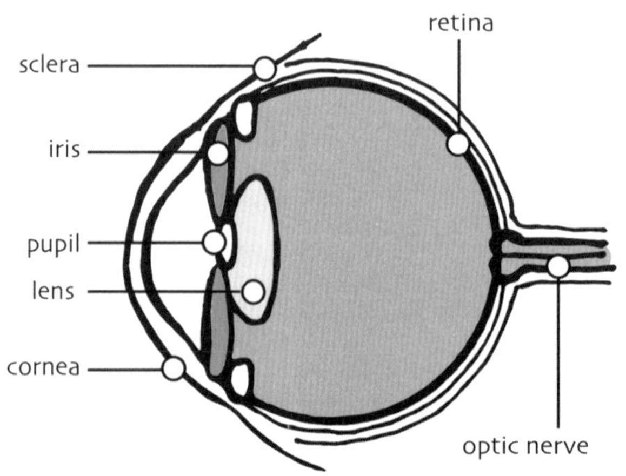

- outer ear [ˈaʊtɚ][ɪr] n. 外耳
- tragus [ˈtregəs] n. 耳屏
- (ear) wax [ɪr][wæks] n. 耳垢

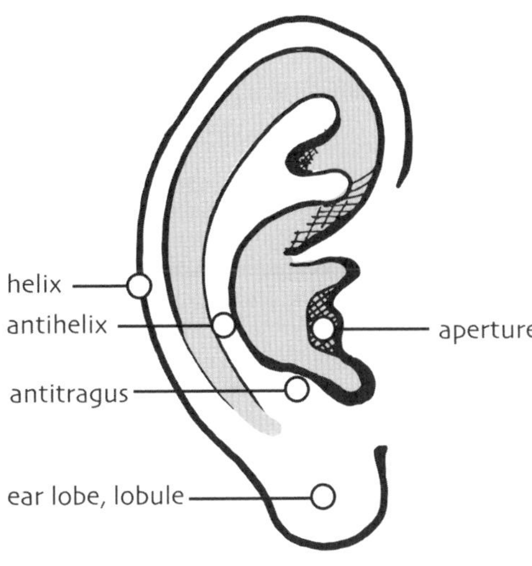

= 鼻 =

- booger [ˈbʊgɚ] n. 鼻屎
- bronchus [ˈbrɑŋkəs], bronchial tube [ˈbrɑŋkɪəl][tjub] n. 支氣管
- cartilage [ˈkɑrtḷɪdʒ] n. 軟骨，軟骨組織
- mucous membrane [ˈmjukəs][ˈmɛmbren] n. 黏膜
- mucus [ˈmjukəs] n. 黏液（如鼻涕）
- nasal [ˈnezḷ] a. 鼻子的
- nasal bone [ˈnezḷ][bon] n. 鼻骨
- nasal cavity [ˈnezḷ][ˈkævətɪ] n. 鼻腔
- nasal hair [ˈnezḷ][hɛr], nose hair [noz][hɛr] n. 鼻毛
- nasal root [ˈnezḷ][rut], root of the nose [rut][ɑv][ðə][noz] n. 鼻根
- nasal septum [ˈnezḷ][ˈsɛptəm] n. 鼻中隔
- nose [noz] n. 鼻子
- nose bridge [noz][brɪdʒ] n. 鼻梁
- nostril [ˈnɑstrɪl] n. 鼻孔；鼻翼
- respiratory tract [ˈrɛsprəˌtorɪ][trækt] n. 呼吸道
- runny [ˈrʌnɪ] a. 流鼻水的
- snot [snɑt] n. 鼻涕
- snotty [ˈsnɑtɪ] a. 流鼻涕的
- trachea [ˈtrekɪə] n. 氣管

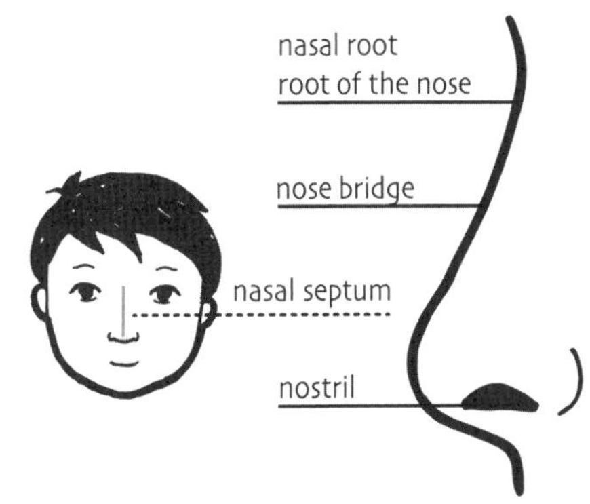

= 口、齒 =

- alimentary canal [ˌælɪˈmɛntərɪ][kəˈnæl] n. 消化道
- canine [ˈkenaɪn] n. 犬齒
- caries [ˈkɛrɪˌiz] n. 齲蛀
- carious tooth [ˈkɛrɪəs][tuθ], decayed tooth [dɪˈked] [tuθ] n. 蛀牙
- cavity [ˈkævətɪ] n. 腔；蛀牙的洞

- crown [kraʊn] n. 齒冠
- cuspid [ˈkʌspɪd] n. 犬齒
- deciduous teeth [dɪˈsɪdʒʊəs][tiθ] n. 乳齒
- digestive system [dəˈdʒɛstɪv][ˈsɪstəm] n. 消化系統
- enamel [ɪˈnæml̩] n. 琺瑯質
- epiglottis [ˌɛpɪˈglɑtɪs] n. 會厭
- esophagus [iˈsɑfəgəs] n. 食道
- froth [frɑθ] n. 唾沫
- gap-toothed [ˈgæpˌtuθt] a. 牙齒間隙大的
- gingiva [dʒɪnˈdʒaɪvə] n. 牙齦
- gullet [ˈgʌlɪt] n. 食道
- gum [gʌm] n. 牙齦，牙床
- hyoid bone [ˈhaɪɔɪd][bon] n. 舌骨
- incisor [ɪnˈsaɪzɚ] n. 門牙
- jaw [dʒɔ] n. 下顎
- jawbone [ˈdʒɔˌbon] n. 顎骨
- labial [ˈlebɪəl] a. 唇的
- malocclusion [ˌmæləˈkluʒən] n. 咬合不正
- mandible [ˈmændəbl] n. 下頜骨
- mandibular teeth [mænˈdɪbjəlɚ][tiθ] n. 下排牙齒
- maxilla [mækˈsɪlə] n. 上頜骨
- maxillary teeth [ˈmæksəˌlɛri][tiθ] n. 上排牙齒
- milk tooth [mɪlk][tuθ], baby tooth [ˈbebɪ][tuθ] n. 乳牙
- molar [ˈmolɚ] n. 臼齒
- mouth [maʊθ] n. 嘴，口
- mouth breathing [maʊθ][ˈbriðɪŋ] n. 以口呼吸
- neck [nɛk] n. 齒頸
- oral [ˈorəl] a. 口部的
- oral cavity [ˈorəl][ˈkævətɪ] n. 口腔
- oral mucous [ˈorəl][ˈmjukəs] n. 口腔黏膜
- orifice [ˈɔrəfɪs] n. 口（如鼻、口、賁門等）
- palate [ˈpælɪt] n. 上顎
- palatine bone [ˈpæləˌtaɪn][bon] n. 顎骨
- passage [ˈpæsɪdʒ] n. 通道
- permanent teeth [ˈpɝmənənt][tiθ] n. 恆齒
- premolar [priˈmolɚ], bicuspid [baɪˈkʌspɪd] n. 前臼齒
- root [rut] n. 牙根
- saliva [səˈlaɪvə] n. 唾液
- salivary gland [ˈsæləˌvɛrɪ][glænd] n. 唾液腺
- spit [spɪt] v. 吐口水，吐痰
- sputum [ˈspjutəm] n. 痰
- tartar [ˋtɑrtɚ] n. 牙垢
- tartar [ˈtɑrtɚ], dental calculus [ˈdɛntl̩][ˈkælkjələs] n. 牙結石
- taste bud [test][bʌd] n. 味蕾
- tongue [tʌŋ] n. 舌
- tooth [tuθ] n. 牙齒
- uvula [ˈjuvjələ] n. 小舌
- vestibule (of the mouth) [ˈvɛstəˌbjul][ɑv][ðə][maʊθ] n.（口腔）前庭
- wisdom tooth [ˈwɪzdəm][tuθ], third molar [θɝd][ˈmolɚ] n. 智齒
- phlegm [flɛm] n.（較口語）痰

＝ 頸 ＝

- carotid [kəˈrɑtɪd] n. 頸動脈
- cervical [ˈsɝvɪkl̩] a. 頸的

- cervical vertebrae [ˈsɝvɪkl̩][ˈvɝtəbri], cervical spine [ˈsɝvɪkl̩][spaɪn] n. 頸椎
- cervix [ˈsɝvɪks] n. 頸；子宮頸
- jugular [ˈdʒʌgjələ] n. 頸靜脈
- larynx [ˈlærɪŋks] n. 喉
- pharynx [ˈfærɪŋks] n. 咽
- throat [θrot] n. 喉嚨
- vocal cords [ˈvokl̩][kɔrdz] n. 聲帶
- windpipe [ˈwɪndˌpaɪp] n. 氣管

═ 神經、淋巴、分泌 ═

- cortisone [ˈkɔrtɪˌson] n. 可體松
- endorphin [ɛnˈdɔrfən] n. 腦內啡
- gland [glænd] n. 腺
- hormone [ˈhɔrmon] n. 激素，荷爾蒙
- lymph [lɪmf] n. 淋巴
- lymph node [lɪmf][nod] n. 淋巴結
- lymphatic vessel [lɪmˈfætɪk][ˈvɛsl̩] n. 淋巴管
- melatonin [ˌmɛləˈtəʊnɪn] n. 褪黑激素
- nerve [nɝv] n. 神經
- nervous system [ˈnɝvəs][ˈsɪstəm] n. 神經系統
- pheromone [ˈfɛrəˌmon] n. 費洛蒙
- pineal gland [ˈpɪnɪəl][glænd] n. 松果腺
- pituitary gland [pɪˈtjuəˌtɛrɪ][glænd] n. 腦下垂體
- thyroid gland [ˈθaɪrɔɪd][glænd] n. 甲狀腺
- tonsil [ˈtɑnsl̩] n. 扁桃腺

〔身體〕

═ 皮膚 ═

- acne [ˈæknɪ] n. 挫瘡，粉刺
- age spot [edʒ][spɑt] n. 老人斑
- birthmark [ˈbɝθˌmɑrk] n. 胎記
- blackhead [ˈblækˌhɛd] n. 黑頭粉刺
- callus [ˈkæləs] n. 硬皮，繭
- corn [kɔrn] n. 雞眼
- crease [kris] n. 皺摺
- dead skin [dɛd][skɪn] n. 角質，死皮
- dermis [ˈdɝmɪs] n. 真皮
- epidermis [ˌɛpəˈdɝmɪs] n. 表皮
- fold [fold] n. 皺褶
- follicle [ˈfɑlɪkl̩] n.（毛）囊，濾泡
- freckles [ˈfrɛkl̩s] n. 雀斑
- furrow [ˈfɝo] n. 深紋

字辨

crease、fold、furrow、line 與 wrinkle

crease：指身體不同部位相連時所產生的皺褶，如 crease of the eyelid（雙眼皮的皺褶）、wrist creases（腕紋）。另外也指布或紙的皺褶。

fold：也指身體不同部位相連時產生的皺褶，但比較強調因為擠壓或多肉而產生的皺褶。如 neck folds（頸部皺褶）。

furrow：指比 wrinkle 更深的臉部皺紋，也可做動詞用，如 He furrowed his brow. 或 His brow furrowed.（他皺起

眉頭）。另 furrow 也指「犁溝」或「轍跡」。

line：指皮膚上的紋路或自然形成的皺紋，例如：laughing lines（笑紋）、palm lines（掌紋）。

wrinkle：主要指因為年齡而產生的臉部皺紋，例如：a wrinkled face（布滿皺紋的臉）。

- goosebumps [ˈgusbʌmp], gooseflesh [ˈgusflɛʃ] n. 雞皮疙瘩
- lined [laɪnd] a. 有皺紋的
- loose [lus] a.（皮膚）鬆弛的
- melanin [ˈmɛlənɪn] n. 黑色素
- milky [ˈmɪlkɪ] a. 奶白而滑順的
- mole [mol] n. 痣
- nodule [ˈnɑdʒul] n. 結節；小瘤
- pimple [ˈpɪmpl̩] n. 面皰
- pocked [pɑkt] a. 有痘疤或麻點的
- pockmark [ˈpɑkˌmark] n. 痘疤；坑洞
- pore [por] n. 毛孔
- prickly heat n. 痱子
- puffy [ˈpʌfɪ] a. 浮腫的
- rough [rʌf] a. 粗糙的
- scabrous [ˈskebrəs] a. 凹凸不平的
- sebaceous gland [sɪˈbeʃəs][glænd] n. 皮脂腺
- skin [skɪn] n. 皮膚
- skin graft [skɪn][græft] n. 皮膚移植
- smooth [smuð] a. 平滑的
- soft [sɔft] a. 柔軟的
- speckle [ˈspɛkl̩] n. 斑點
- sunbathe [ˈsʌnˌbeð] v. 做日光浴
- sunburn [ˈsʌnˌbɝn] n. 曬傷
- suntan [ˈsʌntæn] n. 曬黑的皮膚
- swarthy [ˈswɔrðɪ] a. 膚色黝黑的
- sweat gland [swɛt][glænd] n. 汗腺
- tan [tæn] v. 曬黑
- tanned [tænd] a. 曬成古銅色的
- tattoo [tæˈtu] n. 刺青
- wart [wɔrt] n. 疣
- welt [wɛlt] n. 被打所留下的痕跡
- wizened [ˈwɪzn̩d] a. 皺縮的
- wrinkle [ˈrɪŋkl̩] n. 皺紋
- zit [zɪt] n. 青春痘

═ 臟腑 ═

- abdomen [ˈæbdəmən] n. 腹部
- abdominal cavity [æbˈdɑmənl̩][ˈkævətɪ] n. 腹腔

字辨

abdomen、belly 與 midriff

abdomen：「腹部」的醫學用詞，acute abdomen 指急性腹痛，向醫生描述自己腹痛時則說：I feel a pain in my abdomen.（我覺得腹痛）。

belly：口語中的「肚子」、「腹部」，例如：My belly gets bigger during pregnancy.（懷孕期間我的肚子愈變愈大）。

midriff：特別用來指女性穿露臍上衣時所露出的腹部，例如：She wears a sari exposing her midriff.（她穿著露出腹部的紗麗）。

• adrenal gland [æd'rinl̩][glænd] n. 腎上腺
• anus ['enəs] n. 肛門
• appendix [ə'pɛndɪks] n. 盲腸
• belly ['bɛlɪ] n. 腹部，胃
• bladder ['blædɚ] n. 膀胱
• bollocks ['bɑləks] n. 睪丸
• bowel ['baʊəl] n. 腸
• cardiac ['kɑrdɪˌæk] a. 心臟的
• cardiovascular [ˌkɑrdɪo'væskjʊlɚ] a. 心與血管的
• clitoris ['klaɪtərɪs] n. 陰蒂
• colon [ko'lən] n. 結腸
• diaphragm ['daɪəˌfræm] n. 橫隔膜
• dorsal ['dɔrsl̩] a. 背部的
• duodenum [ˌdjuə'dinəm] n. 十二指腸
• fallopian tube [fə'lɔpiən][tjub] n. 輸卵管
• foreskin ['forˌskɪn] n. 包皮
• gallbladder ['gɔlˌblædɚ] n. 膽囊
• gall [gɔl], bile [baɪl] n. 膽汁
• gastric ['gæstrɪk] a. 胃的
• genital ['dʒɛnətl̩] a. 生殖的
• genitals ['dʒɛnətəlz] n. 外生殖器
• gonad ['gɑnæd] n. 性腺，生殖腺
• gut [gʌt] n. 腸
• guts [gʌts] n.（口）內臟
• heart [hɑrt] n. 心臟
• hepatic [hɪ'pætɪk] a. 肝的
• hip [hɪp] n. 臀部
• hymen ['haɪmən] n. 處女膜
• innards ['ɪnɚdz] n. 內臟
• insulin ['ɪnsəlɪn] n. 胰島素
• intervertebral disc [ˌɪntɚ'vɝtəbrəl][dɪsk] n. 椎間盤

字辨

behind、bottom、buttock 與 hip

behind：口語用詞，和 bottom 同樣，略有希望迴避直接提到屁股的意思，例如：A man was staring at her behind.（一個男人盯著她的屁股看）。

bottom：口語用詞，希望不那麼直接提到屁股的時候使用。

buttocks：日常或醫學上都會使用的詞彙，指坐下時接觸椅子的屁股部位。美式俚語中也使用縮寫的 butt 來表示「屁股」。

hip：在解剖學上特別指髖部或髖骨，例如 She wrenched her hip.（她扭傷了髖部）。hip joint 則指髖關節。口語中也用 hip 來指「屁股」。

• kidney ['kɪdnɪ] n. 腎
• labia ['lebɪə] n. 陰唇
• large intestine [lɑrdʒ] [ɪn'tɛstɪn] n. 大腸
• liver ['lɪvɚ] n. 肝
• lumbar ['lʌmbɚ] a. 腰的
• lumbar vertebrae ['lʌmbɚ]['vɝtəbri] n. 腰椎
• lung [lʌŋ] n. 肺
• mammary ['mæmərɪ] a. 乳房的
• mammary gland ['mæmərɪ][glænd] n.乳腺
• midriff ['mɪdrɪf] n. 中腹部
• ovary ['ovərɪ] n. 卵巢
• pancreas ['pæŋkrɪəs] n. 胰
• pectorals ['pɛktərəlz] n. 胸大肌
• penis ['pinɪs] n. 陰莖
• placenta [plə'sɛntə] n. 胎盤

- prostate [ˈprɑsˌtet] n. 攝護腺
- pulmonary [ˈpʌlməˌnɛrɪ] a. 肺的
- rectum [ˈrɛktəm] n. 直腸
- renal [ˈrinḷ] a. 腎的
- rib [rɪb] n. 肋骨
- rib cage [rɪb][kedʒ] n. 胸腔
- scrotum [ˈskrotəm] n. 陰囊
- semen [ˈsimən] n. 精液
- seminal vesicle [ˈsɛmənḷ][ˈvɛsɪkḷ] n. 儲精囊
- sex organ [sɛks] [ˈɔrgən] n. 性器官
- shoulder blade [ˈʃoldɚ][bled] n. 肩胛
- small intestine [smɔl][ɪnˈtɛstɪn] n. 小腸
- sperm [spɝm] n. 精液，精子
- spinal cord [ˈspaɪnḷ][kɔrd] n. 脊髓
- spleen [splin] n. 脾
- stomach [ˈstʌmək] n. 胃；腹部
- stomach juice [ˈstʌmək][dʒus] n. 胃液
- testicle [ˈtɛstɪkḷ] n. 睪丸
- thoracic vertebrae [θoˈræsɪk][ˈvɝtəbri] n. 胸椎

字辨

bollocks與testicles

bollocks：「睪丸」的口語用詞，在英式英語中也常用來表示「胡說」、「鬼扯」的意思，例如：He's talking bollocks.（他說的全是鬼扯）。

testicles：睪丸，日常與醫學上皆可用。

- thorax [ˈθoræks] n. 胸部
- ureter [jʊˈritɚ] n. 輸尿管
- urethra [jʊˈriθrə] n. 尿道
- urinary system [ˈjʊrəˌnɛrɪ][ˈsɪstəm] n. 泌尿系統
- uterus [ˈjutərəs] n. 子宮
- vagina [vəˈdʒaɪnə] n. 陰道
- ventricular [vɛnˈtrɪkjəlɚ] a. 心室的
- viscera [ˈvɪsərə] n.（尤指腹部）內臟
- vulva [ˈvʌlvə] n. 陰門
- womb [wum] n. 子宮

═ 骨骼、肌肉、組織 ═

- Achilles tendon [əˈkɪliz][ˈtɛndən] n. 阿基里斯腱
- backbone [ˈbækˌbon] n. 骨幹
- biceps [ˈbaɪsɛps] n. 二頭肌
- bone marrow [bon][ˈmæro] n. 骨髓
- brachium [ˈbrekɪəm] n. 臂，肱
- brawny [ˈbrɔnɪ] a. 肌肉結實強壯的
- breastbone [ˈbrɛstˌbon] n. 胸骨
- carpal bones [ˈkɑrpḷ][bonz] n. 腕骨
- clavicle [ˈklævɪkḷ] n. 鎖骨
- coccyx [ˈkɑksɪks] n. 尾骨
- connective tissue [kəˈnɛktɪv][ˈtɪʃʊ] n. 結締組織
- cruciate ligament [ˈkruʃɪɪt][ˈlɪgəmənt] n. 十字韌帶
- fat [fæt] n. 脂肪；肥肉
- fatty acid [ˈfætɪ][ˈæsɪd] n. 脂肪酸
- femur [ˈfimɚ] n. 股骨，大腿骨
- fiber [ˈfaɪbɚ] n. 纖維

- fibula [ˈfɪbjələ] n. 腓骨
- flabby [ˈflæbɪ] a. 肌肉鬆弛的，不結實的
- flesh [flɛʃ] n. 肉；肉體
- frame [frem] n. 骨架
- hipbone [ˈhɪpˌbon] n. 髖骨
- humerus [ˈhjumərəs] n. 肱骨
- joint [dʒɔɪnt] n. 關節
- knee cap [ni][kæp] n. 膝蓋骨
- knee joint [ni][dʒɔɪnt] n. 膝關節
- ligament [ˈlɪgəmənt] n. 韌帶
- marrow bone [ˈmæro][bon] n. 髓骨
- metacarpal bones [ˌmɛtəˈkɑrpl̩][bonz] n. 掌骨
- metatarsal [ˌmɛtəˈtɑrsəl] n. 蹠骨
- motor [ˈmotɚ] a. 運動神經的
- muscle [ˈmʌsl̩] n. 肌肉；肌力
- muscle tissue [ˈmʌsl̩][ˈtɪʃʊ] n. 肌肉組織
- musclebound [ˈmʌsl̩baʊnd] a. 肌肉僵硬的
- muscular [ˈmʌskjəlɚ] a. 肌肉的；肌肉發達的
- musculature [ˈmʌskjələtʃɚ] n. 肌群
- patella [pəˈtɛlə] n. 膝蓋骨，髕骨
- pelvis [ˈpɛlvɪs] n. 骨盤，骨盆
- phalanx [ˈfelæŋks] n. 指骨；趾骨
- radius [ˈredɪəs] n. 橈骨
- sacrum [ˈsekrəm] n. 薦骨
- scapula [ˈskæpjələ] n. 肩胛骨
- sciatic [saɪˈætɪk] a. 坐骨的
- shinbone [ˈʃɪnˌbon] n. 脛骨
- sinew [ˈsɪnju] n. 腱
- sinewy [ˈsɪnjəwɪ] a. 肌肉發達的
- skeleton [ˈskɛlətn̩] n. 骨骼；骨架
- sphincter [ˈsfɪŋktɚ] n. 括約肌
- spine [spaɪn] n. 脊椎
- sternum [ˈstɝnəm] n. 胸骨
- stiff [stɪf] a. 僵硬的
- stiffen [ˈstɪfn̩] v. 使變硬
- subcutaneous tissue [sʌbˌkjuˈtenɪəs][ˈtɪʃʊ] n. 皮下組織
- tailbone [ˈtelbon] n. 尾骨
- tarsal [ˈtɑrsl̩] n. 跗骨
- tendon [ˈtɛndən] n. 腱
- thighbone [ˈθaɪˌbon] n. 大腿骨
- tibia [ˈtɪbɪə] n. 脛骨
- tight [taɪt] a. 緊繃的
- tissue [ˈtɪʃʊ] n. 組織
- triceps [ˈtraɪsɛps] n. 三頭肌
- ulna [ˈʌlnə] n. 尺骨
- vertebra [ˈvɝtəbrə] n. 脊椎骨
- vertebral column [ˈvɝˌtəbrəl][ˈkɑləm] n. 脊柱
- wiry [ˈwaɪrɪ] a. 瘦而有肌肉的

＝細胞、基因＝

- cell [sɛl] n. 細胞
- chromosome [ˈkroməˌsom] n. 染色體
- cytoplasm [ˈsaɪtəˌplæzəm] n. 細胞質
- gene [dʒin] n. 基因
- genetic code [dʒəˈnɛtɪk][kod] n.遺傳密碼，基因密碼
- genome [ˈdʒiˌnom] n. 基因組
- genotype [ˈdʒɛnoˌtaɪp] n. 基因型
- nerve [nɝv] n. 神經
- nerve cell [nɝv][sɛl] n. 神經細胞

- nervous [ˈnɝvəs] a. 神經的
- neural [ˈnjʊrəl] a. 神經的，神經中樞的
- neuron [ˈnjʊrɑn] n. 神經元
- DNA n. 去氧核糖核酸
- dominant [ˈdɑmənənt] a. 顯性的
- nucleic acid [ˈnuklɪɪk][ˈæsɪd] n. 核酸
- nucleus [ˈnjuklɪəs] n. 細胞核
- receptor [rɪˈsɛptɚ] n. 受體
- recessive [rɪˈsɛsɪv] a. 隱性的
- serotonin [ˌsɛrəˈtonɪn] n. 血清素
- stem cell [stɛm][sɛl] n. 幹細胞
- X chromosome [ɛks][ˈkroməˌsom] n. X 染色體
- Y chromosome [waɪ][ˈkroməˌsom] n. Y 染色體

═ 系統、機制 ═

- biorhythm [ˌbaɪoˈrɪðəm] n. 生物節律
- body clock [ˈbɑdɪ][klɑk] n. 生理時鐘
- circulation [ˌsɝkjəˈleʃən] n. 循環
- circulatory system [ˈsɝkjələˌtorɪ][ˈsɪstəm] n. 循環系統
- defence mechanism [dɪˈfɛns][ˈmɛkəˌnɪzəm] n.（身體或心理的）防衛機制
- digestive system [dəˈdʒɛstɪv][ˈsɪstəm] n. 消化系統
- endocrine system [ˈɛndoˌkraɪn][ˈsɪstəm] n. 內分泌系統
- immune system [ɪˈmjun][ˈsɪstəm] n. 免疫系統
- lymphatic system [lɪmˈfætɪk][ˈsɪstəm] n. 淋巴系統
- mechanism [ˈmɛkˌnɪzəm] n. 機制
- metabolism [mɛˈtæbḷˌɪzəm] n. 新陳代謝
- pulse [pʌls] n. 脈搏
- respiratory system [ˈrɛsprəˌtorɪ][ˈsɪstəm] n. 呼吸系統
- reproductive system [ˌriprəˈdʌktɪv][ˈsɪstəm] n. 生殖系統
- temperature [ˈtɛmprətʃɚ] n. 體溫

★身體狀況★

〔健康狀態〕

═ 生病 ═

- ail [el] v. 身體不適
- ailment [ˈelmənt] n. 微恙，輕微病痛
- bedridden [ˈbɛdrɪdṇ] a. 臥病在床的
- bug [bʌg] n.（病菌引起的）小病
- cadaverous [kəˈdævərəs] a. 形容枯槁的
- contract [kənˈtrækt] v. 罹患
- debilitate [dɪˈbɪləˌtet] v. 使虛弱
- debility [dɪˈbɪlətɪ] n. 虛弱，衰弱
- delicate [ˈdɛləkət] a. 嬌弱的
- disorder [dɪsˈɔrdɚ] n. 失調；毛病
- drained [drend] a. 失去活力的
- dysfunction [dɪsˈfʌŋkʃən] n. 功能失調
- enfeeble [ɪnˈfibḷ] v. 使虛弱
- exhausted [ɪgˈzɔstɪd] a. 筋疲力盡的
- fatigue [fəˈtig] n. 疲勞
- feeble [fibḷ] a. 虛弱的
- fall [fɔl] v. 病倒
- fragile [ˈfrædʒəl] a. 脆弱的
- frail [frel] a. 虛弱的

- get [gɛt] v. 得病
- haggard [ˈhægɚd] a.（因為生病或擔憂而）憔悴的
- housebound [ˈhaʊsˌbaʊnd] a.（因生病或年老而）出不了門的
- ill [ɪl] a. 生病的
- illness [ˈɪlnɪs] n. 病；身體不適
- indisposed [ˌɪndɪˈspozd] a. 微恙的

字辨

feeble、fragile、frail、infirm 與 weak

feeble：指人身體虛弱時的一般用詞，另也可指「微弱」，例如：Your voice sounds feeble and distant.（你的聲音聽起來微弱又遙遠）。

fragile：可以指人身體虛弱、物品易碎，也可指論點薄弱或情勢脆弱。指人情感脆弱、易受傷害時也經常使用這個字，如：She is fragile and delicate, like a flower.（她像朵花般脆弱纖細）。

frail：用在人身上特別指身體虛弱，缺乏精力，也可指物品易碎。例如：He is a frail old man.（他是個虛弱的老人）。

infirm：特別指因為年邁或生病而體弱，也可指精神或意志薄弱。例如：He is so infirm that he needs a wheelchair.（他虛弱得要用輪椅）。

weak：一般用詞，可指身體、精神、情感上的虛弱、軟弱、脆弱，缺乏力氣或能力等。例如：She is weak from hunger.（她餓得虛弱）。He is weak in mathematics.（他的數學很弱）。

- infirm [ɪnˈfɝm] a. 體弱的
- languid [ˈlæŋgwɪd] a. 缺少活力的；無精打采的
- lethargy [ˈlɛθɚdʒɪ] n. 精神萎靡
- listless [ˈlɪstlɪs] a. 無精打采的
- lymphatic [lɪmˈfætɪk] a. 蒼白孱弱的
- mental illness [ˈmɛntl̩][ˈɪlnɪs] n. 心理疾病
- mentally ill [ˈmɛntl̩ɪ][ɪl] a. 患心理疾病的
- morbid [ˈmɔrbɪd] a. 病態的
- pale [pel] a. 蒼白的
- pallid [ˈpælɪd] a. 蒼白虛弱的
- peaked [ˈpikɪd] a. 蒼白有病容的
- powerless [ˈpaʊɚlɪs] a. 無力的
- puny [ˈpjunɪ] a. 瘦小虛弱的
- relapse [rɪˈlæps] v.（疾病）復發
- ropy, ropey [ˈropɪ] a. 有點不適的
- run-down [ˈrʌnˌdaʊn] a.疲憊而健康不佳的
- sallow [ˈsælo] a. 面有菜色的
- shagged [ˈʃægɪd] a. 筋疲力盡的
- shut-in [ˈʃʌtˌɪn] n. 因病而不能外出的人
- sick [sɪk] a. 生病的；作嘔的
- sickly [ˈsɪklɪ] a. 體弱多病的
- sickness [ˈsɪknɪs] n. 不健康的狀態；噁心
- spiritless [ˈspɪrɪtlɪs] a. 沒有精神的
- tired [taɪrd] a. 疲累的
- unhealthy [ʌnˈhɛlθɪ] a. 不健康的
- unsound [ʌnˈsaʊnd] a. 身或心不健康的

字辨

unhealthy 與 unsound

unhealthy：泛指身或心的不健康狀

態，也用來形容事物對健康有不良影響，如：an unhealthy lifestyle（不健康的生活方式）。

unsound：可以用來指身或心的不健康或虛弱，另也用來指論點、狀況、建築物、企業等的不穩固，如：an unsound foundation（基礎不穩固）。

- unwell [ʌnˈwɛl] a.（短期）不舒服的
- vegetative state [ˈvɛdʒəˌtetɪv][stet] n. 植物人狀態
- wan [wɑn] a. 虛弱疲倦的
- washed-out [ˈwɑʃtˈaʊt] a. 懨懨無生氣的
- weak [wik] a. 體弱的
- weaken [ˈwikən] v. 使虛弱，變虛弱
- weary [ˈwɪrɪ] a. 疲倦的；厭膩的
- white [hwaɪt] a. 無血色的
- wilt [wɪlt] v. 萎靡或疲倦（尤指感覺太熱時）
- wither [ˈwɪðɚ] v. 逐漸凋萎
- withered [ˈwɪðɚd] a. 凋萎的，憔悴的
- worn-out [ˈwornˈaʊt] a. 累壞的
- worse [wɝs] a. 身體更糟的

═ 健康 ═

- better [ˈbɛtɚ] a. 健康有改善的
- balance [ˈbæləns] n. 平衡
- bouncy [ˈbaʊnsɪ] a. 精力充沛的
- constitution [ˌkɑnstəˈtjuʃən] n. 體質
- convalesce [ˌkɑnvəˈlɛs] v. 休養，療養
- dynamic [daɪˈnæmɪk] a. 精力充沛的
- dynamo [ˈdaɪnəˌmo] n. 發電機；精力過人的人
- endurance [ɪnˈdjʊrəns] n. 耐力
- energy [ˈɛnɚdʒɪ] n. 精力，活力
- fettle [ˈfɛtl̩] v. 身體健康，精神奕奕
- fine [faɪn] a.（健康）良好的
- fit [fɪt] a.（因為持續運動而）健康的
- flexibility [ˌflɛksəˈbɪlətɪ] n. 柔軟度
- fortify [ˈfɔrtəˌfaɪ] v. 增強（體力，精神等）
- glow [glo] n. v. 容光煥發
- heal [hil] v. 治療，（使）恢復健康
- health [hɛlθ] n. 健康
- healthy [ˈhɛlθɪ] a. 健康的
- immune [ɪˈmjun] a. 具免疫力的
- live wire [laɪv][waɪr] n. 活躍有幹勁的人
- lusty [ˈlʌstɪ] a. 健壯的；性慾強的
- mend [mɛnd] v.（骨折等）康復
- mental [ˈmɛntl̩] a. 心理的
- mental health [ˈmɛntl̩][hɛlθ] n. 心理健康
- mettlesome [ˈmɛtl̩səm] a. 精神抖擻的
- might [maɪt] n. 力氣，力量
- normal [ˈnɔrml̩] a.（生理或心理）正常的
- passion [ˈpæʃən] n. 熱情
- physical [ˈfɪzɪkl̩] a. 生理的
- physical health n. 身體健康
- power [ˈpaʊɚ] n. 力量
- powerful [ˈpaʊɚfəl] a. 有力的
- powerhouse [ˈpaʊɚˌhaʊs] n.活力充沛的人
- raring [ˈrɛrɪŋ] a. 躍躍欲試的
- recover [rɪˈkʌvɚ] v. 恢復健康
- recuperate [rɪˈkjupəˌret] v.（使）復元
- refresh [rɪˈfrɛʃ] v. 使恢復活力

- refreshing [rɪˈfrɛʃɪŋ] a. 提神的
- rehabilitate [ˌrihəˈbɪləˌtet] v. 復健
- sound [saʊnd] a. 健全的
- spirit [ˈspɪrɪt] n. 精神
- spirited [ˈspɪrɪtɪd] a. 有精神的
- sprightly [ˈspraɪtlɪ] a. 有活力的
- springy [ˈsprɪŋɪ] a. 活潑輕快的
- spry [spraɪ] a. 活潑有精神的
- spunk [spʌŋk] n.（口）勇氣；精液
- stamina [ˈstæmənə] n. 身心韌性，毅力

字辨

energy、might、stamina 與 strength

energy：持續從事一樣活動或動作所需要的「精力」。例如：I don't have the energy to read that book tonight.（我今晚沒有精力讀那本書）。

might：指人在某個情境中施展的力量。例如：He ran with all his might.（他盡全力奔跑）。另也指組織或大自然等的「威力」或「權力」，例如：the might of the empire（帝國的威力）。

stamina：持續從事一樣活動或忍耐困境或疾病所需要的「身心韌性」。例如：He lacks the stamina to be a leader.（他缺乏成為領導人的毅力）。

strength：指力的強度，即在一段時間內所能施展的身體「力氣」，例如：muscle strength（肌力）或 I don't even have the strength to get out of bed.（我連起床的力氣也沒有）。也可以指精神上的「毅力」、「承受力」。

- staying power [steɪŋ][ˈpaʊɚ] n. 持久力
- strength [strɛŋθ] n. 氣力，活力
- strong [strɔŋ] a. 強壯的
- super power [ˈsupɚ][ˈpaʊɚ] n. 超人之力
- superhuman [ˌsupɚˈhjumən] n. 超乎常人的
- tireless [ˈtaɪrlɪs] a. 勤奮不倦的
- verve [vɝv] n. 活力，熱情
- vibrant [ˈvaɪbrənt] a. 生氣蓬勃的
- vigor [ˈvɪgɚ] n. 元氣，活力
- vigorous [ˈvɪgərəs] a. 活力充沛的
- virile [ˈvɪrəl] a. 有男子氣的
- virility [vəˈrɪlətɪ] n. 男子氣
- vital [ˈvaɪtl̩] a. 生氣勃勃的
- vitality [vaɪˈtælətɪ] n. 元氣，活力

字辨

verve、vitality 與 vigor

verve：特別指表演或創作所展現的熱忱、活力或氣勢，因此上述例子也可以寫成：He played the piano with verve.（他彈起琴來很有力、很有氣勢）。又例如：His writing lacks verve.（他的文筆缺乏活力）。

vigor：活力、元氣，偏向指身體或精神的「精力」。例如：He played the piano with vigor.（他彈起琴來很有力）。

vitality：活力、生氣，偏向指「生命力」，例如：The society is full of vitality.（社會充滿了生氣）。形容詞 vital 除了生氣蓬勃的意思，也指「維繫生命所必須的」、「重要的」，例如：a vital organ（維繫生命的器官）。

- vivacious [vaɪˈveʃəs] a. 活潑有魅力的
- well [wɛl] a. 健康的，安好的
- well-being [ˈwɛlˈbiɪŋ] n. 福祉
- wellness [ˈwɛlnɪs] n. 安康
- wholesome [ˈholsəm] a. 有益健康的

字辨

health 與 wellness

health：指身體或心理健康。

wellness：指身心感到幸福滿足的狀態，包括人對自己的健康、工作、人際、社經地位等的經驗感受。例如：Spending a lot of time on social media will not improve your wellness.（花很多時間在社交媒體上對你的安康沒有幫助）。

＝ 生死 ＝

- cadaver [kəˈdævɚ] n. 解剖用屍體
- corpse [kɔrps] n. 屍體
- cremains [krɪˈmenz] n. 骨灰
- death [dɛθ] n. 死亡
- deathbed [ˈdɛθˌbɛd] a. 臨終
- decease [dɪˈsis] n., v. 亡故
- karoshi [kaˈrəʊʃi] n. 過勞死
- late [let] a. 已過世的
- life [laɪf] n. 生命；壽命
- life expectancy [laɪf][ɪkˈspɛktənsɪ] n. 預期壽命
- lifeless [ˈlaɪflɪs] a. 無生命的
- lifeline [ˈlaɪfˌlaɪn] n. 命脈
- lifelong [ˈlaɪfˌlɔŋ] a. 終其一生的
- lifespan [ˈlaɪfˈspæn] n. 生命全期
- lifetime [ˈlaɪfˌtaɪm] n. 一生；壽命
- longevity [lɑnˈdʒɛvətɪ] n. 壽命；長壽
- macabre [məˈkɑbɚ] a. 以死亡為主題的
- moribund [ˈmɔrəˌbʌnd] a. 垂死的
- mortal [ˈmɔrtl̩] a. 終有一死的
- mortality [mɔrˈtælətɪ] n. 凡人終有一死的特性
- right to die [raɪt][tu][daɪ] n. 死亡權
- right to life [raɪt][tu][laɪv] n. 生命權
- rigor mortis [ˌrɪgɚˈmɔrtɪs] n. 死後僵直
- RIP 為 Rest in Peace 的縮寫，通常寫在墓碑上，意指安息
- stone-dead [ˈstonˈdɛd] a. 完全死了的

〔傷殘、障礙〕

＝ 異常、障礙 ＝

- abled [ˈebl̩d] a. 健全的
- abnormal [æbˈnɔrml̩] a. 異常的
- acquired [əˈkwaɪrd] a. 後天的
- amenorrhea [eˌmɛnəˈriə] n. 無月經
- anomaly [əˈnɑməlɪ] n. 異常
- autism [ˈɔtɪzəm] n. 自閉症
- birth defect [bɝθ][dɪˈfɛkt] n. 先天缺陷
- blind [blaɪnd] a. 盲的
- cleft lip [klɛft][lɪp], harelip [ˈhɛrˈlɪp] n. 兔唇
- cleft palate [klɛft][ˈpælɪt] n. 顎裂
- club foot [klʌb][fʊt] n. 畸形足
- color-blind [ˈkʌlɚˌblaɪnd] a. 色盲的

- congenital [kən'dʒɛnətl̩] a. 先天的
- deaf [dɛf] a. 聾的
- deaf mute [dɛf][mjut] n. 聾啞人
- deformed [dɪ'fɔrmd] a. 畸形的
- deformity [dɪ'fɔrmətɪ] n. 畸形
- disability [dɪsə'bɪlətɪ] n. 殘障
- disabled [dɪs'ebl̩d] a. 殘障的
- Down syndrome [daʊn]['sɪn͵drom] n. 唐氏症
- handicapped ['hændɪ͵kæpt] a. 身心障礙的
- hard-of-hearing ['hɑrdəv'hɪrɪŋ] a. 重聽的
- hereditary [hə'rɛdə͵tɛrɪ] a. 遺傳的
- hearing-impaired ['hɪrɪŋɪm'pɛrd] a. 聽障的
- hearing loss ['hɪrɪŋ][lɔs] n. 聽力損失
- hereditary alopecia [hə'rɛdə͵tɛrɪ][͵ælə'piʃɪə] n.遺傳性禿髮
- hermaphrodite [hɚ'mæfrə͵daɪt] a., n. 雌雄同體
- impacted [ɪm'pæktɪd] a. 牙齒長不出的
- impediment [ɪm'pɛdəmənt] n. 肢體障礙；語言障礙

字辨

deformity 與 malformation

deformity：特別指各種先後天因素所造成的身體外觀畸形，例如截肢（amputation）。

malformation：指先天因素所造成的身體結構上的缺陷，未必有明顯的外觀畸形，如心臟畸形（cardiac malformation）。

- malformation [͵mælfɔr'meʃən] n. 畸形
- malfunction [mæl'fʌŋʃən] n. 身體機能異常
- mute [mjut] a. 啞的
- physically challenged ['fɪzɪkl̩ɪ]['tʃælɪndʒd] a. 身體殘障的
- retarded [rɪ'tɑrdɪd] a. 弱智的
- unnatural [ʌn'nætʃərəl] a. 不自然的，不正常的

═ 受傷 ═

- abrasion [ə'breʒən] n. 擦傷
- atrophy ['ætrəfɪ] n. 萎縮
- avulsion [ə'vʌlʃən] n. 撕除，撕脫
- bite [baɪt] n., v. 咬傷
- black and blue [blæk][ænd][blu] a. 青一塊紫一塊的
- black-eyed ['blæk͵aɪd] a. 眼圈青腫的
- bleed [blid] v. 流血
- blood [blʌd] n. 血
- brain injury [bren]['ɪndʒərɪ] n. 腦部損傷
- bruise [bruz] n. 瘀傷
- bunion ['bʌnjən] n. 拇指外翻
- burn [bɝn] n., v. 燒傷，灼傷
- burning ['bɝnɪŋ] a. 灼燒般的
- carpal tunnel syndrome ['kɑrpl̩]['tʌnl̩]['sɪn͵drom] n. 腕隧道症候群
- chafe [tʃef] n. 擦傷 v. 摩擦
- concussion [kən'kʌʃən] n. 腦震盪
- contusion [kən'tjuʒən] n. 挫傷
- cramp [kræmp] n. 抽筋，痙攣；經痛
- crick [krɪk] n., v. 落枕
- cut [kʌt] v., n. 切傷，割傷

- damage [ˈdæmɪdʒ] n. 損傷，傷害
- disfigurement [dɪsˌfɪgjɚmənt] n. 外形損傷
- dislocation [ˌdɪsloˈkeʃən] n. 脫臼，脫位
- dislocated shoulder [ˈdɪsləˌketɪd][ˈʃoldɚ] n. 肩膀脫臼
- fatal [ˈfetḷ] a. 致命的
- first-degree burn [ˈfɝstdɪˈgri][bɝn] n. 一級灼傷
- flesh wound [flɛʃ] [waʊnd] n. 皮肉之傷，輕傷
- footsore [ˈfʊtˌsor] a. 腳痛的，腳痠的
- fourth-degree burn [ˈforθdɪˈgri][bɝn] n. 四級灼傷
- fracture [ˈfræktʃɚ] n. 骨折
- gash [gæʃ] n. 很深的傷口 v. 深切
- golfer's elbow [ˈgɑlfɚs][ˈɛlbo] n. 高爾夫球肘
- gore [gor] n. 凝血，血塊
- graze [grez] n., v. 輕度擦傷
- head injury [hɛd][ˈɪndʒərɪ] n. 頭部損傷
- hurt [hɝt] n., v.（使）痛，傷害
- impairment [ɪmˈpɛrmənt] n.（生理、心理、認知等）損傷，損害
- injure [ˈɪndʒɚ] v. 傷害，使受傷
- injury [ˈɪndʒərɪ] n. 傷害，損傷
- laceration [ˌlæsəˈreʃən] n.（不規則的）撕裂
- life-threatening [ˈlaɪfθrɛtənɪŋ] a. 威脅生命的
- local [ˈlokḷ] a. 局部的
- lower back pain [loɚ][bæk][pen] n. 腰痠背痛
- maim [mem] v. 使殘廢；使重傷
- muscle soreness [ˈmʌsḷ][ˈsornɪs] n. 肌肉痠痛
- muscle strain [ˈmʌsḷ][stren], muscle pull [ˈmʌsḷ][pʊl] n. 肌肉拉傷
- muscle weakness [ˈmʌsḷ][ˈwiknɪs] n. 肌肉無力
- occupational injury [ˌɑkjəˈpeʃənḷ] [ˈɪndʒərɪ] n. 職業傷害
- penetrating [ˈpɛnəˌtretɪŋ] a. 穿刺性的；刺骨的
- permanent [ˈpɝmənənt] a. 永久的
- phantom limb pain [ˈfæntəm][lɪm][pen] n. 幻肢痛
- precarious [prɪˈkɛrɪəs] a. 不穩定的
- puncture [ˈpʌŋktʃɚ] v., n. 刺傷，穿刺（皮膚）

字辨

puncture 與 stab

puncture：指刺穿皮膚或身體造成的傷，例如 punctured lung（刺穿的肺）、a punctured eardrum（刺破的鼓膜）。

stab：通常是指以刀、筆尖、碎玻璃等尖銳物品刺戳進身體裡的傷害，往往帶有攻擊意圖。這類傷口稱做 stab wound（刺傷）。

- purulent [ˈpjʊrələnt] a. 化膿的
- pus [pʌs] n. 膿
- pustule [ˈpʌstʃul] n. 膿包
- RSI (repetitive strain injury [rɪˈpɛtɪtɪv] [stren][ˈɪndʒərɪ]) n. 重複性勞損

- rib fracture [rɪb][ˈfræktʃɚ] n. 肋骨骨折
- running sore [ˈrʌnɪŋ][sor] n. 化膿處
- scab [skæb] n. 痂
- scabby [ˈskæbɪ] a. 結痂的
- scald [skɔld] n., v. 燙傷
- scar [skɑr] n. 疤 v. 結疤
- scrape [skrep] n. 擦傷
- scratch [skrætʃ] n. 刮傷，抓傷
- second-degree burn [ˌsɛkənddɪˈgri][bɝn] n. 二級灼傷
- self-harm [ˈsɛlfˈhɑrm] n. 自殘
- self-mutilation [ˈsɛlfmjutḷˈeʃən] n. 自殘
- serious [ˈsɪrɪəs] a. 嚴重的
- severe [səˈvɪr] a. 嚴重的

字辨

serious 與 severe

serious：指情況、問題、傷口等「嚴重的」。同時 serious 也可用來形容人「嚴肅的」、「認真的」。

severe：形容情況、問題或傷口嚴重時，意思與用法與 serious 相近，但 severe 只能用來形容事物，不能用來形容人。

- sharp [ʃɑrp] a.（疼痛）劇烈的
- simple fracture [ˈsɪmpḷ][ˈfræktʃɚ] n. 單純骨折
- skin [skɪn] v. 擦破皮
- slash [slæʃ] v. 砍傷
- slip [slɪp] v. 踩空；失足
- slit [slɪt] n., v. 長而窄的切傷
- sore [sor] a. 痠痛的
- splitting [ˈsplɪtɪŋ] a. 劇痛的
- sports injury [spɔrts][ˈɪndʒərɪ] n. 運動傷害
- sprain [spren] v. 扭傷
- stab [stæb] n., v.（通常指較深的）刺戳傷
- stitch [stɪtʃ] n. 突然的刺痛
- strain [stren] n. 拉傷
- stub [stʌb] v.（腳趾）撞到東西
- suffer [ˈsʌfɚ] v. 受苦
- suicide [ˈsuəˌsaɪd] n., v. 自殺
- swell [swɛl] v. 腫
- swollen [ˈswolən] n. 腫大的
- tear [tɛr] v. 撕裂
- tender [ˈtɛndɚ] a. 疼痛的；敏感的
- tendinitis [ˌtɛndɪˈnaɪtɪs] n. 腱炎
- third-degree burn [ˈθɝdɪˈgri][bɝn] n. 三級灼傷
- tingle [ˈtɪŋgḷ] n., v.（輕微的）刺痛
- toothache [ˈtuθˌek] n. 牙痛
- trauma [ˈtrɔmə] n. 創傷，外傷

字辨

injury、trauma 與 wound

injury：指因為任何外力造成的任何生理傷害。

trauma：指外傷或心理創傷。重大創傷（major trauma）是指因為車禍、墜落、槍擊、刀刺等，有可能導致殘障或死亡的傷害。psychological trauma（心理創傷）則是指外在事件所造成的心理傷害。

wound：尤其指造成皮膚或（體內外）組織受損的身體傷害，例如擦傷（scrape）抓傷（scratch）、切傷（cut）、穿刺傷（puncture）等。運用 wound 的複合字包括：gunshot wound（槍傷）、surgical wound（手術傷口）、nerve wound（神經創傷）等。

- traumatic [trɔˈmætɪk] a. 創傷性的
- trip [trɪp] v.（使）絆倒
- tumble [ˈtʌmbl̩] n., v. 跌倒，摔跤
- tumescent [tjuˈmɛsn̩t] a. 腫脹的
- twinge [twɪndʒ] n., v. 突然的痛
- twitch [twɪtʃ] v. 抽痛；抽搐
- wound [wund] n. 創傷，傷口 v. 傷害
- wounded [ˈwundɪd] a. 受傷的
- writer's cramp [ˈraɪtɚs][kræmp] n. 寫字造成的手抽筋

字辨

ache、hurt 與 pain

ache：特別指身體上的疼痛，通常與身體部位結合，如：heartache（心痛）、headache（頭痛）等。動詞的 ache 則是指「發痛」，例如：My tooth ached.（我的牙齒發痛）。

hurt：泛指一般的身心或情感傷害，指「發痛」時用法近似 ache，但有時則指「受傷」，例如：My back hurts.（我的背發痛）或 My back is hurt.（我的背受傷了）。hurt 和 pain 的不同在於，pain 常用當名詞用，hurt 較常當動詞用，如打針時可能會說：It hurts.（好痛）。

pain：一般用語，泛指身體、心理、情感或精神上等的痛苦。例如：I felt so much pain that I almost passed out.（我痛得快昏過去）或 It's painful to see them suffer.（看他們受苦真叫人難過）。

〔疾病症狀〕

＝ 症狀 ＝

- ache [ek] n., v. 發痛
- allergic [əˈlɝdʒɪk] a. 過敏的
- anemic [əˈnimɪk] a. 貧血的
- anxiety [æŋˈzaɪətɪ] n. 焦慮
- arrhythmia [əˈrɪθmɪə], irregular heartbeat [ɪˈrɛgjəlɚ][ˈhɑrtˌbit] n. 心律不整
- backache [ˈbækˌek] n. 背痛
- bad breath [bæd][brɛθ] n. 口臭
- bedwetting [ˈbɛdwɛtɪŋ] n. 尿床
- bellyache [ˈbɛlɪˌek] n. 腹痛，肚子痛
- blister [ˈblɪstɚ] n. 水泡；膿包
- brain-dead [brenˈdɛd] a. 腦死的
- breakdown [ˈbrekˌdaʊn] n. 崩潰
- bump [bʌmp] n.（尤指皮膚的）腫塊
- carsick [ˈkɑrˌsɪk] a. 暈車的
- chest pain [tʃɛst][pen] n. 胸痛
- colic [ˈkɑlɪk] n. 絞痛
- collapse [kəˈlæps] n., v. 崩潰
- coma [ˈkomə] n. 昏迷
- come to [kʌm][tu] 恢復知覺
- compression [kəmˈprɛʃən] n. 壓迫

- compulsive behavior [kəm'pʌlsɪv] [bɪ'hevjɚ] n. 強迫行為
- confusion [kən'fjuʒən] n. 混淆，錯亂
- congested [kən'dʒɛstɪd] a. 充血的；淤血的
- convulsion [kən'vʌlʃən] n. 抽搐
- cough [kɔf] n., v. 咳嗽
- degeneration [dɪˌdʒɛnə'reʃən] n. 退化
- dehydration [ˌdihaɪ'dreʃən] n. 脫水
- delirium [dɪ'lɪrɪəm] n. 譫妄；精神錯亂
- dementia [dɪ'mɛnʃɪə] n. 失智
- diarrhea [ˌdaɪə'riə] n. 下痢，腹瀉
- discomfort [dɪs'kʌmfɚt] n. 不適
- disorientation [dɪs'ɔrɪɛnteʃən] n. 失去方向感
- distress [dɪ'strɛs] n. 窘迫
- dizzy ['dɪzɪ] a. 頭暈的
- edema [i'dimə] n. 水腫
- embolism ['ɛmbəˌlɪzəm] n. 栓塞
- failure ['feljɚ] n. 衰竭
- faint [fent] v. 暈倒，昏厥
- fatty liver ['fætɪ]['lɪvɚ] n. 脂肪肝
- fester ['fɛstɚ] v. 化膿，潰爛
- fever ['fivɚ] n., v. 發燒
- flare [flɛr] v. 發紅
- flare up [flɛr][ʌp] 病發；發作
- flatulence ['flætʃələns] n. 腸胃脹氣
- frequent urination ['frikwənt][ˌjʊrə'neʃən] n. 頻尿
- gangrene ['gæŋˌgrin] n. 壞疽
- gas [gæs] n. 腸胃中的積氣
- gastric hyperacidity ['gæstrɪk] [ˌhaɪpərə'sɪdətɪ] n. 胃酸過多

字辨

dizzy、light-headed 與 vertigo

dizzy：一般提到「頭暈」時最常使用的字，泛指感覺腳步不穩、頭暈、失去平衡感的感受。例如：Drinking too much makes me dizzy.（貪杯讓我頭暈）。

light-headed：指可能由於突然起身、血壓過低、缺氧、熬夜等所引起的暈眩，嚴重時可能暈倒。例如：I felt light-headed from lack of sleep.（睡眠不足讓我頭昏眼花）。

vertigo：特別指由於站在高處，感覺天旋地轉、快要墜落的那種暈眩感，有可能伴隨噁心、嘔吐等症狀。另 dizzy 與 light-headed 皆為形容詞，vertigo 是名詞，例如：I felt a sudden rush of vertigo.（我突然感到一陣暈眩）。

- gripe [graɪp] n. 腹絞痛
- growing pains ['groɪŋ][penz] n. 生長痛，成長痛
- hallucination [həˌlusn̩'eʃən] n. 幻覺
- headache ['hɛdˌek] n. 頭痛
- heartache ['hɑrtˌek] n. 心痛
- heartburn ['hɑrtˌbɝn] n. 胃灼熱
- hemorrhage ['hɛmərɪdʒ] n., v. 出血
- hoarse [hors] a. 嗓子沙啞的
- hobble ['hɑbl̩] n., v. 跛行
- hangover ['hæŋˌovɚ] n. 宿醉
- hypersomnia [ˌhaɪpɚ'sɑmnɪə] n. 嗜睡
- hypothermia [ˌhaɪpə'θɝmɪə] n. 體溫過低，失溫

- incontinence [ɪnˈkɑntənəns] n. 失禁
- indigestion [ˌɪndəˈdʒɛstʃən] n. 消化不良，不消化
- infection [ɪnˈfɛkʃən] n. 感染
- inflammation [ˌɪnfləˈmeʃən] n. 發炎
- ingrowing [ˈɪnˌgroɪŋ] a. 往肉裡生長的
- insomnia [ɪnˈsɑmnɪə] n. 失眠
- irritation [ˌɪrəˈteʃən] n. 刺激
- itch [ˈɪtʃ] n. 癢 v. 發癢
- jaundice [ˈdʒɔndɪs] n. 黃疸
- leakage of urine [ˈlikɪdʒ][ɑv][ˈjʊrɪn] n. 漏尿
- lightheaded [ˈlaɪtˈhɛdɪd] a. 頭昏眼花的，頭暈的
- liver spot [ˈlɪvɚ][spɑt] n. 肝斑
- loose bowels [lus][bolz] n. 拉肚子
- loss of appetite [lɔs][ɑv][ˈæpəˌtaɪt], poor appetite [pʊr] [ˈæpəˌtaɪt] n. 食慾不振
- lose consciousness [luz][ˈkɑnʃəsnɪs] v. 失去意識
- lumbago [lʌmˈbego] n. 腰痛；下背痛
- lump [lʌmp] n. 腫塊
- malnourished [mælˈnɝɪʃt] a. 營養不良的
- memory loss [ˈmɛmərɪ][lɔs] n. 記憶喪失
- nausea [ˈnɔʃɪə] n. 反胃，噁心
- nervous breakdown [ˈnɝvəs][ˈbrekˌdaʊn] n. 精神崩潰
- neuralgia [njʊˈrældʒə] n. 神經痛
- night blindness [naɪt][ˈblaɪndnɪs] n. 夜盲
- nosebleed [ˈnozˌblid] n. 鼻出血
- numb [nʌm] a. 麻木的，凍僵的
- out of joint [aʊt][ɑv][dʒɔɪnt] a. 脫臼的
- overheat [ˈovɚˈhit] v.（使）過熱
- pain [pen] n. 痛
- painful [ˈpenfəl] a. 引起疼痛的
- palpitation [ˌpælpəˈteʃən] n. 心悸
- palsy [ˈpɔlzɪ] n. 麻痺
- paralysis [pəˈræləsɪs] n. 麻痺；癱瘓
- paralyzed [ˈpærəˌlaɪzd] a. 麻痺的；癱瘓的
- paranoid [ˈpærənɔɪd] a. 妄想的；偏執的
- paraplegic [ˌpærəˈplidʒɪk] a. 下身癱瘓的
- pass out [pæs][aʊt] v. 昏迷
- physical sign [ˈfɪzɪkl̩][saɪn] n. 身體徵象
- polyp [ˈpɑlɪp] n. 息肉
- premenstrual syndrome [priˈmɛnstrʊəl] [ˈsɪnˌdrom] n. 經前症候群
- quadriplegic [ˌkwɑdrəˈplɛdʒɪk] a. 四肢癱瘓的 n. 四肢癱瘓者
- rash [ræʃ] n. 疹
- redness [ˈrɛdnɪs] n. 發紅
- regain consciousness [rɪˈgen][ˈkɑnʃəsnɪs] 恢復意識，甦醒
- ringing in the ears [ˈrɪŋɪŋ][ɪn][ðə][ɪrz] n. 耳鳴
- ringworm [ˈrɪŋˌwɝm] n. 癬
- seasick [ˈsiˌsik] a. 暈船的
- shock [ʃɑk] n. 休克
- shortness of breath [ˈʃɔrtnɪs][ɑv][brɛθ] n. 呼吸急促，上氣不接下氣
- sneeze [sniz] v. 打噴嚏 n. 噴嚏
- sniffle [ˈsnɪfl̩] n. 吸鼻子聲 v. 吸鼻子
- snore [snor] v. 打鼾 n. 鼾聲
- snuffle [ˈsnʌfl̩] n. 鼻塞
- spasm [ˈspæzəm] n. 痙攣

- spot [spɑt] n. 斑
- sterile [ˈstɛrəl] a. 不孕的
- stutter [ˈstʌtɚ] n., v. 口吃
- stomachache [ˈstʌmək͵ek] n. 胃痛
- strangulated [ˈstræŋgjə͵letɪd] a. 絞扼的
- suffocated [ˈsʌfə͵ketɪd] a. 感到窒息的
- suicidal thought [͵suəˈsaɪdl̩][θɔt] n. 自殺念頭
- sweltering [ˈswɛltərɪŋ] a. 熱得難受的
- swoon [swun] v. 昏厥，昏倒
- symptom [ˈsɪmptəm] n. 症狀
- tight [taɪt] a. 緊繃不舒服的
- tinnitus [tɪˈnaɪtəs] n.（醫學用詞）耳鳴
- toothache [ˈtuθ͵ek] n. 牙痛
- tremble [ˈtrɛmbl̩] v. 顫抖
- trot [trɑt] n.（俚）拉肚子
- unconscious [ʌnˈkɑnʃəs] a. 失去知覺的
- underfed [͵ʌndɚˈfɛd] a. 未餵飽的
- vertiginous [vɝˈtɪdʒənəs] a. 離地太高而眩暈的
- vertigo [ˈvɝtɪ͵go] n. 眩暈
- vomit [ˈvɑmɪt] v. 嘔吐
- weight gain [wet][gen] n. 體重增加
- weight loss [wet][lɔs] n. 體重減輕
- wheeze [hwiz] v. 哮喘
- withdrawal symptoms [wɪðˈdrɔəl][ˈsɪmptəmz] n. 戒斷症狀

字辨

coma、faint、pass、out、swoon 與 unconscious

coma：特別指深度而持續地失去意識，即「昏迷」，多用於醫學上。只能當名詞使用，如：fall into a coma（陷入昏迷）。

faint：「暈倒」、「昏厥」的日常用詞，指由於生理或情緒因素而昏倒。做為形容詞也可指「微弱的」，如 a faint odour（微弱的氣味）。

pass out：faint 或 swoon 可用來表示情緒激動得快昏倒的情形，如：I'm going to faint from excitement.（我興奮得快暈了）。但 pass out 特別指生理上暫時失去意識（lose consciousness），例如遭受重擊、酒醉、生病或中暑等時，如：I passed out drunk at her house.（我醉倒在她家）。

swoon：與 faint 同義但口語中較少用的詞。

unconscious：即「失去意識」、「不省人事」，faint 和 swoon 通常是暫時的，外界刺激有可能使其甦醒，但 unconscious 與 coma 都是指人對外界刺激已經毫無反應的狀態。而 unconscious 也指「未察覺的」，例如：He is unconscious of the danger.（他對危險渾然不覺）。

═ 生理疾病 ═

- acute [əˈkjut] a. 急性的
- AIDS [edz] n. 愛滋病
- allergic rhinitis [əˈlɝdʒɪk][raɪˈnaɪtɪs] n. 過敏性鼻炎
- alopecia [ˌæləˈpiʃɪə] n. 脫毛，禿
- alopecia areata [ˌæləˈpiʃɪə][ə'rɪətə], spot baldness [spɑt][ˈbɔldnɪs] n. 圓形脫毛症，鬼剃頭
- altitude sickness [ˈæltəˌtjud][ˈsɪknɪs] n. 高山症
- Alzheimer's disease [ˈɑltsˌhaɪmɚz][dɪˈziz] n. 阿茲海默症
- amblyopia [ˌæmblɪˈopɪə], lazy eye [ˈlezɪ] [aɪ] n. 弱視
- andropause [ˈændropɔz] n. 男性更年期
- anemia [əˈnimɪə] n. 貧血
- angina pectoris [ænˈdʒaɪnə]['pɛktərɪs] n. 狹心症，心絞痛
- appendicitis [əˌpɛndəˈsaɪtɪs] n. 盲腸炎
- arteriosclerosis [ɑrˈtɪrɪˌosklɪˈrosɪs] n. 動脈硬化症
- arthritis [ɑrˈθraɪtɪs] n. 關節炎
- Asperger syndrome [ˈæspɝdʒɚ] [ˈsɪnˌdrom] n. 亞斯柏格症候群
- asthma [ˈæzmə] n. 氣喘
- athlete's foot [ˈæθlits][fʊt] n. 香港腳
- attention deficit hyperactivity disorder [əˈtɛnʃən][ˈdɛfɪsɪt][ˌhaɪpəræk ˈtɪvətɪ] [dɪsˈɔrdɚ] n. 注意力不足過動症（簡稱 ADHD）
- bacteria [bækˈtɪrɪə] n. 細菌
- bedsore [ˈbɛdˌsor] n. 褥瘡
- benign [bɪˈnaɪn] a. 良性的
- bladder cancer [ˈblædɚ][ˈkænsɚ] n. 膀胱癌
- bone cancer [bon][ˈkænsɚ] n. 骨癌
- brain cancer [bren][ˈkænsɚ] n. 腦癌
- brain damage [bren][ˈdæmɪdʒ] n. 腦部損傷
- brain tumor [bren][ˈtjumɚ] n. 腦瘤
- breast cancer [brɛst][ˈkænsɚ] n. 乳癌
- carrier [ˈkærɪɚ] n. 帶原者
- cancer [ˈkænsɚ] n. 癌
- candida [ˈkændɪdə] n. 念珠菌
- cataract [ˈkætəˌrækt] n. 白內障
- catarrh [kəˈtɑr] n. 黏膜炎
- catching [ˈkætʃɪŋ] a. 有傳染性的
- cerebral palsy [ˈsɛrəbrəl][ˈpɔlzɪ] n. 腦性麻痺
- cervical cancer [ˈsɝvɪkḷ][ˈkænsɚ] n. 子宮頸癌
- chicken pox [ˈtʃɪkɪn][pɑks] n. 水痘
- chilblains [ˈtʃɪlˌblens] n. 凍瘡
- chocolate cyst [ˈtʃɑkəlɪt][sɪst] n. 巧克力囊腫
- chronic [ˈkrɑnɪk] a. 慢性的
- chronic disease [ˈkrɑnɪk][dɪˈziz] n. 慢性病
- chronic fatigue syndrome [ˈkrɑnɪk][fəˈtig] [ˈsɪnˌdrom] n. 慢性疲勞症候群
- chill [tʃɪl] n. 受寒
- cholera [ˈkɑlərə] n. 霍亂
- cluster headache [ˈklʌstɚ][ˈhɛdˌek] n. 叢集性頭痛
- cold [kold] n. 感冒

- cold sore [kold][sor] n. 感冒瘡，唇泡疹
- colitis [koˈlaɪtɪs] n. 結腸炎
- common cold [ˈkɑmən][kold] n. 普通感冒
- complication [ˌkɑmpləˈkeʃən] n. 併發症
- compound fracture [ˈkɑmpaʊnd][ˈfræktʃɚ] n. 複雜性骨折
- congenital heart disease [kənˈdʒɛnətl̩][hɑrt][dɪˈziz] n. 先天性心臟病
- conjunctivitis [kənˌdʒʌŋktəˈvaɪtɪs] n. 結膜炎
- constipation [ˌkɑnstəˈpeʃən] n. 便秘
- contagious [kənˈtedʒəs] a. 傳染性的；可傳染的
- coronary heart disease [ˈkɔrəˌnɛrɪ][hɑrt][dɪˈziz] n. 冠心病
- cot death [kɑt][dɛθ], crib death [krɪb][dɛθ] n. 嬰兒猝死
- critical [ˈkrɪtɪkl̩] a. 危急的
- cystitis [sɪsˈtaɪtɪs] n. 膀胱炎
- decompression sickness [ˌdikəmˈprɛʃən][ˈsɪknɪs] n. 潛水夫病
- degenerative arthritis [dɪˈdʒɛnəˌretɪv][ɑrˈθraɪtɪs] n. 退化性關節炎
- dengue fever [ˈdɛŋgɪ][ˈfivɚ] n. 登革熱
- dermatitis [ˌdɝməˈtaɪtɪs] n. 皮膚炎
- diabetes [ˌdaɪəˈbitiz] n. 糖尿病
- diaper rash [ˈdaɪəpɚ][ræʃ] n. 尿布疹
- disease [dɪˈziz] n. 疾病
- disease of affluence [dɪˈziz][ɑv][ˈæflʊəns] n. 富貴病
- disturbance [dɪsˈtɝbəns] n. 障礙
- drug addiction [drʌg][əˈdɪkʃən] n. 藥物成癮

字辨

disease 與 illness

disease：較正式的用語，是醫生用來描述病症的用詞。例如：genetic disease（遺傳性疾病）、heart disease（心臟病）等。

illness：一般用語，即日常生活中描述自己生病時的用詞。例如：My illness has changed my life.（我的病改變了我的人生）。

- dry eye syndrome [draɪ][aɪ][ˈsɪnˌdrom] n. 乾眼症
- duodenum ulcer [ˌdjuəˈdinəm][ˈʌlsɚ] n. 十二指腸潰瘍
- dysentery [ˈdɪsn̩ˌtɛrɪ] n. 痢疾
- dystrophy [ˈdɪstrəfɪ] n. 營養失調
- eczema [ˈɛksɪmə] n. 濕疹
- encephalitis [ˌɛnsɛfəˈlaɪtɪs] n. 腦炎
- endometriosis [ˌɛndoˌmitrɪˈosɪs] n. 子宮內膜異位
- enteritis [ˌɛntəˈraɪtɪs] n. 腸炎
- enterovirus [ˈɛntərəˌvaɪrəs] n. 腸病毒
- epilepsy [ˈɛpəlɛpsɪ] n. 癲癇
- erectile dysfunction [ɪˈrɛktɪl][dɪsˈfʌŋkʃən] n. 勃起障礙
- eye disease [aɪ][dɪˈziz] n. 眼疾
- far-sighted [ˈfɑrˈsaɪtɪd] a. 遠視的
- fever blister [ˈfivɚ][ˈblɪstɚ] n. 唇泡疹
- flu [flu] n. 流感
- food poisoning [fud][ˈpɔɪzn̩ɪŋ] n. 食物中毒
- frostbite [ˈfrɔstˌbaɪt] n. 凍傷

- frozen shoulder [ˈfrozn̩][ˈʃoldɚ] n. 五十肩
- fungus [ˈfʌŋgəs] n. 黴菌
- gallstone [ˈgɔlˌston] n. 膽結石
- gastric ulcer [ˈgæstrɪk][ˈʌlsɚ] n. 胃潰瘍
- gastritis [gæsˈtraɪtɪs] n. 胃炎
- gastroesophageal reflux [ˈgæstroɪsɔfəˈdʒɪəl][ˈriˌflʌks] n. 胃食道逆流
- gastroenteritis [ˌgæstroˌɛntəˈraɪtɪs] n. 胃腸炎
- German measles [ˈdʒɝmən][ˈmizl̩z] n. 德國麻疹
- gingivitis [ˌdʒɪndʒəˈvaɪtɪs] n. 牙齦炎
- glaucoma [glɔˈkomə] n. 青光眼
- gonorrhea [ˌgɑnəˈriə] n. 淋病
- gout [gaʊt] n. 痛風
- hand dermatitis [hænd][ˌdɝməˈtaɪtɪs] n. 富貴手
- hay fever [he][ˈfivɚ] n. 花粉熱
- head cold [hɛd][kold] n. 傷風，感冒
- head lice [hɛd][laɪs] n. 頭蝨
- heart attack [hɑrt][əˈtæk] n. 心臟病發作
- heart disease [hɑrt][dɪˈziz], cardiac disease [ˈkɑrdɪˌæk][dɪˈziz] n. 心臟病
- heart failure [hɑrt][ˈfeljɚ] n. 心臟衰竭
- heat exhaustion [hit][ɪgˈzɔstʃən] n. 熱衰竭
- heat rash [hit][ræʃ] n. 汗疹；痱子
- heatstroke [ˈhitˌstrok], sunstroke [ˈsʌnˌstrok] n. 中暑
- hemophilia [ˌhiməˈfɪlɪə] n. 血友病
- hemorrhoids [ˈhɛməˌrɔɪdz] n. 痔瘡
- hepatitis A [ˌhɛpəˈtaɪtɪs][e] n. A 型肝炎
- hepatitis B [ˌhɛpəˈtaɪtɪs][bi] n. B 型肝炎
- hepatitis C [ˌhɛpəˈtaɪtɪs][si] n. C 型肝炎
- hernia [ˈhɝnɪə] n. 疝氣
- herniated disc [ˈhɝnɪˌetɪd][dɪsk] n. 椎間盤突出
- herpes [ˈhɝpiz] n. 疱疹
- hidrosis [hɪˈdrosɪs] n. 多汗症
- high blood lipids [haɪ][blʌd]][ˈlɪpɪdz] n. 高血脂
- high blood pressure [haɪ][blʌd][ˈprɛʃɚ] n. 高血壓
- high blood sugar [haɪ][blʌd][ˈʃʊgɚ] n. 高血糖
- H1N1 influenza [etʃ][wʌn][ɛn][wʌn][ˌɪnflʊˈɛnzə] n. H1N1 流感
- HIV n. 人體免疫缺陷病毒
- hives [haɪvz] n. 蕁麻疹
- hydrophobia [ˌhaɪdrəˈfobɪə] n. 恐水症；狂犬病
- hyperglycemia [ˌhaɪpɚglaɪˈsimɪə] n. 高血糖
- hyperlipemia [ˌhaɪpɚlɪˈpimiə] n. 高脂血
- hypertension [ˌhaɪpɚˈtɛnʃən] n. 高血壓
- hyperthyroidism [ˌhaɪpɚˈθaɪrɔɪdˌɪzəm] n. 甲狀腺機能亢進
- hypotension [ˌhaɪpəˈtɛnʃən] n. 低血壓
- hypothyroidism [ˌhaɪpoˈθaɪrɔɪdˌɪzəm] n. 甲狀腺機能減退
- impetigo [ˌɪmpɪˈtaɪgo] n. 膿疱病
- impotence [ˈɪmpətəns] n. 陽痿
- incubate [ˈɪnkjuˌbet] v.（疾病）潛伏
- incurable [ɪnˈkjʊrəbl̩] a. 無藥可救的，不治的
- infertility [ɪnfɚˈtɪlətɪ] n. 不孕症
- influenza [ˌɪnflʊˈɛnzə] n. 流感

- ingrown eyelashes [ˈɪnˌgron][ˈaɪˌlæʃɪz] n. 睫毛倒插
- irritable bowel syndrome [ˈɪrətəbḷ][ˈbaʊəl][ˈsɪnˌdrom] n. 腸燥症
- keratitis [ˌkɛrəˈtaɪtɪs] n. 角膜炎
- kidney failure [ˈkɪdnɪ][ˈfeljɚ] n. 腎衰竭
- kidney stone [ˈkɪdnɪ][ston] n. 腎結石
- laryngitis [ˌlærɪnˈdʒaɪtɪs] n. 喉炎
- latent [ˈletṇt] a. 潛伏的
- leprosy [ˈlɛprəsɪ] n. 痲瘋
- lesion [ˈliʒən] n. 病變
- lethal [ˈliθəl] a. 致命的
- leukemia [luˈkimɪə] n. 白血病，血癌
- lifestyle disease [ˈlaɪfˌstaɪl][dɪˈziz] n. 文明病
- liver cancer [ˈlɪvɚ][ˈkænsɚ] n. 肝癌
- liver disease [ˈlɪvɚ][dɪˈziz] n. 肝病
- life-threatening [ˈlaɪfθrɛtənɪŋ] a. 威脅生命的
- liver cirrhosis [ˈlɪvɚ][sɪˈrosɪs] n. 肝硬化
- lockjaw [ˈlɑkˌdʒɔ] n. 破傷風
- low blood pressure [lo][blʌd][ˈprɛʃɚ] n. 低血壓
- lupus [ˈlupəs] a. 狼瘡
- Lyme disease [laɪm][dɪˈziz] n. 萊姆病
- macular lesion [ˈmækjʊlɚ][ˈliʒən] n. 黃斑部病變
- madness [ˈmædnɪs] n. 瘋癲
- malaria [məˈlɛrɪə] n. 瘧疾
- malignant [məˈlɪgnənt] a. 惡性的
- measles [ˈmizḷz] n. 麻疹
- melanoma [ˌmɛləˈnomə] n. 黑色素瘤
- meningitis [ˌmɛnɪnˈdʒaɪtɪs] n. 腦膜炎
- menopause [ˈmɛnəˌpɔz] n. 女性更年期，停經期
- menopausal syndrome [ˌmɛnoˈpɔzḷ][ˈsɪnˌdrom] n.（女性）更年期症候群
- metabolic syndrome [ˌmɛtəˈbɑlɪk][ˈsɪnˌdrom] n. 代謝症候群
- migraine [ˈmaɪgren] n. 偏頭痛
- mild [maɪld] a.（病症、症狀等）輕微的
- miscarriage [mɪsˈkærɪdʒ] n. 流產
- motion sickness [ˈmoʃən][ˈsɪknɪs] n. 動暈症
- mortally [ˈmɔrtḷɪ] adv. 致命地
- mouth ulcer [maʊθ] [ˈʌlsɚ] n. 口潰瘍
- mumps [mʌmps] n. 腮腺炎
- myocardial infarction [ˌmaɪəˈkɑrdɪəl][ɪnˈfarkʃən] n. 心肌梗塞
- myopic [maɪˈɑpɪk] a. 近視的
- narcolepsy [ˈnɑrkəˌlɛpsɪ] n. 嗜睡症
- nasty [ˈnæstɪ] a.（疾病）很難治療的，不好對付的
- near-sighted [ˈnɪrˈsaɪtɪd], short-sighted [ˈʃɔrtˈsaɪtɪd] a. 近視的
- necrosis [nɛˈkrosɪs] n. 壞死
- nephritis [nɛˈfraɪtɪs] n. 腎炎
- nettle rash [ˈnɛtḷ][ræʃ] n. 蕁麻疹
- obesity [oˈbisətɪ] n. 肥胖（症）
- occupational disease [ˌɑkjəˈpeʃənḷ][dɪˈziz] n. 職業病
- osteoporosis [ˌɑstɪopəˈrosɪs] n. 骨質疏鬆症
- pandemic [pænˈdɛmɪk] n. 大流行病
- Parkinson's disease [ˈpɑrkɪnsnz][dɪˈziz] n. 帕金森氏症
- periodontal disease [ˌpɛrɪoˈdɑntḷ][dɪˈziz] n. 牙周病

- peritonitis [ˌpɛrətəˈnaɪtɪs] n. 腹膜炎
- pernicious anemia [pɚˈnɪʃəs][əˈnimɪə] n. 惡性貧血
- pestilence [ˈpɛstḷəns] n. 瘟疫，鼠疫
- petit mal [ˈpɛtɪ] [mɑl] n. 癲癇小發作
- piles [paɪlz] n. 痔瘡
- plague [pleg] n. 瘟疫
- pleurisy [ˈplʊrəsɪ] n. 胸膜炎
- pneumonia [njuˈmonjə] n. 肺炎
- pox [pɑks] n. 天花；（口）梅毒
- presbyopia [ˌprɛzbɪˈopɪə] n. 老花眼
- psoriasis [səˈraɪəsɪs] n. 乾癬
- public lice [ˈpʌblɪk][laɪs] n. 陰蝨
- rabies [ˈrebiz] n. 狂犬病
- renal failure [ˈrinḷ][ˈfeljɚ] n. 腎衰竭
- rheumatism [ˈruməˌtɪzəm] n. 風濕病
- rheumatoid arthritis [ˈruməˌtɔɪd][ɑrˈθraɪtɪs] n. 風濕性關節炎
- rhinitis [raɪˈnaɪtɪs] n. 鼻炎
- rubella [ruˈbɛlə] n. 德國麻疹
- rupture [ˈrʌptʃɚ] n. 疝氣，脫腸；破裂
- SARS [sɑrz] n. 嚴重急性呼吸道症候群
- scabies [ˈskebɪˌiz] n. 疥瘡
- scarlet fever [ˈskɑrlɪt][ˈfivɚ] n. 猩紅熱
- sciatica [saɪˈætɪkə] n. 坐骨神經痛
- sclerosis [ˌsklɪˈrosɪs] n. 硬化
- scoliosis [ˌskolɪˈosɪs] n. 脊椎側彎
- scurvy [ˈskɝvɪ] n. 壞血病
- seizure [ˈsiʒɚ] n.（病的）發作
- senile dementia [ˈsinaɪl][dɪˈmɛnʃɪə] n. 老年失智症
- sepsis [ˈsɛpsɪs] n. 敗血症
- septic [ˈsɛptɪk] a. 敗血性的
- sexually transmitted infection [ˈsɛkʃʊəlɪ][trænsˈmɪtɪd][ɪnˈfɛkʃən] n. 性病
- shingles [ˈʃɪŋgḷz] n. 帶狀疱疹
- sinusitis [ˌsaɪnəˈsaɪtɪs] n. 鼻竇炎
- skin cancer [skɪn][ˈkænsɚ] n. 皮膚癌
- sleep apnea [slip][æpˈniə] n. 睡眠呼吸中止
- sleep disorder [slip][dɪsˈɔrdɚ] n. 睡眠障礙
- smallpox [ˈsmɔlˌpɑks] n. 天花
- starvation [stɑrˈveʃən] n. 餓死；飢餓
- stomach cancer [ˈstʌmək][ˈkænsɚ] n.胃癌
- stone [ston] n. 結石
- strep throat [strɛp][θrot] n. 鏈球菌性喉炎
- stroke [strok] n. 中風
- sty [staɪ] n. 針眼
- syndrome [ˈsɪnˌdrom] n. 症候群
- syphilis [ˈsɪflɪs] n. 梅毒
- terminal [ˈtɝmənḷ] a. 末期的；將致命的
- tetanus [ˈtɛtənəs] n. 破傷風
- thrombosis [θrɑmˈbosɪs] n. 血栓
- thrush [θrʌʃ] n. 鵝口瘡；念珠菌性陰道炎
- tonsillitis [ˌtɑnsḷˈaɪtɪs] n. 扁桃腺炎
- Tourette's syndrome [tʊəˈrets][ˈsɪnˌdrom] n. 妥瑞氏症
- toxic [ˈtɑksɪk] a. 有毒的，毒性的
- trachoma [trəˈkomə] n. 砂眼
- transfer [ˈtrænsfɝ] v. 轉移
- tuberculosis [tjuˌbɝkjəˈlosɪs] n. 結核病
- tumor [ˈtjumɚ] n. 腫瘤
- tympanitis [ˌtɪmpəˈnaɪtɪs] n. 中耳炎
- type I diabetes [taɪp][wʌn][ˌdaɪəˈbitiz] n. 第一型糖尿病

- type II diabetes [taɪp][tu][ˌdaɪəˈbitiz] n. 第二型糖尿病
- typhoid [ˈtaɪfɔɪd] n. 傷寒
- ulcer [ˈʌlsɚ] n. 潰瘍
- undescended testicle [ʌndɪˈsɛndɪd] [ˈtɛstɪkḷz] n. 隱睪
- undernourished [ˈʌndɚˈnɝɪʃt] a.營養不良的
- upset [ˈʌpˌsɛt] a. 腸胃不適的
- uremia [jʊˈrimɪə] n. 尿毒症
- urethritis [ˌjʊrɪˈθraɪtɪs] n. 尿道炎
- vaginitis [ˌvædʒəˈnaɪtɪs] n. 陰道炎
- varicose veins [ˈværɪˌkos][venz] n. 靜脈曲張
- viral [ˈvaɪrəl] a. 病毒的
- virulent [ˈvɪrjələnt] a. 有毒的；致病的
- virus [ˈvaɪrəs] n. 病毒
- vitiligo [ˌvɪtəˈlaɪgo] n. 白斑
- yeast infection [jist][ɪnˈfɛkʃən] n.（陰道）酵母菌感染
- yellow fever [ˈjɛlo][ˈfivɚ] n. 黃熱病

═ 心理疾病 ═

- acrophobia [ˌækrəˈfobɪə] n. 懼高症
- addiction [əˈdɪkʃən] n. 成癮
- amnesia [æmˈniʒɪə] n. 健忘（症）
- anorexia [ˌænəˈrɛksɪə] n. 厭食症
- antisocial personality [ˌæntɪˈsoʃəl] [ˌpɝsṇˈælətɪ] n. 反社會人格
- body dysmorphic disorder [ˈbɑdɪ] [dɪsˈmɔrfɪk] [dɪsˈɔrdɚ] n. 身體臆形症
- borderline personality [ˈbɔrdɚˌlaɪn] [ˌpɝsṇˈælətɪ] n. 邊緣型人格
- bronchitis [brɑnˈkaɪtɪs] n. 支氣管炎
- bulimia [bjʊˈlɪmɪə] n. 暴食症
- claustrophobia [ˌklɔstrəˈfobɪə] n. 幽閉恐懼症
- dependent personality [dɪˈpɛndənt][ˌpɝsṇˈælətɪ] n. 依賴性人格
- depression [dɪˈprɛʃən] n. 憂鬱（症）
- eating disorder[ˈitɪŋ][dɪsˈɔrdɚ] n. 飲食障礙
- exhibitionism [ˌɛksəˈbɪʃənˌɪzəm] n. 暴露狂
- hypochondria [ˌhaɪpəˈkɑndrɪə] n. 疑病症
- hysteria [hɪsˈtɪrɪə] n. 歇斯底里
- insanity [ɪnˈsænətɪ] n. 精神錯亂
- Internet addiction ['intɝnɛt][əˈdɪkʃən] n. 網路成癮
- kleptomania [ˌklɛptəˈmenɪə] n. 偷竊癖
- mania [ˈmenɪə] n. 躁症
- manic depression [ˈmenɪk][dɪˈprɛʃən], bipolar disorder [baɪˈpolɚ][dɪsˈɔrdɚ] n. 躁鬱症
- mental disorder [ˈmɛntḷ][dɪsˈɔrdɚ] n. 心理障礙，精神障礙
- multiple personality [ˈmʌltəpḷ][ˌpɝsṇˈælətɪ] n. 多重人格
- necrophilia [ˌnɛkrəˈfɪlɪə] n. 戀屍癖
- neurosis [njʊˈrosɪs] n. 精神官能症
- obsessive-compulsive disorder [əbˈsɛsɪvkəmˈpʌlsɪv][dɪsˈɔrdɚ] n. 強迫症
- panic attack [ˈpænɪk][əˈtæk] n. 恐慌發作
- panic disorder [ˈpænɪk][dɪsˈɔrdɚ] n. 恐慌症
- paranoia [ˌpærəˈnɔɪə] n. 妄想症
- persecution complex [ˌpɝsɪˈkjuʃən][ˈkɑmplɛks] n. 被害妄想症

- post-traumatic stress disorder [ˌposttrɔˈmætɪk][strɛs][dɪsˈɔrdɚ] n. 創傷後精神壓力障礙
- psychosis [saɪˈkosɪs] n. 精神病
- pyromaniac [ˌpaɪrəˈmenɪˌæk] n. 縱火狂
- schizoid [ˈskɪzɔɪd] a. 思覺失調的 n. 思覺失調症患者
- schizophrenia [ˌskɪtsəˈfrinɪə] n.思覺失調症
- social phobia [ˈsoʃəl][ˈfobɪə], social anxiety disorder [ˈsoʃəl][æŋˈzaɪətɪ][dɪsˈɔrdɚ] n. 社交焦慮症
- split personality [splɪt][ˌpɝsn̩ˈælətɪ] n. 人格裂解
- stress-induced [strɛsɪnˈdjust] a. 壓力引起的

▸▸▸ HI can't get rid of my belly fat.
我甩不掉肚子上的肥肉。

▸▸▸ He kept his hair long to cover up his receding hairline.
他把頭髮留長，好遮住後退的髮線。

▸▸▸ She turned pale with fright.
她嚇得臉色發白。

▸▸▸ She lost countenance for a moment, but soon recovered herself.
他慌了一下，但隨即鎮定下來。

▸▸▸ He has a strong jaw with a cleft in his chin.
他的下顎輪廓鮮明，下巴中間有窩。

▸▸▸ She grabbed a tuft of his hair and pulled back his head.
她抓住他的一簇頭髮，把頭向後拉。

▸▸▸ He has grown into a strong and sturdy young man.
他已經長成一個強壯結實的年輕人。

▸▸▸ She weighs 48 kg, and is 160 cm tall.
她重 48 公斤，高 160 公分。

▸▸▸ He looks slimmer and in good shape.
他看起來瘦了，身體也不錯。

▸▸▸ The doctor has demonstrated a professional demeanor in the clinic.
醫生在診所裡展現了專業姿態。

▸▸▸ An odd guy has sat there motionlessly for hours.
一個怪傢伙坐在那裡動也不動好幾個鐘頭。

▸▸▸ If he attacks you, kick his groin with your knee.
假如他攻擊你，就用膝蓋踢他的鼠蹊部。

▸▸▸ The wrinkles on his face and forehead have deepened into furrows.
他臉上和額頭上的皺紋變得更深了。

▸▸▸ My leg is asleep.
我的腳麻了。

▸▸▸ I broke my arm falling down the stairs.
我跌下樓梯，摔斷了手。

心·得·筆·記

我是誰？我在哪裡？

/ 家庭 / 社會
/ 人生歷程

一、身分角色：我是誰？我在哪裡？／家庭

情境對話

Anna : Guess who that young woman over there is.
你猜那邊那個年輕女子是誰。

Elsa : Isn't she Dora, Uncle Sam's second daughter?
不是山姆舅舅的二女兒朵拉嗎？

Anna : No, I just saw Dora talking to Grandma. She is not Dora.
不，我才剛看到朵拉和外婆講話，她不是朵拉。

Elsa : Oh, but she must be a relative on our mother's side. They have the same eyes.
喔，但她一定是我們母親這邊的親戚。他們的眼睛一樣。

Anna : She is Uncle John's eldest daughter.
她是約翰舅舅的大女兒。

Elsa : I didn't know that Uncle John has an adult daughter.
我從不知道約翰舅舅有一個成年的女兒。

Anna : I didn't, either. Mom told me that she's the daughter with his ex-wife.
我也不知道。媽告訴我她是他和前妻生的女兒。

Elsa : I don't even know that he has married twice!
我甚至不知道他結過兩次婚！

Anna : We haven't seen her before because she has been living with her mother in the south.
我們沒見過她，是因為她一直跟著母親住在南部。

Elsa : If it were not for Grandfather's funeral, we would probably never meet this cousin.
如果不是因為外公的葬禮，我們大概永遠也不會認識這位表妹。

字彙

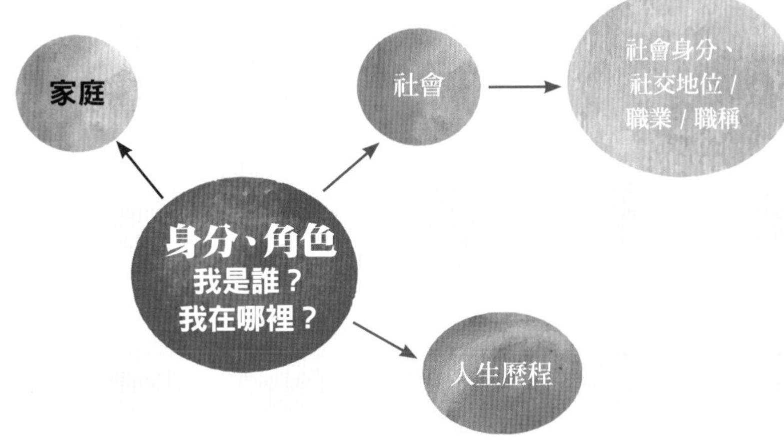

★家庭型態★

- adopt [əˈdɑpt] v.（有法律關係的）領養
- adultery [əˈdʌltərɪ] n. 私通，通姦
- affair [əˈfɛr] n. 外遇
- affinity [əˈfɪnətɪ] n. 姻親關係
- bigamy [ˈbɪgəmɪ] n. 重婚；重婚罪
- bilateral [baɪˈlætərəl] a. 雙邊的
- birth [bɝθ] n. 出生
- birth control[bɝθ][kənˈtrol] n. 生育控制，計畫生育；避孕
- birth rate [bɝθ][ret] n. 出生率
- bisexual [ˈbaɪˈsɛkʃʊəl] a. 雙性戀的
- blended family [`blɛndɪd][ˈfæməlɪ] n. 混合式家庭（帶著子女再婚後形成的家庭）
- blood [blʌd] n. 血統

字辨

blood、descent 與 lineage

blood：意指血統關係時，特別強調實際的生理血緣，例如：They are related by blood.（他們之間有血緣關係）。

descent：通常指含意較廣泛的血統或出身，未必指某人來自某位特定的祖先。例如：She is of Chinese descent.（她有中國血統），是指有中國祖先，但未必表示中國血統是主要血統。

lineage：指同一先祖的血脈代代相傳所形成的傳承系統，可以用來描述個人、種族、產品、組織、抽象概念等。例如 artistic lineage（遺傳的藝術天分）。專指人的血脈時，也可以用 line of descent 表示。

- blood relation [blʌd][rɪˈleʃən] n. 血親
- breadwinner [ˈbrɛdˌwɪnɚ] n. 負擔家計者
- childbearing [ˈtʃaɪldˌbɛrɪŋ] n. 生育
- childfree [ˈtʃaɪldˌfri] a. 不生小孩的
- childless [ˈtʃaɪldlɪs] a. 無子女的
- chores [tʃors] n. 家務
- civil partner [ˋsɪvḷ][ˋpartnɚ] n.（享有公民權的）同性伴侶
- clan [klæn] n. 氏族
- cohabitation [koˌhæbəˈteʃən] n. 同居
- collateral relative [kəˈlætərəl][ˈrɛlətɪv] n. 旁系親屬
- conjugal family [ˈkandʒəgḷ][ˈfæməlɪ] a. 夫妻家庭
- consanguinity [ˌkansæŋˈgwɪnətɪ] n. 血親
- contraception [ˌkantrəˈsɛpʃən] n. 避孕，節育
- couple [ˈkʌpḷ] n. 夫婦
- custody [ˈkʌstədɪ] n. 監護權
- dependent [dɪˈpɛndənt] a. 獨立的；需要照顧的
- descent [dɪˈsɛnt] n. 血統，出身
- descendant [dɪˈsɛndənt] n. 子孫，後代
- DINK (double income, no kids) n. 頂客族
- domestic [dəˈmɛstɪk] a. 家庭的；家務的
- dual earner family [ˈdjuəl][ˈɝnɚ][ˈfæməlɪ] n. 雙薪家庭
- extended family [ɪkˈstɛndɪd][ˈfæməlɪ] n. 大家庭
- extramarital [ˌɛkstrəˈmærɪtḷ] a. 婚姻外的，私通的
- extramarital affair [ˌɛkstrəˈmærɪtḷ][əˈfɛr] n. 婚外情
- familism [ˈfæməlɪzəm] n. 家庭主義
- family [ˈfæməlɪ] n. 家庭；家族；家人
- family member [ˈfæməlɪ][ˈmɛmbɚ] n. 家庭成員
- family of origin [ˈfæməlɪ][av][ˈɔrədʒɪn], family of orientation [ˈfæməlɪ][av][ˌorɪɛnˈteʃən] n. 原生家庭
- family of procreation [ˈfæməlɪ][av][ˌprokrɪˈeʃən] n. 生育家庭
- family tree [ˈfæməlɪ][tri] n. 家系圖
- fertility [fɝˈtɪlətɪ] n. 生育力
- flesh and blood [flɛʃ][ænd][blʌd] n. 骨肉
- foreign spouse [ˈfɔrɪn][spaʊz] n. 外籍配偶
- foster [ˈfɔstɚ] v.（無法律關係的）收養
- foster home [ˈfɔstɚ][hom] n. 寄養家庭
- gay [ge] n. 同志
- genealogy [ˌdʒinɪˋælədʒɪ] a. 家譜
- generation [ˌdʒɛnəˈreʃən] n. 世代
- grandparent-raised family [ˈgrændˌpɛrənt][rezd][ˈfæməlɪ] n. 隔代教養家庭
- group home [grup][hom] n. 團體家屋
- heterosexual [ˌhɛtərəˈsɛkʃʊəl] a. 異性戀的

字辨

family 與 household

family：因為血緣、婚姻、領養等而彼此產生關係的一群人。

household：居住在同一棟住屋中的多人，彼此未必是有血緣關係的家人。獨居，與朋友共居、男女朋友同居等，都可算進這一類。

- home [hom] n. 家；故鄉
- homosexual [ˌhoməˈsɛkʃʊəl] a. 同性戀的
- household [ˈhaʊsˌhold] n. 家
- housemate [ˈhaʊsˌmet] n. 室友，同住人
- illegitimate child [ˌɪlɪˈdʒɪtəmɪt][tʃaɪld], love-child [lʌvtʃaɪld] n. 私生子
- immediate family [ɪˈmidɪɪt][ˈfæməlɪ] n. 至親，直系親屬
- incest [ˈɪnsɛst] n. 亂倫
- incest taboo [ˈɪnsɛst][təˈbu] n. 亂倫禁忌
- infant mortality [ˈɪnfənt][mɔrˈtælətɪ] n. 嬰兒死亡率
- infertility [ɪnfɚˈtɪlətɪ] n. 不孕
- infidelity [ˌɪnfəˈdɛlətɪ] n. 不忠
- kin [kɪn] n. 家族，親戚
- kindred [ˈkɪndrɪd] n. 氏族，宗族
- kinship [ˈkɪnʃɪp] n. 親屬關係
- lesbian [ˈlɛzbɪən] n. 女同志，女同性戀者
- LGBT 女同志（lesbian [ˈlɛzbɪən]）、男同志（gay [ge]）、雙性戀（bisexual [ˈbaɪˈsɛkʃʊəl]）與跨性別者（transgender [trænsˈdʒɛndɚ]）的群體統稱
- life partner [laɪf][ˈpɑrtnɚ] n. 終身伴侶
- lineage [ˈlɪnɪdʒ] n. 血脈，家世
- lineal relative [ˈlɪnɪəl][ˈrɛlətɪv] n. 直系親屬
- line of descent [laɪn][ɑv][dɪˈsɛnt] n. 血脈
- marriage [ˈmærɪdʒ] n. 婚姻
- marriage equality [ˈmærɪdʒ][iˈkwɑlətɪ] n. 婚姻平權
- married [ˈmærɪd] a. 已婚的
- maternal relatives [məˈtɝnl̩][ˈrɛlətɪvs] n. 母系親屬
- matriarchal [ˈmetrɪˌɑrkl̩] a. 母權制的
- matrifocal family [ˌmætrəˈfokl̩][ˈfæməlɪ] a. 母主家庭（以母親為中心的家庭）
- matrilineal [ˌmetrɪˈlɪnjəl] a. 母系的
- matrilocal [ˌmætrəˈlokl̩] a. 與妻方家族同住的
- mistress [ˈmɪstrɪs] n. 情婦
- monogamy [məˈnɑgəmɪ] n. 一夫一妻制
- next of kin [ˈnɛkst][ɑv][kɪn] n. 最近的親屬，至親
- family [ˈnjuklɪɚ][ˈfæməlɪ] n. 核心家庭
- nurture [ˈnɝtʃɚ] n., v. 養育

字辨

descendant 與 offspring

descendant：指因為血緣而產生的後代時，可以囊括子女、孫輩及其後的家族世代。另也可以用來做一般的比喻，如：We are the descendants of God.（我們是上帝的後代）。

offspring：同樣有後代、後裔的意思，但特別用來指子女。

- offspring [ˈɔfˌsprɪŋ] n. 子女
- paternal relatives [pəˈtɝnl̩][ˈrɛlətɪvs] n. 父系親屬
- parenting [ˈpɛrəntɪŋ] n. 父母的教養
- partner [ˈpɑrtnɚ] n. 伴侶
- patriarchal [ˌpetrɪˈɑrkl̩] a. 父權制的
- patrilineal [ˌpætrɪˈlɪnɪəl] a. 父系的
- patrilocal [ˌpætrɪˈlokl̩] a. 與夫方家族同住的

- polygamy [pəˈlɪgəmɪ] n. 多偶婚制
- polyandry [ˈpɑlɪˌændrɪ] n. 一妻多夫
- polygyny [pəˈlɪdʒənɪ] n. 一夫多妻
- procreation [ˌprokrɪˈeʃən] n. 生育
- queer [kwɪr] n.（俚）男同性戀者，酷兒
- remarry [riˈmærɪ] v. 再婚
- reproduction [ˌriprəˈdʌkʃən] n. 生殖；繁殖

字辨

procreation 與 reproduction

procreation：指父母雙方結合而進行的生育。

reproduction：指生殖、繁殖，未必需要經過父母的結合，也可以透過複製或動物界的無性生殖來繁殖，通常指技術意義上的生殖。

- roommate [ˈrumˌmet] n. 室友
- single-parent family [ˈsɪŋglˈpɛrənt][ˈfæməlɪ] n. 單親家庭
- same-sex marriage [ˈsemˈsɛks][ˈmærɪdʒ] n. 同性婚姻
- separate [ˈsɛprɪt] v. 分居
- shared housing [ʃɛrd][ˈhaʊzɪŋ] n. 共居住宅
- spouse [spaʊz] n. 配偶
- stepfamily [ˈstɛpˈfæməlɪ] n. 繼親家庭
- straight [stret] a. 異性戀的
- the other man [ðɪ][ˈʌðɚ][mæn] n. 男性第三者
- the other woman [ðɪ][ˈʌðɚ][ˈwʊmən] 女性第三者
- unmarried [ʌnˈmærɪd] a. 未婚的
- unrelated [ˌʌnrɪˈletɪd] a. 無血緣或姻親關係的
- upbringing [ˈʌpˌbrɪŋɪŋ] n. 教養
- wed [wɛd] v. 嫁；娶
- wedlock [ˈwɛdˌlɑk] n. 已婚狀態

★家族稱謂、稱呼★

- adopted child [əˈdɑptɪd][tʃaɪld] n. 養子女
- adopted daughter [əˈdɑptɪd][ˈdɔtɚ] n. 養女
- adopted son [əˈdɑptɪd][sʌn] n. 養子
- adoptive father [əˈdɑptɪv][ˈfɑðɚ] n. 養父
- adoptive mother [əˈdɑptɪv][ˈmʌðɚ] n.養母
- adoptive parents [əˈdɑptɪv][ˈpɛrənts] n. 養父母
- ancestor [ˈænsɛstɚ] n. 祖先
- aunt [ænt] n. 姑媽；姨媽；舅媽；嬸嬸；伯母
- baby [ˈbebɪ] n. 嬰兒；寶貝
- baby daddy [ˈbebɪ][ˋdædɪ] n. 孩子的爹（非男友或丈夫）
- bride [braɪd] n. 新娘
- brother [ˈbrʌðɚ] n. 兄弟
- brother-in-law [ˈbrʌðərɪnˌlɔ] n.配偶的兄弟（小叔、大伯、內兄、內弟）；姊妹的丈夫（姊夫、妹夫）；配偶姊妹的丈夫
- child [tʃaɪld] n. 孩子
- close relative [kloz][ˈrɛlətɪv] n. 近親
- cousin [ˈkʌzn̩] n. 堂兄弟姊妹；表兄弟姊妹
- cousin-in-law [ˈkʌzn̩ɪnˌlɔ] n. 姻親表兄弟姊妹；姻親堂兄弟姊妹
- distant relative [ˈdɪstənt][ˈrɛlətɪv] n. 遠親

- dad [dæd] n.（口）爸爸
- daughter [ˈdɔtɚ] n. 女兒
- daughter-in-law [ˈdɔtɚɪnˌlɔ] n. 媳婦
- elder brother [ˈɛldɚ] [ˈbrʌðɚ] n. 哥哥
- elder sister [ˈɛldɚ] [ˈsɪstɚ] n. 姊姊
- ex-husband [ˈɛksˈhʌzbənd] n. 前夫
- ex-wife [ˈɛksˈwaɪf] n. 前妻
- father [ˈfɑðɚ] n. 父親
- father-in-law [ˈfɑðɚɪnˌlɔ] n. 岳父；公公
- fiancé [ˌfiənˈse] n. 未婚夫
- fiancée [ˌfiənˈse] n. 未婚妻
- first cousin [fɝst][ˈkʌzn̩] n. 堂／表兄弟姊妹
- first cousin once removed [fɝst][ˈkʌzn̩] [wʌns][rɪˈmuvd] n. 堂／表兄弟姊妹的孩子
- forebear [ˈforˌbɛr] n. 祖宗，祖先
- foster father [ˈfɔstɚ][ˈfɑðɚ] n.（無法律關係的）養父
- foster mother [ˈfɔstɚ][ˈmʌðɚ] n.（無法律關係的）養母
- foster parents [ˈfɔstɚ][ˈpɛrənts] n.（無法律關係的）養父母
- foster child [ˈfɔstɚ][tʃaɪld] n.（無法律關係的）養子女
- foster daughter [ˈfɔstɚ][ˈdɔtɚ] n.（無法律關係的）養女
- foster son [ˈfɔstɚ][sʌn] n.(無法律關係的)養子
- full brother [fʊl][ˈbrʌðɚ] n. 同胞兄弟
- full sister [fʊl][ˈsɪstɚ] n. 同胞姊妹
- full sibling [fʊl][ˈsɪblɪŋ] n. 同胞兄弟姊妹
- goddaughter [ˈgɑdˌdɔtɚ] n. 教女
- godfather [ˈgɑdˌfɑðɚ] n. 教父
- godmother [ˈgɑdˌmʌðɚ] n. 教母
- godson [ˈgɑdˌsʌn] n. 教子
- grandchild [ˈgrændˌtʃaɪld] n. 孫子女
- granddaddy [ˈgrænˌdædɪ], grandpa [ˈgrændpɑ] n.（口）爺爺；外公
- granddaughter [ˈgrænˌdɔtɚ] n. 孫女
- granddaughter-in-law [ˈgrænˌdɔtɚɪnˌlɔ] n. 孫媳；外孫媳
- grandfather [ˈgrændˌfɑðɚ] n. 爺爺；外公
- grandmother [ˈgrændˌmʌðɚ] n. 奶奶；外婆
- grandnephew [ˈgrændˌnɛfju] n. 姪孫；姪外孫
- grandniece [ˈgrænˌnis] n. 姪孫女；姪外孫女
- grandparents [ˈgrændˌpɛrənts] n. 祖父母
- grandson [ˈgrændˌsʌn] n. 孫子
- grandson-in-law [ˈgrændˌsʌnɪnˌlɔ] n. 孫婿；外孫婿
- grandaunt [ˈgrændˌænt] n. 嬸婆；姨婆；姑婆
- granduncle [ˈgrændˌʌŋkl̩] n. 舅公；叔公；伯公
- granny [ˈgrænɪ], grandma [ˈgrændmɑ] n.（口）奶奶；外婆
- great-grandchild [ˈgretˈgrænˌtʃaɪld] n. 曾孫輩；外曾孫輩
- great-granddaughter [ˌgretˈgrændˌdɔtɚ] n. 曾孫女；外曾孫女
- great-grandfather [ˌgretˈgrændˌfɑðɚ] n. 曾祖父；外曾祖父
- great-grandmother [ˌgretˈgrændˌmʌðɚ] n. 曾祖母；外曾祖母
- great-grandparents [ˌgretˈgrændˌpɛrənts] n. 曾祖父母；外曾祖父母

- great-grandson [ˈgretˈgrændsʌn] n. 曾孫；外曾孫
- groom [ˈbraɪdˌgrʊm] n. 新郎
- half-brother [ˈhæfˌbrʌðɚ] n. 同父異母或同母異父的兄弟
- half-sibling [ˈhæfˌsɪblɪŋ] n. 同父異母或同母異父的手足
- half-sister [ˈhæfˌsɪstɚ] n. 同父異母或同母異父的姊妹
- husband [ˈhʌzbənd] n. 丈夫
- in-law [ˈɪnˌlɔ] n. 姻親
- kid [kɪd] n.（口）孩子
- kin [kɪn] n. 親戚
- mom [mɑm] n.（口）媽媽
- mother [ˈmʌðɚ] n. 母親
- mother-in-law [ˈmʌðərɪnˌlɔ] n. 岳母；婆婆
- natural father [ˈnætʃərəl][ˈfɑðɚ], biological father [ˌbaɪəˈlɑdʒɪkḷ][ˈfɑðɚ] n. 生父
- natural mother [ˈnætʃərəl][ˈmʌðɚ], biological mother [ˌbaɪəˈlɑdʒɪkḷ][ˈmʌðɚ] n. 生母
- nephew [ˈnɛfju] n. 姪子；外甥
- nephew-in-law [ˈnɛfjuɪnˌlɔ] n. 姪女婿；甥女婿
- niece [nis] n. 姪女；甥女
- niece-in-law [ˈnisɪnˌlɔ] n. 姪媳；甥媳
- parent [ˈpɛrənt] n. 父母中的一位
- relative [ˈrɛlətɪv] n. 親戚
- second cousin [ˈsɛkənd][ˈkʌzṇ] n. 父母的堂／表兄弟姊妹的孩子
- second cousin once removed [ˈsɛkənd][ˈkʌzṇ][wʌns][rɪˈmuvd] n. 父母的堂／表兄弟姊妹的（外）孫子

字辨

kin 與 relative

kin：親戚的統稱，不能用來指單一的特定親戚。**next of kin** 是指至親，在美國法律上是指你在世的父母、配偶、子女、手足等，但並非只用於法律脈絡上，例如：Shall we inform next of kin of his death?（我們該不該通知家屬說他已過世）。

relative：親戚的一般用語，包含血親與姻親，可以用來指單一親戚人物，例如：He is a distant relative.（他是一個遠房親戚）。

- sibling [ˈsɪblɪŋ] n. 手足
- sibling-in-law [ˈsɪblɪŋɪnˌlɔ] n. 配偶的兄弟姊妹；兄弟姊妹的配偶；配偶兄弟姊妹的配偶
- sister [ˈsɪstɚ] n. 姊妹
- sister-in-law [ˈsɪstɚɪnˌlɔ] n. 配偶的姊妹（大姑、小姑、大姨子、小姨子）；兄弟的妻子（嫂嫂、弟媳）；配偶兄弟的妻子
- son [sʌn] n. 兒子
- son-in-law [ˈsʌnɪnˌlɔ] n. 女婿
- stepfather [ˈstɛpˌfɑðɚ] n. 繼父
- stepmother [stɛpˌmʌðɚ] n. 繼母
- stepparents [ˈstɛpˌpɛrənts] n. 繼父母
- stepchild [ˈstɛpˌtʃaɪld] n. 繼子女
- stepbrother [ˈstɛpˌbrʌðɚ] n. 繼兄弟
- stepdaughter [ˈstɛpˌdɔtɚ] n. 繼女
- stepsister [ˈstɛpˌsɪstɚ] n. 繼姊妹
- stepson [ˈstɛpˌsʌn] n. 繼子

- uncle [ˈʌŋkḷ] n. 叔叔；舅舅；伯父；姑丈；姨丈
- widow [ˈwɪdo] n. 寡婦
- widower [ˈwɪdoɚ] n. 鰥夫
- wife [waɪf] n. 妻子
- younger brother [ˈjʌŋgɚ][ˈbrʌðɚ] n. 弟弟
- younger sister [ˈjʌŋgɚ][ˈsɪstɚ] n. 妹妹

延伸例句

▶▶▶ How many people are there in your family?
你家裡有多少人？

▶▶▶ I shared my apartment with people unrelated by blood.
我和一群沒有血緣關係的人住在一起。

▶▶▶ She was the second of four children born to the couple.
她是這對夫婦四個孩子中的老二。

▶▶▶ He comes from an affluent family with highly educated parents.
他家庭富裕，父母教育程度高。

▶▶▶ They married, divorced, and re-married each other 15 years later.
他們結婚、離婚，十五年後又與彼此再婚。

▶▶▶ She and her ex-husband have the joint custody of their children.
她和前夫享有孩子的共同監護權。

▶▶▶ The government rejected the same-sex couple's application to marry.
政府拒絕了那對同性伴侶的結婚申請。

▶▶▶ He has been a father figure to me since my dad died.
從我爸死後，他對我來說就像個「父親」一樣。

▶▶▶ My niece showed up at the family gathering with her new boyfriend.
我姪女帶著新男友現身家庭聚會。

▶▶▶ We can trace our lineage back through generations to the 17th century.
我們的血脈可以追溯好幾代，直到十七世紀。

▶▶▶ Do you think procreation is the primary purpose of marriage?
你覺得生育是婚姻的主要目的嗎？

▶▶▶ My household includes me, two cats, my husband and my two stepdaughters.
我家裡包含我、兩隻貓、我丈夫和兩個繼女。

二、身分角色：我是誰？我在哪裡？／社會

情境對話

Hebe : We haven't seen each other for a long time. What have you been doing?
我們好久沒見面了，你都在忙什麼？

Selina : Well, I have been a tour guide since last year, and before that I was a busker, a salesman, a canvasser, an insurance broker…
嗯，我從去年開始當導遊，在那之前我做過街頭藝人、業務、助選員、保險經紀人……

Hebe : You're always a man of action!
你一向是個行動派！

Selina : What about you? Are you still an editor?
你呢？還是編輯嗎。

Hebe : No, I returned to school to pursue my doctor's degree in sociology.
不，我回學校去拿社會學的博士學位了。

Selina : Yes, I remember you said you want to be a scholar.
對了，我記得你說你想做學者。

Hebe : And guess what? Ella is my classmate!
然後你猜怎麼著？艾拉是我的同學！

Selina : Really? What does she do?
真的嗎？她在做什麼？

Hebe : She is an online seller now, and a mother of two kids.
她現在是網路賣家，也是兩個小孩的媽。

Selina : Sounds that we should meet up sometime and talk some more.
聽起來我們哪天應該見見面，多聊一下。

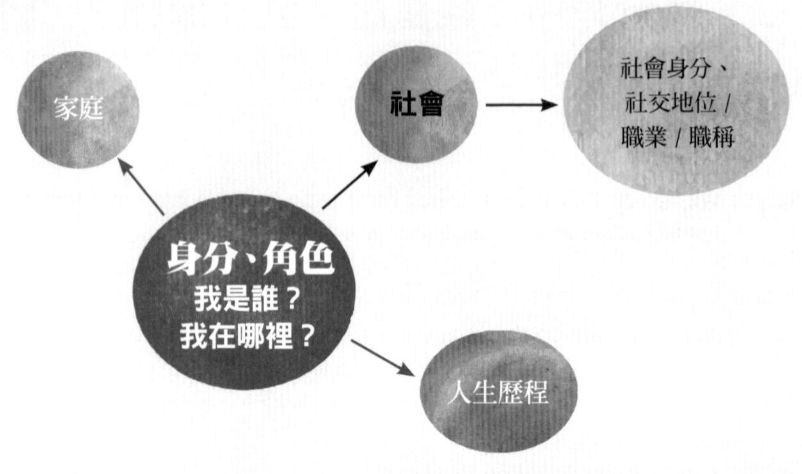

★社會身分、社交地位★

〔關係〕

- acquaintance [əˈkwentəns] n. 認識的人
- adversary [ˈædvɚˌsɛrɪ] n. 敵手
- ally [əˈlaɪ] n . 盟友
- applicant [ˈæpləkənt] n. 申請者；應徵者
- attendant [əˈtɛndənt] n. 與會者，列席者
- backer [ˈbækɚ] n. 後台老闆，贊助人
- backroom boy [ˈbækˌrum][bɔɪ] n.（口）幕後功臣；（不露面的）智囊
- befriend [bɪˈfrɛnd] v. 交朋友
- benefactor [ˈbɛnəˌfæktɚ] n. 施主，恩人；捐助人
- beneficiary [ˌbɛnəˈfɪʃərɪ] n.受益人，受惠者
- blood brother [blʌd][ˈbrʌðɚ] n. 拜把兄弟
- borrower [ˈbɑroɚ] n. 借用者
- boyfriend [ˈbɔɪˌfrɛnd] n. 男朋友

字辨

adversary、enemy與opponent

adversary：指信念不同的敵手或競爭對手，希望打敗對方的敵對含意比opponent強烈，例如：Trump sees China as an adversary.（川普將中國視為敵手）。

enemy：常用語，指仇敵，敵對的情感又比adversary更強烈。例如：Don't treat your parents like enemies.（別把父母親當仇人對待）。

opponent：指在一件事上立場相反的人，例如競賽、辯論或選舉中的對手。

- buyer [ˈbaɪɚ] n. 買家
- classmate [ˈklæsˌmet] n. 同學
- client [ˈklaɪənt] n. 客戶
- co-worker [ˈkoˈwɝkɚ] n. 共事者，共同工作者
- collaborator [kəˈlæbəˌretɚ] n. 合作者
- colleague [kɑˈlig] n. 同事，同僚
- companion [kəmˈpænjən] n. 同伴
- compatriot [kəmˈpetrɪət] n.同國人，同胞
- competitor [kəmˈpɛtətɚ] n. 競爭者
- comrade [ˈkɑmræd] n. 同志
- confederate [kənˈfɛdəˌret] n. 聯盟者
- confidant [ˌkɑnfɪˈdænt] n. 密友，死黨
- creditor [ˈkrɛdɪtɚ] n. 債主
- customer [ˈkʌstəmɚ] n. 顧客
- debtor [ˈdɛtɚ] n. 債務人
- defendant [dɪˈfɛndənt] n. 被告
- double [ˈdʌbl̩] n. 替身
- donor [ˈdonɚ] n. 捐贈者
- employee [ˌɛmplɔɪˈi] n. 雇員，員工
- employer [ɪmˈplɔɪɚ] n. 雇主
- enemy [ˈɛnəmɪ] n. 敵人，仇人
- follower [ˈfɑləwɚ] n. 追隨者
- friend [frɛnd] n. 朋友
- girlfriend [ˈgɝlˌfrɛnd] n. 女朋友
- guest [gɛst] n. 客人
- guide [gaɪd] n. 嚮導
- head [hɛd] n. 領導者；負責人
- host [host] n. 主人
- hostess [ˈhostɪs] n. 女主人
- ingroup [ˈɪnˌgrup] n. 內團體；小圈圈
- insider [ˈɪnˈsaɪdɚ] n. 局內人
- interpersonal [ˌɪntɚˈpɝsənl̩] a. 人際的
- interviewee [ˌɪntɚvjuˈi] n. 受訪者；被面試者
- interviewer [ˈɪntɚvjuɚ] n. 採訪者；主試者
- landlord [ˈlændˌlɔrd] n. 地主
- leader [ˈlidɚ] n. 領導者
- lessee [lɛsˈi] n. 承租人，租戶
- lessor [ˈlɛsɔr] n. 出租人，房東
- lodger [ˈlɑdʒɚ] n. 投宿者，寄宿者
- lover [ˈlʌvɚ] n. 情人
- member [ˈmɛmbɚ] n. 成員，會員
- neighbor [ˈnebɚ] n. 鄰居
- opponent [əˈponənt] n. 對手，反方
- organizer [ˈɔrgəˌnaɪzɚ] n. 策畫者，主辦者
- outgroup [ˈaʊtˌgrup] n. 外團體
- outsider [ˈaʊtˈsaɪdɚ] n. 局外人；門外漢
- owner [ˈonɚ] n. 物主，所有人
- participant [pɑrˈtɪsəpənt] n. 參與者
- partner [ˈpɑrtnɚ] n. 夥伴
- patron [ˈpetrən] n. 贊助人；顧客
- peer [pɪr] n. 同儕，同輩
- pen pal [pɛn] [pæl] n. 筆友
- plaintiff [ˈplentɪf] n. 起訴人，原告
- playmate [ˈpleˌmet] n. 玩伴
- protégé [ˈprotəˌʒe] n. 受保護者；手下
- right-hand man [ˈraɪtˌhænd][mæn] n. 左右手，得力助手
- rival [ˈraɪvl̩] n.（競賽或競爭）對手
- savior [ˈsevjɚ] n. 救星，救助者
- schoolmate [ˈskulˌmet] n. 校友
- seller [ˈsɛlɚ] n. 賣家

- soulmate [ˈsolmet] n. 靈魂伴侶
- sponsor [ˈspɑnsɚ] n. 贊助者
- stranger [ˈstrendʒɚ] n. 陌生人
- supporter [səˈportɚ] n. 支持者
- tenant [ˈtɛnənt] n. 房客

〔社會角色〕

- audience [ˈɔdɪəns] n. 觀眾，聽眾
- backpacker [ˈbækˌpækɚ] n. 背包客
- baby boomer [ˈbebɪ][ˈbumɚ] n. 嬰兒潮時期出生的人
- bachelor [ˈbætʃələ] n. 單身漢；學士
- beauty queen [ˈbjutɪ][ˈkwin] n. 選美皇后
- best man [bɛst][mæn] n. 伴郎
- bidder [ˈbɪdɚ] n. 競標者
- black sheep [blæk][ʃip] n. 害群之馬；敗類
- blogger [ˈblɔgɚ] n. 部落客
- bridesmaid [ˈbraɪdzˌmed] n. 伴娘
- businessman [ˈbɪznɪsmən] n. 生意人
- bystander [ˈbaɪˌstændɚ] n. 旁觀者；看熱鬧的人
- candidate [ˈkændədet] n. 候選人
- capitalist [ˈkæpətl̩ɪst] n. 資本家
- captive [ˈkæptɪv] n. 俘虜
- cardholder [ˈkɑrdˌholdɚ] n.（信用卡、借書證等的）持卡人
- celebrity [sɪˈlɛbrətɪ] n. 名人
- champion [ˈtʃæmpɪən] n. 冠軍
- citizen [ˈsɪtəzn̩] n. 公民，市民
- collector [kəˈlɛktɚ] n. 收藏家
- commentator [ˈkɑmənˌtetɚ] n. 評論家
- commuter [kəˈmjutɚ] n. 通勤者
- consensus [kənˈsɛnsəs] n. 共識
- constituent [kənˈstɪtʃʊənt] n. 選民
- consumer [kənˈsjumɚ] n. 消費者
- convert [ˈkɑnvɝt] n. 皈依者；改宗者
- crew [kru] n. 全體工作人員
- critic [ˈkrɪtɪk] n. 藝評，樂評
- depositor [dɪˈpɑzɪtɚ] n. 存款者
- developer [dɪˈvɛləpɚ] n. 開發者
- dissident [ˈdɪsədənt] n. 異議人士
- doctor [ˈdɑktɚ] n. 博士
- dropout [ˈdrɑpˌaʊt] n. 輟學者
- earthling [ˈɝθlɪŋ] n. 地球人；世人
- emigrant [ˈɛməgrənt] n. 移居到外地的人
- émigré [ˈɛmɪgre] n. 流亡者
- entrepreneur [ˌɑntrəprəˈnɝ] n. 創業者
- executor [ɪgˈzɛkjʊtɚ] n. 遺囑執行人
- expert [ˈɛkspɚt] n. 專家
- fan [fæn] n. 粉絲
- female [ˈfimel] n. 女性
- first lady [fɝst][ˈledɪ] n. 第一夫人
- foreigner [ˈfɔrɪnɚ] n. 外國人
- forerunner [ˈforˌrʌnɚ] n. 先驅
- founder [ˈfaʊndɚ] n. 創立者，創辦人
- freeman [ˈfrimən] n. 自由人
- freshman [ˈfrɛʃmən] n. 新鮮人；新生
- ghostwriter [ˈgostˌraɪtɚ] n. 捉刀寫手
- gourmet [ˈgʊrme] n. 美食家
- guarantor [ˈgærəntɚ] n. 保證人
- guardian [ˈgɑrdɪən] n. 監護人
- guru [ˈgʊru] n. 大師，導師

- finalist [ˈfaɪnḷɪst] n. 決賽選手，決選入圍者
- hater [ˈhetɚ] n. 網路酸民
- heretic [ˈhɛrətɪk] n. 異教徒
- hermit [ˈhɝmɪt] n. 隱士
- hero [ˈhɪro] n. 英雄
- heroine [ˈhɛroˌɪn] n. 女中豪傑
- human [ˈhjumən] n. 人，人類
- icon [ˈaɪkɑn] n. 偶像；表徵
- identity [aɪˈdɛntətɪ] n. 身分
- idol [ˈaɪdḷ] n. 偶像

字辨

icon 與 idol

icon：原本指東正教的聖像，通常為聖子、聖母、聖徒等的圖像，後挪為日常用語，用來指具有代表性、標誌性的人事物，例如：cultural icon（文化表徵）。

idol：原意也是指祈禱或祭拜用的神祇圖像或塑像，後來逐漸用來指偶像明星或任何受崇敬的人物。

- immigrant [ˈɪməgrənt] n. 移居到本地的人
- individual [ˌɪndəˈvɪdʒuəl] n. 個人，個體
- industrialist [ɪnˈdʌstriəlɪst] n. 實業家
- initiator [ɪˈnɪʃɪˌetɚ] n. 發起人，首倡者
- innovator [ˈɪnəˌvetɚ] n. 革新者
- intellectual [ˌɪntḷˈɛktʃuəl] n. 知識分子
- Internet celebrity ['intɝnɛt][sɪˈlɛbrətɪ] n. 網紅
- inventor [ɪnˈvɛntɚ] n. 發明人，發明家
- investor [ɪnˈvɛstɚ] n. 投資者
- Jane Doe [dʒen][do] n.（女性）無名氏
- job seeker [dʒɑb][ˈsikɚ] n. 找工作的人
- John Doe [dʒɑn][do] n.（男性）無名氏
- latecomer [ˈletˌkʌmɚ] n. 晚到者
- lawmaker [ˈlɔˈmekɚ] n. 立法者
- litigant [ˈlɪtəgənt] n. 訴訟當事人
- lobbyist [ˈlɑbɪɪst] n. 說客
- local [ˈlokḷ] n. 當地人
- loner [ˈlonɚ] n. 邊緣人
- looter [ˈlutɚ] n. 掠奪者
- loser [ˈluzɚ] n. 輸家；魯蛇
- major [ˈmedʒɚ] n.（法律）成年人
- majority [məˈdʒɔrətɪ] n. 多數群體
- male [mel] n. 男性
- master [ˈmæstɚ] n. 主人；大師，專家；碩士
- matchmaker [ˈmætʃˈmekɚ] n. 媒人
- maven [ˈmevən] n.（口）行家
- mediator [ˈmidɪˌetɚ] n. 仲裁人，調停者
- mentor [ˈmɛntɚ] n. 良師
- middleman [ˈmɪdḷˌmæn] n. 中間人
- migrant [ˈmaɪgrənt] n. 移民
- minor [ˈmaɪnɚ] n.（法律）未成年者
- minority [maɪˈnɔrətɪ] n. 少數群體
- monarch [ˈmɑnɚk] n. 君主，帝王
- monk [mʌŋk] n. 和尚；僧侶
- moonlighter [ˈmunˌlaɪtɚ] n. 兼差者
- muse [mjuz] n. 繆思；靈感來源
- native [ˈnetɪv] n. 土生土長的當地人
- nemesis [ˈnɛməsɪs] n. 復仇者
- netizen [ˈnɛtəzn] n. 網友；網民

- newcomer [ˈnjuˈkʌmɚ] n. 新來者
- novice [ˈnɑvɪs] n. 新手
- nun [nʌn] n. 尼姑；修女
- opinion leader [əˋpɪnjən][ˋlidɚ] n.意見領袖
- outcast [ˈaʊtˌkæst] n. 被驅逐者
- panelist [ˈpænḷɪst] n. 專題討論會成員；電視或廣播節目的專家來賓
- paparazzi [ˌpɑpəˈrɑtsɪ] n. 狗仔隊
- passerby [ˈpæsɚˈbaɪ] n. 路過的人；路人
- passenger [ˈpæsṇdʒɚ] n. 乘客；旅人
- patient [ˈpeʃənt] n. 病人
- payer [ˈpeɚ] n. 付款人
- pedestrian [pəˈdɛstrɪən] n. 行人
- performer [pɚˈfɔrmɚ] n. 表演者
- petitioner [pəˈtɪʃənɚ] n. 請願者
- philanthropist [fɪˈlænθrəpɪst] n. 慈善家
- pilgrim [ˈpɪlgrɪm] n. 香客，朝聖者
- pioneer [ˌpaɪəˈnɪr] n. 先鋒，開拓者
- player [ˈpleɚ] n.（運動）選手；（音樂）演奏者
- policymaker [ˈpɑləsɪmekɚ] n. 政策制定者
- progenitor [proˈdʒɛnətɚ] n.開山祖，創始人
- proponent [prəˈponənt] n. 提倡者；支持者
- proprietor [prəˈpraɪətɚ] n. 所有人；業主
- protestor [proˈtɛstɚ] n. 抗議者
- pundit [ˈpʌndɪt] n.（尤指政治）名嘴
- pupil [ˈpjupḷ] n. 學生（特別指孩童）
- reader [ˈridɚ] n. 讀者
- rebel [ˈrɛbḷ] n. 造反者，反叛者
- recluse [rɪˈklus] n. 遁世者
- refugee [ˌrɛfjʊˈdʒi] n. 難民
- representative [rɛprɪˈzɛntətɪv] n. 代表人；代理人
- resident [ˈrɛzədənt] n. 居民
- reviewer [rɪˈvjuɚ] n. 評論者
- revolutionary [ˌrɛvəˈluʃənˌɛrɪ] n. 革命分子
- rookie [ˈrʊkɪ] n. 菜鳥，新人
- ruler [ˈrulɚ] n. 統治者
- rustic [ˈrʌstɪk] n. 鄉下人
- scapegoat [ˈskepˌgot] n. 代罪羔羊，頂罪者
- scholar [ˈskɑlɚ] n. 學者
- settler [ˈsɛtlɚ] n. 殖民者
- serviceman [ˈsɝvɪsmən] n. 軍人；維修人員
- shopper [ˈʃɑpɚ] n. 購物者
- sightseer [ˈsaɪtˌsiɚ] n. 觀光客
- single [ˈsɪŋgḷ] a. 單身的
- socialite [ˈsoʃəˈlaɪt] n. 社交名流，聞人
- SOHO (small office / home office) n. SOHO 族
- speaker [ˈspikɚ] n. 演講者
- specialist [ˈspɛʃəlɪst] n. 專家

字辨

expert 與 specialist

expert：「專家」的泛稱，可用來指受過專門訓練的專業人士，也可用來指某人在日常生活中對某事很在行，例如：He is an expert in saving money.（他是省錢專家）。

specialist：特別指醫學、資訊、金融等專業領域的專家，如medical specialist（醫療專家）。

- spectator [spɛk'tetɚ] n. 觀眾；旁觀者
- speculator ['spɛkjə,letɚ] n. 投機者
- staff [stæf] n. 人員
- star [stɑr] n. 明星
- stockholder ['stɑk,holdɚ] n. 股東
- straggler ['stræglɚ] n. 脫隊者，落後者
- streamer ['strimɚ] n. 實況主
- street people [strit]['pipl̩] n. 街友
- student ['stjudn̩t] n. 學生
- successor [sək'sɛsɚ] n. 後繼者，繼任者
- suicide bomber ['suə,saɪd]['bɑmɚ] n. 自殺炸彈客
- survivor [sɚ'vaɪvɚ] n. 倖存者，生還者
- tactician [tæk'tɪʃən] n. 策士
- taxpayer ['tæks,peɚ] n. 納稅人
- telecommuter ['tɛlɪkə,mjutɚ] n.電子通勤族
- teleworker ['tɛlə,wɝkɚ] n. 遠距工作者
- theorist ['θɪə,rɪst] n. 理論家
- thinker ['θɪŋkɚ] n. 思想家
- traveler ['trævlɚ] n. 遊客
- truant ['truənt] n. 逃課者
- trustee [trʌs'ti] n. 受託人
- veteran ['vɛtərən] n. 老手
- voter ['votɚ] n. 投票者
- winner ['wɪnɚ] n. 贏家，勝利者
- worker ['wɝkɚ] n. 工作者

〔犯罪〕

- abductor [æb'dʌktɚ] n. 誘拐者
- blackmailer ['blæk,melɚ] n. 勒索者；敲詐者
- burglar ['bɝglɚ] n. 夜盜；破門竊盜者
- conman ['kɑnmæn] n. 騙子，詐欺者
- convict ['kɑnvɪkt] n. 囚犯

字辨

convict 與 prisoner

convict：特別指被關進監獄的囚犯。convict 也可以做動詞用，指「定罪」，例如：He is convicted of murder.（他被判犯了謀殺罪）。

prisoner：可以指實際關進監獄的囚犯，也可以當成比喻，指在情感或精神上受困的囚徒，例如：a prisoner of fear（恐懼的囚徒）。

- criminal ['krɪmən l̩] n. 罪犯
- culprit ['kʌlprɪt] n. 刑事被告；罪魁禍首
- detainee [dɪte'ni] n. 被拘留者
- fugitive ['fjudʒətɪv] n. 逃亡者，亡命者
- gangster ['gæŋstɚ] n. 歹徒；流氓
- hacker ['hækɚ] n. 駭客
- hijacker ['haɪ,dʒækɚ] n. 劫機者
- hostage ['hɑstɪdʒ] n. 人質
- imposter [ɪm'pɑstɚ] n. 冒名頂替者；騙子
- informant [ɪn'fɔrmənt] n. 線民
- informer [ɪn'fɔrmɚ] n. 檢舉人；通報者；打小報告的人
- kidnapper ['kɪdnæpɚ] n. 綁架者，綁匪
- lifer ['laɪfɚ] n.（俚）無期徒刑犯人
- mastermind ['mæstɚmaɪnd] n. 主謀
- mobster ['mɑbstɚ] n. 犯罪集團成員；暴徒

- poacher [ˈpotʃɚ] n. 非法獵捕者
- prisoner [ˈprɪzn̩ɚ] n. 犯人
- prisoner of war [ˈprɪzn̩ɚ][ɑv][wɔr] n. 戰俘
- rapist [ˈrepɪst] n. 強暴犯
- recidivist [rɪˈsɪdəvɪst] n. 慣犯，累犯
- robber [ˈrɑbɚ] n. 強盜，搶匪
- sex offender [sɛks][əˈfɛndɚ] n. 性罪犯
- smuggler [ˈsmʌglɚ] n. 走私者
- stalker [ˈstɔkɚ] n. 跟蹤者
- suspect [ˈsəspɛkt] n. 嫌疑犯
- terrorist [ˈtɛrərɪst] n. 恐怖分子
- trafficker [ˈtræfɪkɚ] n. 做非法買賣的人
- traitor [ˈtretɚ] n. 叛徒；賣國賊
- victim [ˈvɪktɪm] n. 受害者
- witness [ˈwɪtnɪs] n. 目擊者，證人
- wrongdoer [ˈrɔŋˈduɚ] n. 做壞事的人

〔知識、信仰〕

- anthropologist [ˌænθrəˈpɑlədʒɪst] n. 人類學家
- archaeologist [ˌɑrkɪˈɑlədʒɪst] n. 考古學家
- astronomer [əˈstrɑnəmɚ] n. 天文學家
- bacteriologist [bækˌtɪrɪəˈɑlədʒɪst] n. 細菌學家
- biologist [baɪˈɑlədʒɪst] n. 生物學家
- botanist [ˈbɑtənɪst] n. 植物學家
- Buddhist [ˈbʊdɪst] n. 佛教徒
- Catholic [ˈkæθəlɪk] n. 天主教徒
- chemist [ˈkɛmɪst] n. 化學家
- Christian [ˈkrɪstʃən] n. 基督教徒
- communist [ˈkɑmjʊˌnɪst] n. 共產黨員
- democrat [ˈdɛməˌkræt] n. 民主黨黨員
- ecologist [ɪˈkɑlədʒɪst] n. 生態學者
- economist [iˈkɑnəmɪst] n. 經濟學家
- environmentalist [ɪnˌvaɪərənˈmɛntl̩ɪst] n. 環境保護論者
- geographer [dʒɪˈɑgrəfɚ] n. 地理學家
- geologist [dʒɪˈɑlədʒɪst] n. 地質學家
- grammarian [grəˈmɛrɪən] n. 文法學者
- historian [hɪsˈtorɪən] n. 歷史學家
- jurist [ˈdʒʊrɪst] n. 法學家
- leftist [ˈlɛftɪst] n. 左派分子
- layman [ˈlemən] n. 門外漢；一般信徒
- liberal [ˈlɪbərəl] n. 自由主義者
- linguist [ˈlɪŋgwɪst] n. 語言學家；精通多國語言的人
- mathematician [ˌmæθəməˈtɪʃən] n. 數學家
- Muslim [ˈmʌzləm] n. 回教徒
- nutritionist [njuˈtrɪʃənɪst] n. 營養學家
- philosopher [fəˈlɑsəfɚ] n. 哲學家
- physicist [ˈfɪzɪsɪst] n. 物理學家
- psychologist [saɪˈkɑlədʒɪst] n. 心理學家
- rightist [ˈraɪtɪst] n. 右派分子
- scientist [ˈsaɪəntɪst] n. 科學家
- sociologist [ˌsoʃɪˈɑlədʒɪst] n. 社會學家
- zoologist [zoˈɑlədʒɪst] n. 動物學家

〔地理、膚色〕

- American [əˈmɛrɪkən] n. 美國人；美洲人
- Asian [ˈeʃən] n. 亞洲人
- black [blæk] n. 黑人
- European [ˌjʊrəˈpiən] n. 歐洲人

- Northerner [ˈnɔrðɚnɚ] n. 北方人；北部人
- Southerner [ˈsʌðɚnɚ] n. 南方人；南部人
- white [hwaɪt] n. 白人
- yellow [ˈjɛlo] a. 黃種人的

〔階級、貧富〕

- aristocracy [ˌærəsˈtɑkrəsɪ] n. 貴族
- beggar [ˈbɛgɚ] n. 乞丐
- big gun [bɪg] [gʌn], big shot [bɪg][ʃɑt] n. 大人物
- billionaire [ˌbɪljəˈnɛr] n. 億萬富翁
- blue collar [blu] [ˈkɑlɚ] n. 藍領階級
- bourgeois [bʊrˈʒwɑ] n. 中產階級
- caste [kæst] n.（印度）種姓
- civilian [sɪˈvɪljən] n. 平民（相對於軍人）
- class [klæs] n. 階級
- classless [ˈklæslɪs] a. 無階級的
- commoner [ˈkɑmənɚ] n. 百姓（相對於貴族）
- elite [eˈlit] n. 菁英
- high-ranking [ˈhaɪˌræŋkɪŋ] a.（職位）高階的
- higher-up [ˈhaɪɚˌʌp] n. 上級，上司，主管
- have-not [ˈhævˌnɑt] n. 窮人
- have [hæv] n. 富人
- inferior[ɪnˈfɪrɪɚ] n.（地位、階級、職位等）低於他人者
- junior [ˈdʒunjɚ] n. 階級較低者，下屬；大三學生
- low-ranking [ˈ loˌræŋkɪŋ] a.（職位）低階的
- lower class [ˈloɚ][klæs] n. 下層階級
- millionaire [ˌmɪljənˈɛr] n. 百萬富翁
- new rich [nju][rɪtʃ] n. 暴發戶
- nobility [noˈbɪlətɪ] n. 貴族階級
- nobody [ˈnobɑdɪ] n. 無名小卒
- pauper [ˈpɔpɚ] n. 靠救濟金生活的人，貧民
- petit bourgeoisie [ˈpɛtɪ][bʊrˈʒwɑzɪ] n. 小資產階級
- pink collar [pɪŋk][ˈkɑlɚ] n. 粉領階級
- proletariat [ˌproləˈtɛrɪət] n. 無產階級；普羅大眾
- senior [ˈsinjɚ] n. 上司；前輩；大四學生
- slave [slev] n. 奴隸
- small potatoes [smɔl][pəˈtetoz] n. 小人物
- social [ˈsoʃəl] a. 社會的，社交的
- social status [ˈsoʃəl][ˈstetəs] n. 社會地位
- social strata [ˈsoʃəl][ˈstretə] n. 社會階層
- superior [səˈpɪrɪɚ] n.（地位、階級、職位等）高於他人者
- underclass [ˈʌndɚˌklæs] n. 下層階級
- underdog [ˈʌndɚˈdɔg] n. 慘敗者；處於劣勢的人
- untouchable [ʌnˈtʌtʃəbl̩] n. 賤民
- upper class [ˈʌpɚ][klæs] n. 上層階級
- vagrant [ˈvegrənt] n. 流浪漢
- white collar [hwaɪt][ˈkɑlɚ] n. 白領階級
- working class [ˈwɝkɪŋ][klæs] n. 工人階級

★職業★

〔工商業〕

- advertising [ˈædvɚˌtaɪzɪŋ] n. 廣告業
- all walks of life [ɔl][wɔks][ɑv][laɪf] n. 各行各業

- brewing [ˈbruɪŋ] n. 釀造業
- broadcasting [ˈbrɔdˌkæstɪŋ] n. 廣播業
- butchery [ˈbʊtʃərɪ] n. 屠宰業
- creative industry [krɪˈetɪv][ˈɪndəstrɪ] n. 創意產業
- day job [de] [dʒɑb] n. 正職
- desk job [dɛsk] [dʒɑb] n. 辦公室工作
- direct sales [dəˈrɛkt][selz] n. 直銷
- e-commerce [ˈiˈkɑmɝs] n. 電子商務
- education [ˌɛdʒʊˈkeʃən] n. 教育
- engineering [ˌɛndʒəˈnɪrɪŋ] n. 工程
- gallerist [ˈgælərɪst] n. 畫廊業者
- general merchandise [ˈdʒɛnərəl] [ˈmɝtʃənˌdaɪz] n. 百貨
- greengrocer [ˈgrinˌgrosɚ] n. 蔬果商
- grocery [ˈgrosərɪ] n. 食品雜貨業
- hotelier [ˌhotəˈlɪr] n. 旅館業者
- human resources [ˈhjumən][rɪˈsorsɪz] n. 人力資源
- information technology [ˌɪnfɚˈmeʃən] [tɛkˈnɑlədʒɪ] n. 資訊科技
- Internet marketing [ˈintɝnɛt][ˈmɑrkɪtiŋ] n. 網路行銷
- laundry [ˈlɔndrɪ] n. 洗衣業
- manufacturing [ˌmænjəˈfæktʃərɪŋ] n. 製造業
- marketing [ˈmɑrkɪtiŋ] n. 行銷
- media [ˈmidɪə] n. 傳播媒體
- mortician [mɔrˈtɪʃən] n. 殯葬業者
- nonprofit [ˌnɑnˈprɑfɪt] a. 非營利性的
- online retail [ˈɑnˌlaɪn] [ˈritel] n. 網路零售
- publisher [ˈpʌblɪʃɚ] n. 書商，出版商
- publishing [ˈpʌblɪʃɪŋ] n. 出版業
- public relations [ˈpʌblɪk][rɪˈleʃənz] n. 公關
- research and development [rɪˈsɝtʃ][ænd] [dɪˈvɛləpmənt] n. 研發
- teaching [ˈtitʃɪŋ] n. 教學
- telecommunications [ˌtɛlɪkəˌmjunəˈkeʃəns] n. 電信業
- tourism [ˈtʊrɪzəm] n. 旅遊業

〔小生意、職人〕

- baker [ˈbekɚ] n. 麵包師傅，烘焙師傅；烘焙業者
- beekeeper [ˈbiˌkipɚ] n. 養蜂人
- boatman [ˈbotmən] n. 船夫
- bookseller [ˈbʊkˌsɛlɚ] n. 書店業者
- boutique [buˈtik] n. 精品店
- broker [ˈbrokɚ] n. 仲介，掮客
- business [ˈbɪznɪs] n. 買賣，生意
- carpenter [ˈkɑrpəntɚ] n. 木匠
- charwoman [ˈtʃɑrˌwʊmən] n. 清潔婦
- electrician [ˌilɛkˈtrɪʃən] n. 電工
- eyewear retailer [ˈaɪwɛr][ˈritelɚ] n. 眼鏡零售商，眼鏡行
- factory worker [ˈfæktərɪ][ˈwɝkɚ] n. 工廠工人
- farmer [ˈfɑrmɚ] n. 農夫
- fisherman [ˈfɪʃɚmən] n. 漁夫
- fishmonger [ˈfɪʃˌmʌŋgɚ] n. 魚販
- florist [ˈflorɪst] n. 花商
- foreign domestic helper [ˈfɔrɪn][dəˈmɛstɪk] [ˈhɛlpɚ] n. 外傭
- fortune teller [ˈfɔrtʃən][ˈtɛlɚ] n. 算命師

- freelancer [ˈfriˌlænsɚ] n. 自由工作者
- full-time [ˈfʊlˈtaɪm] a. 全職的
- gardener [ˈgɑrdənɚ] n. 園丁
- gasman [ˈgæsˌmæn] n. 瓦斯檢查員
- handyman [ˈhændɪˌmæn] n. 雜工；工友
- hardware store [ˈhardˌwɛr][stor] n. 五金行
- housekeeper [ˈhaʊsˌkipɚ] n. 家政婦，家事服務員
- housewife [ˈhʌzɪf] n. 家庭主婦
- hunter [ˈhʌntɚ] n. 獵人
- interpreter [ɪnˈtɝprɪtɚ] n. 口譯
- jobless [ˈdʒɑblɪs] a. 無業的
- laborer [ˈlebərɚ] n. 勞工，工人
- launderette [ˌlɔndəˈrɛt], laundromat [ˌlɔndrəˈmɛt] n. 自助洗衣店
- librarian [laɪˈbrɛrɪən] n. 圖書館員
- locksmith [ˈlɑkˌsmɪθ] n. 鎖匠
- lumberjack [ˈlʌmbɚˌdʒæk] n. 伐木工人；木材業者
- medium [ˈmidɪəm] n. 靈媒
- merchant [ˈmɝtʃənt] n. 商人
- miner [ˈmaɪnɚ] n. 礦工；工兵
- mover [ˈmuvɚ] n. 搬家公司；搬運工人
- occupation [ˌɑkjəˈpeʃən] n. 職業；副業
- odd job [ɑd] [dʒɑb] n. 零工
- office worker [ˈɔfɪs][ˈwɝkɚ] n. 上班族
- online direct sales [ˈɑnˌlaɪn][dəˈrɛkt][selz] n. 網路直銷
- online seller [ˈɑnˌlaɪn][ˈsɛlɚ] n. 網拍業者
- part-time [ˈpartˈtaɪm] a. 兼職的，兼差的
- pawnshop [ˈpɔnˌʃɑp] n. 當舖
- peddler [ˈpɛdlɚ] n. 沿街叫賣的小販；毒販

字辨

occupation、profession 與 vocation

occupation：指用來營生的職業，因此詢問人他的職業是什麼時，會說：What is your occupation?（你的職業是什麼）。

profession：指特別鑽研某個領域的學問而獲得的專業，通常指法律、工程、醫學、教書等需要專門訓練的職業。有這類專才的人則稱做 professional（專業人士）。

vocation：指一個人特別受吸引或特別適合發展的志業。例如：My vocation is to write.（寫作是我的天職）。

- plumber [ˈplʌmɚ] n. 水管工人
- profession [prəˈfɛʃən] n. 專業，專才
- professional [prəˈfɛʃənl̩] a. 專業的 n. 專業人士
- ragpicker [ˈrægˌpɪkɚ] n. 拾荒者
- retailer [rɪˈtelɚ] n. 零售商
- sailor [ˈselɚ] n. 水手
- sex worker [sɛks][ˈwɝkɚ] n. 性工作者
- shepherd [ˈʃɛpɚd] n. 牧人
- sideline [ˈsaɪdˌlaɪn], side job [saɪd][dʒɑb] n. 副業
- social worker [ˈsoʃəl][ˈwɝkɚ] n. 社工
- stall-keeper [ˈstɔlˈkipɚ] n. 攤販
- stationery store [ˈsteʃənˌɛrɪ][stor] n.文具店
- street sweeper [strit][ˈswipɚ], street cleaner [strit][ˈklinɚ] n. 清道夫

- tailor [ˈtelɚ] n. 裁縫師
- talent scout [ˈtælənt][skaʊt] n. 星探
- tobacconist [təˈbækənɪst] n. 菸草商
- tattooist [tæˈtuɪst] n. 刺青師
- teacher [ˈtitʃɚ] n. 教師
- translator [trænsˈletɚ] n. 譯者
- tutor [ˈtjutɚ] n. 家庭教師；大學講師
- undertaker [ˌʌndɚˈtekɚ] n. 禮儀師
- unemployed [ˌʌnɪmˈplɔɪd] a. 無業的
- vocation [voˈkeʃən] n. 天職；志業
- weather reporter [wɛðɚ][rɪpɔrtɚ] n. 氣象播報員
- wedding planner [ˈwɛdɪŋ][ˈplænɚ] n. 婚禮統籌
- witch [wɪtʃ] n. 女巫；巫婆
- witch doctor [wɪtʃ][ˈdɑktɚ] n. 巫醫
- wizard [ˈwɪzɚd] n. 巫師
- work-shy [ˈwɝkˌʃaɪ] a. 怕工作的，不願工作的

〔美容與按摩〕

- barber [ˈbɑrbɚ] n.（服務男性的）理髮師
- beautician [bjʊˈtɪʃən] n. 美容師
- funeral makeup artist [ˈfjunərəl][ˈmekˌʌp][ˈɑrtɪst] n. 大體化妝師
- hairdresser [ˈhɛrˌdrɛsɚ], stylist [ˈstaɪlɪst] n. 髮型設計師
- makeup artist [ˈmekˌʌp][ˈɑrtɪst] n. 化妝師
- manicurist [ˈmænɪˌkjʊrɪst] n. 美甲師
- massage therapist [məˈsɑʒ][ˈθɛrəpɪst] n. 按摩師

〔藝術與設計〕

- animator [ˈænɪˌmetɚ] n. 動畫師
- artist [ˈɑrtɪst] n. 藝術家
- cartoonist [kɑrˈtunɪst] n. 漫畫家
- cellist [ˈtʃɛlɪst] n. 大提琴家
- composer [kəmˈpozɚ] n. 作曲家
- costume designer [ˈkɑsˌtum][dɪˈzaɪnɚ] n. 劇場服裝設計師
- dancer [ˈdænsɚ] n. 舞者
- designer [dɪˈzaɪnɚ] n. 設計師
- fashion design [ˈfæʃən][dɪˈzaɪn] n. 時尚設計
- filmmaker [ˈfɪlmˌmekɚ] n. 電影工作者
- graphic designer [ˈgræfɪk][dɪˈzaɪnɚ] n. 平面設計師
- illustrator [ˈɪləsˌtretɚ] n. 插畫家
- interior designer [ɪnˈtɪrɪɚ][dɪˈzaɪnɚ] n. 室內設計師
- jewelry designer [ˈdʒuəlrɪ][dɪˈzaɪnɚ] n. 珠寶設計師
- musician [mjuˈzɪʃən] n. 音樂家
- novelist [ˈnɑvl̩ɪst] n. 小說家
- painter [ˈpentɚ] n. 畫家；油漆工
- photographer [fəˈtɑgrəfɚ] n. 攝影師
- pianist [pɪˈænɪst] n. 鋼琴家
- playwright [ˈpleˌraɪt] n. 劇作家
- poet [ˈpoɪt] n. 詩人
- screenwriter [ˈskrinˌraɪtɚ], scriptwriter [ˈskrɪptˌraɪtɚ] n. 電影編劇；電視節目腳本編劇
- sculptor [ˈskʌlptɚ] n. 雕塑家
- violinist [ˌvaɪəˈlɪnɪst] n. 小提琴家
- writer [ˈraɪtɚ] n. 作家

〔傳播與娛樂〕

- actor [ˈæktɚ] n. 男演員
- actress [ˈæktrɪs] n. 女演員
- busker [ˈbʌskɚ] n. 街頭藝人
- columnist [ˈkɑləmɪst] n. 專欄作家
- comedian [kəˈmidɪən] n. 喜劇演員；搞笑藝人
- disc jockey (DJ) [dɪsk][dʒɑkɪ] n. 電台流行音樂主持人；舞廳DJ
- entertainer [ˌɛntɚˈtenɚ] n. 演藝人員
- journalist [ˈdʒɝnəlɪst] n.（尤指平面媒體）記者
- magician [məˈdʒɪʃən] n. 魔術師
- model [ˈmɑdḷ] n. 模特兒
- news anchor [njuz][ˈæŋkɚ] n. 新聞主播
- pornographic actor [ˌpɔrnəˈɡræfɪk][ˈæktɚ] / pornographic actress [ˌpɔrnəˈɡræfɪk] [ˈæktrɪs] n. A片演員
- promotional model [prəˈmoʃənḷ][ˈmɑdḷ], show girl [ʃo] [ɡɝl] n. 展場模特兒
- shot girl [ʃɑt] [ɡɝl] n. 酒促小姐
- showgirl [ˈʃoˌɡɝl] n. 艷舞女郎
- singer [ˈsɪndʒɚ] n. 歌手
- stunt performer [stʌnt][pɚˈfɔrmɚ] n. 特技演員
- voice actor [vɔɪs][ˈæktɚ] n. 男聲優
- voice actress [vɔɪs][ˈæktrɪs] n. 女聲優

〔建築與房地產〕

- architect [ˈɑrkəˌtɛkt] n. 建築師
- civil engineer [ˈsɪvḷ] [ˌɛndʒəˈnɪr] n. 土木工程師
- construction [kənˈstrʌkʃən] n. 建築工程業
- construction worker [kənˈstrʌkʃən] [ˈwɝkɚ] n. 建築工人
- property developer [ˈprɑpɚtɪ][dɪˈvɛləpɚ] n. 地產開發商
- real estate agent [ˈriəl][ɪsˈtet][ˈedʒənt] n. 房地產仲介

〔金融與保險〕

- actuary [ˈæktʃʊˌɛrɪ] n. 精算師
- banker [ˈbæŋkɚ] n. 銀行家；銀行業者
- banking [ˈbæŋkɪŋ] n. 銀行業
- finance [faɪˈnæns] n. 金融
- financial consultant [faɪˈnænʃəḷ] [kənˈsʌḷtənt] n. 理財顧問
- insurance [ɪnˈʃʊrəns] n. 保險業
- insurance broker [ɪnˈʃʊrəns][ˈbrokɚ] n. 保險經紀人
- securities industry [sɪˈkjʊrətɪs][ˈɪndəstrɪ] n. 證券業
- stockbroker [ˈstɑkˌbrokɚ] n. 證券經紀人
- wealth management [wɛlθ][ˈmænɪdʒmənt] n. 財富管理

〔法律與政治〕

- jury [ˈdʒʊrɪ] n. 陪審團
- lawyer [ˈlɔjɚ] n. 律師
- politician [ˌpɑləˈtɪʃən] n. 政治家；政客

〔軍警與保全〕

- air force [ɛr] [fors] n. 空軍
- army [ˈɑrmɪ] n. 陸軍
- bodyguard [ˈbɑdɪˌɡɑrd] n. 保鏢

- caretaker [ˈkɛrˌtekɚ] n. 大樓管理員
- detective [dɪˈtɛktɪv] n. 偵探
- mercenary [ˈmɝsn̩ˌɛrɪ] n. 傭兵
- navy [ˈnevɪ] n. 海軍
- police officer [pəˈlis][ˈɔfəsɚ] n. 警官
- security [sɪˈkjʊrətɪ] n. 保全
- soldier [ˈsoldʒɚ] n. 軍人

〔科技與電腦〕

- astronaut [ˈæstrəˌnɔt] n. 太空人
- electrical engineer [ɪˈlɛktrɪkl̩][ˌɛndʒəˈnɪr] n. 電機工程師
- electronics engineer [ɪlɛkˈtrɑnɪks] [ˌɛndʒəˈnɪr] n. 電子工程師
- game designer [gem] [dɪˈzaɪnɚ] n. 遊戲設計師
- hardware engineer [ˈhɑrdˌwɛr][ˌɛndʒəˈnɪr] n. 電腦硬體工程師
- mechanic engineer [məˈkænɪk][ˌɛndʒəˈnɪr] n. 機械工程師
- programmer [ˈprogræmɚ] n. 程式設計師
- software development [ˈsɔftˌwɛr] [dɪˈvɛləpmənt] n. 軟體開發
- software engineer [ˈsɔftˌwɛr][ˌɛndʒəˈnɪr] n. 軟體工程師
- technology [tɛkˈnɑlədʒɪ] n. 科技

〔保健與醫療〕

- aromatherapist [əˌroməˈθɛrəpɪst] n. 芳療師
- babysitter [ˈbebɪsɪtɚ] n. 臨時保母
- care worker [kɛr][ˈwɝkɚ] n. 護理員
- dentist [ˈdɛntɪst] n. 牙醫
- doctor [ˈdɑktɚ] n. 醫師
- doula [ˈdulɑ] n. 陪產士
- hypnotist [ˈhɪpnətɪst] n. 催眠師
- medicine [ˈmɛdəsn̩] n. 醫藥、醫學
- midwife [ˈmɪdˌwaɪf] n. 助產士
- nurse [nɝs] n. 護士；看護；保母
- nursing ['nɝsɪŋ] n. 看護工作；護理工作
- optometrist [ɑpˈtɑmətrɪst] n. 驗光師
- osteopath [ˈɑstɪəˌpæθ] n. 整脊師
- pharmacist [ˈfɑrməsɪst] n. 藥劑師
- physician [fɪˈzɪʃən] n. 內科醫師
- physiotherapist [ˌfɪzɪoˈθɛrəpɪst] n. 物理治療師
- psychiatrist [saɪˈkaɪətrɪst] n. 精神科醫師
- radiologist [ˌredɪˈɑlədʒɪst] n. 放射師
- surgeon [ˈsɝdʒən] n. 外科醫師
- veterinarian [ˌvɛtərəˈnɛrɪən] n. 獸醫

〔運動、競賽、健身〕

- athlete [ˈæθlit] n. 運動員
- boxer [ˈbɑksɚ] n. 拳擊手
- fitness trainer [ˈfɪtnɪs][ˈtrenɚ], gym trainer [dʒɪm][ˈtrenɚ] n. 健身教練
- go professional [go][prəˈfɛʃənl̩] n. 職業圍棋棋士
- golfer [ˈgɑlfɚ] n. 高爾夫球手
- jockey [ˈdʒɑkɪ] n. 職業騎師
- wrestler [ˈrɛslɚ] n. 摔角手
- yoga instructor [ˈjogə][ɪnˈstrʌktɚ] n. 瑜伽老師

〔運輸與物流〕

- bus driver [bʌs] [ˈdraɪvɚ] n. 公車司機
- chauffeur [ˈʃofɚ] n. 私家司機
- courier [ˈkʊrɪɚ] n. 快遞
- delivery man [dɪˈlɪvərɪ][mæn] n. 送貨員
- dump track driver [dʌmp][træk][ˈdraɪvɚ] n. 砂石車司機
- flight attendant [flaɪt][əˈtɛndənt] n. 空服員
- logistics [loˈdʒɪstɪks] n. 物流業
- pilot [ˈpaɪlət] n. 飛行員
- shipping [ˈʃɪpɪŋ] n. 貨運業
- taxi driver [ˈtæksɪ][ˈdraɪvɚ] n. 計程車司機
- transportation [ˌtrænspɚˈteʃən] n. 運輸業

〔餐飲與服務〕

- chef [ʃɛf] n. 廚師
- cook [kʊk] n. 廚子
- dishwasher [ˈdɪʃˌwɑʃɚ] n. 洗碗工

字辨

chef 與 cook

chef：受過專業訓練的餐廳專業廚師。

cook：在家或餐館煮菜的廚子，或在大餐廳廚房裡備料切菜的低階廚師。

- restaurant [ˈrɛstərənt] n. 餐飲業
- service [ˈsɝvɪs] n. 服務業
- career coach [kəˈrɪr][kotʃ] n. 職涯諮詢師
- consulting [kənˈsʌltɪŋ] n. 諮詢，顧問

〔公職與神職〕

- civil servant [ˈsɪvl̩][ˈsɝvənt] n. 公務員
- clergy [ˈklɝdʒɪ] n. 神職人員
- exorcist [ˈɛksɔrsɪst] n. 驅魔師
- fire fighter [faɪr][ˈfaɪtɚ], fireman [ˈfaɪrmən] n. 消防隊員
- government service [ˈgʌvɚnmənt][ˈsɝvɪs] n. 公職
- government official [ˈgʌvɚnmənt][əˈfɪʃəl] n. 公務員
- postman [ˈpostmən] n. 郵差

〔非法〕

- bouncer [ˈbaʊnsɚ] n.（酒店、舞廳門口的）圍事
- debt collector [dɛt][kəˈlɛktɚ] n. 討債公司
- drug dealer [drʌg]][ˈdilɚ] n. 藥頭
- gambler [ˈgæmbl̩ɚ] n. 賭徒
- killer [ˈkɪlɚ] n. 殺手
- loan shark [lon][ˈʃɑrk] n. 放高利貸的人
- mafia [ˈmɑfjə] n. 黑手黨
- muscleman [ˈmʌslmən] n. 打手
- pimp [pɪmp] n. 皮條客
- pirate [ˈpaɪrət] n. 海盜
- prostitute [ˈprɑstəˌtjut] n. 妓女
- scammer [ˈskæmɚ] n. 詐騙分子
- smuggler [ˈsmʌglɚ] n. 走私者
- thief [θif] n. 竊賊

★職稱★

〔一般公司〕

- accountant [əˈkaʊntənt] n. 會計；會計師
- administrative assistant [ədˈmɪnəˌstretɪv] [əˈsɪstənt] n. 行政助理
- administrative staff [ədˈmɪnəˌstretɪv][stæf] n. 行政人員
- advisor [ədˈvaɪzɚ] n. 顧問
- agent [ˈedʒənt] n. 代理人；代理商
- assistant [əˈsɪstənt] n. 助理
- assistant manager [əˈsɪstənt][ˈmænɪdʒɚ] n. 副理
- building contractor [ˈbɪldɪŋ][ˈkɑntræktɚ] n. 承包商
- buyer [ˈbaɪɚ] n. 採購員
- career [kəˈrɪr] n. 生涯
- chairperson [ˈtʃɛrˌpɝsn̩] n. 主席；董事長
- chief [tʃif] n. 主任；課長；組長；科長
- chief executive officer (CEO) [tʃif] [ɪgˈzɛkjʊtɪv] [ˈɔfəsɚ] n. 執行長

字辨

advisor 與 consultant

advisor：具有不同領域知識、能給予較廣泛或具前瞻性建議的人，通常是了解公司發展方針而長期擔任其顧問的人。另論文指導教授用 **thesis advisor** 稱呼。

consultant：指專門針對某個問題或任務提出解決方案的人，通常為公司為短期需求而尋求其建議的人。

- chief financial officer (CFO) [tʃif] [faɪˈnænʃəl][ˈɔfəsɚ] n. 財務長
- cleaner [ˈklinɚ] n. 清潔人員
- consultant [kənˈsʌltənt] n. 顧問
- contractor [ˈkɑntræktɚ] n. 約聘人員
- coordinator [koˈɔrdn̩ˌetɚ] n. 專員
- customer service representative [ˈkʌstəmɚ] [ˈsɝvɪs] [rɛprɪˈzɛntətɪv] n. 客服人員
- director [dəˈrɛktɚ] n. 導演；總監；主任；廠長
- distributor [dɪˈstrɪbjətɚ] n. 經銷商
- export manager [ɪksˈport][ˈmænɪdʒɚ] n. 出口部經理
- export sales executive [ɪksˈport] [selz] [ɪgˈzɛkjʊtɪv] n. 外銷部人員
- general manager [ˈdʒɛnərəl][ˈmænɪdʒɚ] n. 總經理
- general affairs staff [ˈdʒɛnərəl][əˈfɛrz] [stæf] n. 總務人員，庶務人員
- import manager [ɪmˈport][ˈmænɪdʒɚ] n. 進口部經理
- janitor [ˈdʒænɪtɚ] n. 工友
- job [dʒɑb] n. 工作，職務
- maintenance engineer [ˈmentənəns] [ˌɛndʒəˈnɪr] n. 維修工程師
- management trainee [ˈmænɪdʒmənt] [treˈni] n. 儲備幹部
- marketing executive [ˈmɑrkɪtɪŋ] [ɪgˈzɛkjʊtɪv] n. 行銷專員
- manager [ˈmænɪdʒɚ] n. 經理
- office boy [ˈɔfɪs][bɔɪ] n. 辦公室小弟
- office clerk [ˈɔfɪs][klɝk] n. 職員
- operator [ˈɑpəˌretɚ] n. 總機

字辨

job 與 work

job：指為了賺錢而從事的工作，為可數名詞，例如：I have two jobs – a full-time day job and a part-time night job.（我有兩份工作，一份全職的日間工作和一份兼職的夜間工作）。

work：可指「工作」的抽象概念，例如：It's work, not play.（這是工作，不是玩耍）、I'm at work.（我正在工作）。也可指「職責」或「職務」，例如：I still have work to do.（我還有職責在身）、My work is to help clients reach their goals.（我的職責是幫助客戶達到目標），還可指工作的成果，即「作品」，例如：It's her latest work.（這是她的最新作品）。work 是不可數名詞，另也可當動詞用，例如：I work as an analyst.（我的工作是分析師）。

- part-timer [ˈpɑrtˌtaɪmɚ] n. 工讀生
- personnel staff [ˌpɝsn̩ˈɛl][stæf] n. 人事部職員
- planner [ˈplænɚ] n. 企畫
- president [ˈprɛzədənt] n. 總裁；社長；總統；大學校長
- private secretary [ˈpraɪvɪt][ˈsɛkrəˌtɛrɪ] n. 私人祕書
- probationer [prəˈbeʃənɚ] n. 試用人員
- product manager [ˈprɑdəkt][ˈmænɪdʒɚ] n. 產品經理
- product planning specialist [ˈprɑdəkt][ˈplænɪŋ][ˈspɛʃəlɪst] n. 產品企畫專員
- project manager [prəˈdʒɛkt][ˈmænɪdʒɚ] n. 專案經理
- project staff [prəˈdʒɛkt][stæf] n. 專案執行人員
- public relations manager [ˈpʌblɪk][rɪˈleʃənz] [ˈmænɪdʒɚ] n. 公關經理
- publicist [ˈpʌblɪsɪst] n. 宣傳人員，公關人員
- purchasing manager [ˈpɝtʃesɪŋ] [ˈmænɪdʒɚ] n. 採購經理
- purchasing agent [ˈpɝtʃesɪŋ][ˈedʒənt] n. 採購專員
- receptionist [rɪˈsɛpʃənɪst] n. 櫃台人員，接待員
- research assistant [rɪˈsɝtʃ][əˈsɪstənt] n. 研究助理
- researcher [riˈsɝtʃɚ] n. 研究員
- sales assistant [selz][əˈsɪstənt] n. 業務助理
- sales executive[selz][ɪgˈzɛkjʊtɪv], salesperson [ˈselzˌpɚsn̩] n. 業務
- secretary [ˈsɛkrəˌtɛrɪ] n. 祕書
- security guard [sɪˈkjʊrətɪ][gɑrd] n. 警衛，保全人員
- senior [ˈsinjɚ] a. 資深的
- social media coordinator [ˈsoʃəl][ˈmidɪə] [koˈɔrdn̩ˌetɚ] n. 社交媒體專員
- social media editor [ˈsoʃəl][ˈmidɪə][ˈɛdɪtɚ] n. 社群編輯
- special assistant [ˈspɛʃəl][əˈsɪstənt] n. 特別助理
- spokesperson [ˈspoksˌpɝsn̩] n. 代言人
- staff [stæf] n. 職員，部屬
- telephone interviewer [ˈtɛləˌfon] [ˈɪntɚvjuɚ] n. 電訪員

- temp [ˈtɛmp] n. 派遣人員；臨時雇員
- vice president [vaɪs][ˈprɛzədənt] n. 副總裁；副社長；副總統
- volunteer [ˌvɑlənˈtɪr] n. 志工
- warehouse associate [ˈwɛrˌhaʊs][əˈsoʃɪˌet] n. 倉管人員
- web developer [wɛb][dɪˈvɛləpɚ] n. 網頁開發者
- webmaster ['wɛb,mæstɚ] n. 網站管理員
- wholesaler [ˈholˌselɚ] n. 批發商；大盤商；中盤商
- work [wɝk] n. 工作；職責；職務

〔店舖〕

- cashier [kæˈʃɪr] n. 收銀員；出納
- checker [ˈtʃɛkɚ] n. 收銀員
- clerk [klɝk] n. 店員；書記員
- salesman [ˈselzmən] n. 男推銷員；男售貨員
- salesperson [ˈselzˌpɝsn̩] n. 售貨員，店員
- saleswoman [ˈselzˌwʊmən] n. 女售貨員；專櫃小姐
- shopkeeper [ˈʃɑpˌkipɚ] n. 店老闆

〔工廠〕

- assembler [əˈsɛmblɚ] n. 裝配工
- director [dəˈrɛktɚ] n. 主任；廠長
- foreman [ˈformən], forewoman [ˈforˌwʊmən] n. 工頭，領班
- gatekeeper [ˈgetˌkipɚ] n. 大門警衛；看門人
- machinist [məˈʃinɪst] n. 機床技工；機械工
- mechanic [məˈkænɪk] n. 技工；機械工
- night shift [naɪt][ʃɪft] n. 值夜班的人
- operator [ˈɑpəˌretɚ] n. 作業員；操作員
- supervisor [ˌsupɚˈvaɪzɚ] n. 監事；主任
- technician [tɛkˈnɪʃən] n. 技術員
- welder [ˈwɛldɚ] n. 焊工

〔餐廳、酒吧〕

- attendant [əˈtɛndənt] a. 服務生，接待員
- barkeeper [ˈbɑrˌkipɚ] n. 酒店業者，酒吧店主
- barmaid [ˈbɑrˌmed] n. 酒吧女侍
- bartender [ˈbɑrˌtɛndɚ] n. 酒保
- busboy [ˈbʌsˌbɔɪ] n. 倒茶或收碗盤的侍者
- waiter [ˈwetɚ] n. 侍者，服務生
- waitress [ˈwetrɪs] n. 女侍，女服務生

〔神職〕

- abbess [ˈæbɪs] n. 女修道院院長；女住持
- abbot [ˈæbət] n. 大修道院院長；住持
- bishop [ˈbɪʃəp] n. 主教
- father [ˈfɑðɚ] n.（稱呼）神父
- missionary [ˈmɪʃənˌɛrɪ] n. 傳教士
- pastor [ˈpæstɚ] n. 牧師
- priest [prist] n. 神父
- sister [ˈsɪstɚ] n.（稱呼）修女

〔公職〕

- ambassador [æmˈbæsədɚ] n. 大使
- bailiff [ˈbelɪf] n. 法警
- coroner [ˈkɔrənɚ] n. 驗屍官

- customs officer [ˈkʌstəmz][ˈɔfəsɚ] n. 海關官員
- diplomat [ˈdɪpləmæt] n. 外交官
- envoy [ˈɛnvɔɪ] n. 公使，使節
- executioner [ˌɛksɪˈkjuʃənɚ] n. 死刑執行人
- governor [ˈɡʌvɚnɚ] n.（美國）州長
- jailor [ˈdʒelɚ] n. 獄卒
- legislator [ˈlɛdʒɪsˌletɚ] n. 立法委員
- magistrate [ˈmædʒɪsˌtret] n. 縣長；（有行政及司法權的）長官
- mayor [ˈmeɚ] n. 市長
- postal clerk [ˈpostl̩][klɝk] n. 郵政人員
- senator [ˈsɛnətɚ] n. 參議員
- sheriff [ˈʃɛrɪf] n.（美）治安官；警長
- warden [ˈwɔrdn̩] n. 典獄長

〔法律〕

- attorney [əˈtɝnɪ] n. 辯護律師；委託代理人
- counselor [ˈkaʊnsl̩ɚ] n. 法律顧問；律師；學校諮商員；心理諮詢師
- judge [dʒʌdʒ] n. 法官
- prosecutor [ˈprɑsɪˌkjutɚ] n. 檢察官

〔金融與保險〕

- adjuster [əˈdʒʌstɚ] n. 理賠人員
- analyst [ˈænl̩ɪst] n. 分析師
- auditor [ˈɔdɪtɚ] n. 稽核員
- bank teller [bæŋk][ˈtɛlɚ] n. 銀行櫃台人員
- bank manager [bæŋk][ˈmænɪdʒɚ] n. 銀行經理
- bond trader [bæŋk][ˈtredɚ] n. 證券交易員
- investment advisor [ɪnˈvɛstmənt][ədˈvaɪzɚ] n. 投資顧問

〔傳播與娛樂〕

- announcer [əˈnaʊnsɚ] n. 新聞播報員
- art designer [ɑrt] [dɪˈzaɪnɚ] n. 美術編輯；美工人員
- cameraman [ˈkæmərəˌmæn] n.（電視或電影的）攝影師
- copywriter [ˈkɑpɪˌraɪtɚ] n. 廣告文案撰稿人
- correspondent [ˌkɔrɪˈspɑndənt] n.（在現場報導的）通訊記者
- editor [ˈɛdɪtɚ] n. 編輯；剪接
- emcee [ˈɛmˈsi] n. 電視節目主持人
- producer [prəˈdjusɚ] n. 製作人
- reporter [rɪˈportɚ] n. 新聞記者
- shopping channel host [ˈʃɑpɪŋ][ˈtʃænl̩][host] n. 購物頻道主持人

〔藝術〕

- art director [ɑrt][dəˈrɛktɚ] n. 美術指導
- curator [kjʊˈretɚ] n. 策展人
- museum docent [mjuˈzɪəm][ˈdosn̩t] n. 博物館導覽
- stage manager [stedʒ][ˈmænɪdʒɚ] n. 舞台經理
- stagehand [ˈstedʒˌhænd] n. 舞台工作人員

〔軍事〕

- bomber [ˈbɑmɚ] n. 投彈手，槍砲手
- commander [kəˈmændɚ] n. 指揮官，司令
- general [ˈdʒɛnərəl] n. 將軍

- gunner [ˈgʌnɚ] n. 砲手，射擊手
- infantry [ˈɪnfəntrɪ] n. 步兵（部隊）
- reservist [rɪˈzɝvɪst] n. 後備軍人
- seaman [ˈsimən] n. 水兵
- secret agent [ˈsikrɪt][ˈedʒənt] n. 情報人員，特務
- sentinel [ˈsɛntənḷ] n. 哨兵
- sniper [ˈsnaɪpɚ] n. 狙擊手
- spy [spaɪ] n. 間諜

〔運輸〕

- captain [ˈkæptɪn] n. 船長；機長
- conductor [kənˈdʌktɚ] n. 車掌；列車長
- ground staff [graʊnd][stæf] n.（機場）地勤人員
- lineman [ˈlaɪnmən] n.（鐵）養路工；（電）架線工人
- motorman [ˈmotɚmən] n. 電車司機
- station master [ˈsteʃən][ˈmæstɚ] n.（車站）站長
- station staff [ˈsteʃən][stæf] n.（車站）站務員
- ticket inspector [ˈtɪkɪt][ɪnˈspɛktɚ] n. 剪票員
- ticketing clerk [ˈtɪkɪtɪŋ][klɝk] n. 售票員
- train staff [tren][stæf] n.（火車廂）乘務員

〔保健與醫療〕

- charge nurse [tʃɑrdʒ][nɝs] n. 護士長
- dental assistant [ˈdɛntḷ][əˈsɪstənt] n. 牙醫助理
- dietitian [ˌdaɪəˈtɪʃən] n. 營養師
- doctor [ˈdɑktɚ] n. 醫師
- intern [ɪnˈtɝn] n. 實習醫師
- medical officer [ˈmɛdɪkḷ][ˈɔfəsɚ] n. 軍醫
- nurse [nɝs] n. 護士；看護；保母
- paramedic [ˌpærəˈmɛdɪk] n. 急救醫護人員

〔工程〕

- drafter [ˈdræftɚ] n.製圖員
- surveyor [səˈveɚ] n. 測量員，勘測員

〔教育〕

- coach [kotʃ] n. 教練
- dean [din] n. 系主任、學院院長
- headmaster [ˈhɛdˈmæstɚ], headmistress [ˈhɛdˈmɪstrɪs], principal [ˈprɪnsəpḷ] n.（小學、中學）校長
- inspector [ɪnˈspɛktɚ] n. 督學
- lecturer [ˈlɛktʃərɚ] n. 講師
- lunch lady [lʌntʃ][ˈledɪ] n. 學校餐廳煮飯阿姨
- matron [ˈmetrən] n. 女舍監；女總管
- professor [prəˈfɛsɚ] n. 教授
- registrar [ˈrɛdʒɪˌstrɑr] n. 教務主任

〔飯店、旅遊〕

- desk clerk [dɛsk][klɝk] n. 飯店櫃台人員
- porter [ˈportɚ] n. 行李員
- tour guide [tʊr][gaɪd] n. 導遊
- valet [ˈvælɪt] n. 泊車小弟

〔運動、競賽〕

- caddy [ˈkædɪ] n. 桿弟
- judge [dʒʌdʒ] n.（運動比賽中決定評分的）評審
- lifeguard [ˈlaɪfˌgɑrd] n. 救生員
- referee [ˌrɛfəˈri] n.（運動比賽的）裁判
- umpire [ˈʌmpaɪr] n.（運動比賽的）裁判

字辨

referee 與 umpire

referee：籃球、足球、曲棍球等運動比賽中的裁判，通常會隨著球員移動，以檢視球員是否有違規。

umpire：棒球、網球、壘球等運動比賽中的裁判，通常是站固定位置，不會隨著球員移動。

延伸例句

▸▸▸ I go to work at 7 A.M. and got off at 6 P.M..
我七點上班，六點下班。

▸▸▸ How do Internet celebrities make money?
網紅們是如何賺錢的？

▸▸▸ The nurse was tired out after her 12-hour shift.
那位護士值完十二小時的班後累壞了。

▸▸▸ It is illegal to contact employees after work hours.
工時結束後聯絡員工是違法的。

▸▸▸ The employment agency helps job seekers find employment.
職業介紹所幫助求職者找到工作。

▸▸▸ He has been active in his profession as an educator.
做為一位教育家，他在專業領域一直很活躍。

▸▸▸ She is one of the senior strategic advisors to the CEO.
她是執行長的一位資深策略顧問。

▸▸▸ I quit my job to start my own business.
我離職自立門戶。

▸▸▸ He is a scientist-turned-artist.
他本來是科學家，現在是藝術家。

▸▸▸ You'll need these skills to transfer to office work.
你需要有這些技能，才能轉到辦公室工作。

▸▸▸ Bob Dylan is an icon of the 1960s.
巴布·狄倫是一九六〇年代的代表人物。

▸▸▸ The landlord asked the two tenants to move out.
房東請那兩位房客搬出去。

▸▸▸ Most of the northerners walk fast.
北部人大多走路很快。

▸▸▸ Trump is a novice at politics.
川普是政壇新人。

▸▸▸ I'm out of work due to health reasons.
由於健康問題，我失業了。

三、身分角色：我是誰？我在哪裡？／人生歷程

情境對話

Tom：Who is the boy in the picture?
照片裡的男孩是誰？

Grandma：He's your father when he was in junior high.
他是你父親，那時念國中。

Tom：Then the baby you held in your arms must've been his youngest brother.
那你抱在懷裡的嬰兒一定就是他的么弟了。

Grandma：Yes, and the middle-aged man behind us was your grandfather.
對，我們後面的中年男子則是你爺爺。

Tom：What was my father like when he was a teenager?
我父親青少年時是什麼樣子？

Grandma：He looked much older than other children of his age, and had a girlfriend two years older than him.
他看起來比同年齡的孩子老得多，還交了一個大他兩歲的女友。

Tom：I never heard this. Then what happened?
我都沒聽過這件事，然後呢？

Grandma：The girl went abroad to study after she graduated from senior high school. 那個女孩高中畢業後就去國外留學了。

Tom：Oh, poor lad! Did my parents met when they worked in the same company? 噢，可憐的小子！我爸媽是在同一間公司上班時相遇的嗎？

Grandma：Actually, they attended the same college at the same time, but didn't know each other.
其實他們在同一個時期上同一所大學，只是互不相識。

Tom：Well, I guess fate brought them together.
嗯，我想命運還是讓他們在一起了。

字彙

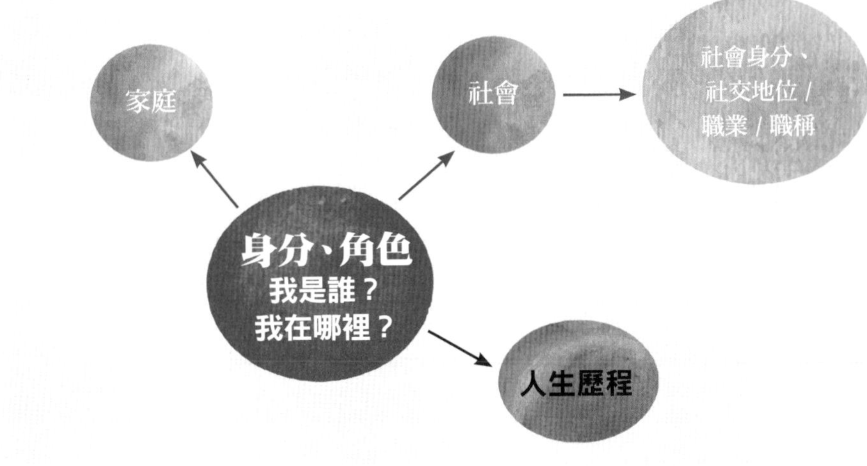

★人生★

- brotherhood [ˈbrʌðɚˌhʊd] n. 兄弟之情，兄弟關係
- brotherly [ˈbrʌðɚlɪ] a. 兄弟的
- child abuse [tʃaɪld][tʃaɪld] n. 虐待兒童
- course of life [kors][ɑv][laɪf] n. 人生之路
- domestic violence [dəˈmɛstɪk][ˈvaɪələns] n. 家暴
- existence [ɪgˈzɪstəns] n. 存在
- family education [ˈfæməlɪ][ˌɛdʒʊˈkeʃən] n. 家庭教育
- fatherless [ˈfɑðɚlɪs] a. 無父的；父不詳的
- firstborn [ˈfɝstˈbɔrn] a. 頭胎的 n. 長子，長女
- generation [ˌdʒɛnəˈreʃən] n. 世代
- growth [groθ] n. 生長過程
- immature [ˌɪməˈtjʊr] a. 不成熟的
- individual [ˌɪndəˈvɪdʒʊəl] n. 個人；個體
- inner life [ˈɪnɚ][laɪf] n. 內心生活
- interpersonal relationship [ˌɪntɚˈpɝsənḷ][rɪˈleʃənˈʃɪp] n. 人際關係
- journey [ˈdʒɝnɪ] n. 旅程
- libido [ləˈbido] n. 性慾
- life [laɪf] n. 生命；人生；生活
- lifestyle [ˈlaɪfˌstaɪl] n. 生活方式
- lifetime [ˈlaɪfˌtaɪm] n. 一生
- livelihood [ˈlaɪvlɪˌhʊd] n. 生計
- living [ˈlɪvɪŋ] a. 活著的，在世的
- love life [lʌv][laɪf] n. 愛情生活
- maturation [ˌmætʃʊˈreʃən] n. 成熟過程

- mature [məˈtjʊr] a. 成熟的
- maturity [məˈtjʊrətɪ] n. 成熟
- motherless [ˈmʌðɚlɪs] a. 無母的
- motherly [ˈmʌðɚlɪ] a. 母親般的
- outer world [ˈaʊtɚ][wɝld] n. 外界
- over-age [ˈovərɪdʒ] a. 超齡的，過老的
- self-actualization [ˌsɛlfæktʃʊəlɪˈzeʃən] n. 自我實現
- sick [sɪk] a. 生病的
- sickness [ˈsɪknɪs] n. 生病；疾病
- sisterhood [ˈsɪstɚhʊd] n. 姊妹之情，姊妹關係
- sisterly [ˈsɪstɚlɪ] a.姊妹的
- socialization [ˌsoʃələˈzeʃən] n. 社會化
- society [səˈsaɪətɪ] n. 社會
- spitting image [spɪtɪŋ][ˈɪmɪdʒ] n. 酷似；酷似的人
- stages of life [stedʒz][ɑv][laɪf] n. 人生各階段
- survival [sɚˈvaɪvḷ] n. 存活
- unique [juˈnik] a. 獨一無二的
- vicissitudes [vəˈsɪsəˌtjudz] n. 變遷，浮沉，盛衰

★嬰幼兒★

- baby [ˈbebɪ] n. 嬰孩
- baby talk [ˈbebɪ][tɔk] n. 嬰兒牙牙學語聲
- babyhood [ˈbebɪˌhʊd] n. 嬰兒時期
- birth [bɝθ] n. 出生
- birthday [ˈbɝθˌde] n. 生日
- childbirth [ˈtʃaɪldˌbɝθ] n. 生產
- conceive [kənˈsiv] v. 懷胎，懷孕
- conception [kənˈsɛpʃən] n. 懷胎
- day care center [de][kɛr][ˈsɛntɚ] n. 托兒所
- dependent [dɪˈpɛndənt] a. 無法獨立的，需要照顧的
- development [dɪˈvɛləpmənt] n. 發育，成長
- egg [ɛg] n. 卵子
- embryo [ˈɛmbrɪˌo] n. 胚胎
- fertilized egg [ˈfɝtḷˌaɪzd][ɛg] n. 受精卵
- fertilize [ˈfɝtḷˌaɪz] v. 使受精
- fetus [ˈfitəs] n. 胎兒
- infancy [ˈɪnfənsɪ] n. 嬰兒時期，幼年
- infant [ˈɪnfənt] n. 嬰兒
- labor [ˈlebɚ] n. 分娩
- multiple birth [ˈmʌltəpḷ][bɝθ] n. 多胎產
- newborn [ˈnjuˌbɔrn] a. 新生的 n. 新生兒
- pre-verbal [ˌpriˈvɚbl] a. 會說話之前的
- preemie [ˈprimɪ] n.（口）早產兒
- pregnancy [ˈprɛgnənsɪ] n. 懷孕
- premature [ˌpriməˈtjʊr] a. 早產的；未成熟的
- Siamese twin [ˌsaɪəˈmiz][twɪn] n. 連體雙胞胎之一
- sperm [spɝm] n. 精子、精液
- stillbirth [ˈstɪlˌbɝθ] n. 死胎
- stillborn [ˈstɪlˌbɔrn] a. 死產的
- test tube baby [tɛst][tjub][ˈbebɪ] n. 試管嬰兒
- toddle [ˈtɑdḷ] v. 搖搖晃晃地學步，蹣跚
- toddler [ˈtɑdlɚ] n. 初學步的小孩
- tot [tɑt] n. 小孩
- triplet [ˈtrɪplɪt] n. 三胞胎之一

- twin [twɪn] n. 雙胞胎之一
- unborn [ʌnˈbɔrn] a. 未出世的

★孩童★

- bring up [brɪŋ][ʌp] v. 撫育
- child [tʃaɪld] n. 孩童
- childhood [ˈtʃaɪldˌhʊd] n. 童年
- childish [ˈtʃaɪldɪʃ] a. 童年的；孩子氣的
- early years [ˈɝlɪ][jɪrz] n. 早年
- elementary school [ˌɛləˈmɛntərɪ][skul] n. 小學
- grow up [gro][ʌp] v. 長大
- kindergarten [ˈkɪndɚˌgɑrtn̩] n. 幼稚園
- orphan [ˈɔrfən] n. 孤兒 v. 使成孤兒
- orphanage [ˈɔrfənɪdʒ] n. 孤兒院；孤兒身分
- prepubescent [ˌpripjuˈbɛsənt] a.青春期前的
- preschooler [ˌpriˈskulɚ] n. 學齡前兒童
- preteen [ˈpriˈtin] a., n. 未滿十三歲的孩子
- raise [rez] v. 養育
- schoolchild [ˈskulˌtʃaɪld] n. 學童，小學生
- school days [skul][dez] n. 求學時期
- schooling [ˈskulɪŋ] n. 學校教育
- screenager [ˈskrinedʒɚ] n.著迷螢幕的世代
- tween [twin] n. 八到十二歲的小孩

★青少年★

- adolescence [ædl̩ˈɛsn̩s] n. 青少年時期；青春
- boyhood [ˈbɔɪhʊd] n. 少年時期
- compulsory education [kəmˈpʌlsərɪ][ˌɛdʒʊˈkeʃən] n. 義務教育
- girlhood [ˈgɝlhʊd] n. 少女時期
- junior high school [ˈdʒunjɚ][haɪ][skul] n. 國中
- lad [læd] n. 男孩，年輕人
- lass [læs] n. 女孩，年輕女性
- puberty [ˈpjubɚtɪ] n. 青春期

> **字辨**
>
> **adolescence 與 puberty**
>
> **dolescence**：指人的身心從孩童轉變為成人的時期，即孩童時期（childhood）與成人時期（adulthood）的過渡階段。
>
> **puberty**：特別指人生理上邁向性成熟的青春期。

- pubescent [pjuˈbɛsn̩t] a. 到達青春期的
- reformatory [rɪˈfɔrməˌtorɪ] n. 感化院
- salad days [ˈsæləd][dez] n. 少不更事的青春時期
- senior high school [ˈsinjɚ][haɪ][skul] n. 高中
- student [ˈstjudn̩t] n. 學生
- teen [tin] n. 十三到十九歲的人
- teenage [ˈtinˌedʒ], teenaged [ˈtinˌedʒd] a. 十三到十九歲的人的
- teenager [ˈtinˌedʒɚ] n. 十三到十九歲的人
- underage [ˈʌndɚˈedʒ] a. 未成年的，未達法定年齡的

★成人★

- adult [əˈdʌlt] n. 成人
- adulthood [əˈdʌlthʊd] n. 成年期
- autonomy [ɔˈtɑnəmɪ] n. 自主，獨立
- college [ˈkɑlɪdʒ] n. 學院
- come of age [kʌm][ɑv][edʒ] ph. 成年
- divorce [dəˈvors] n., v. 離婚
- engage [ɪnˈgedʒ] v. 訂婚
- enter the workforce [ˈɛntɚ][ðə][ˈwɝkfors] ph. 進入職場
- family man [ˈfæməlɪ][mæn] n.愛家的男人
- forties [ˈfɔrtɪs] n. 四十到四十九歲
- fifties [ˈfɪftɪs] n. 五十到五十九歲
- graduation [ˌgrædʒʊˈeʃən] n. 畢業
- grown-up [ˈgronˌʌp] n. 成年人 a. 成人的
- maiden [ˈmedn̩] n. 未婚年輕女子
- manhood [ˈmænhʊd] n. 成年男子的身分，成人時期
- marriage [ˈmærɪdʒ] n. 婚姻
- marry [ˈmærɪ] v. 結婚
- maternal [məˈtɝnl̩] a. 母親的；母性的
- maternity [məˈtɝnətɪ] n. 母性；身為母親的狀態
- middle age [ˈmɪdl̩][edʒ] n. 中年
- middle-aged [ˈmɪdl̩ˌedʒd] a. 中年的
- midlife [ˈmɪdˌlaɪf] n. 中年
- midlife crisis, mid-life crisis [ˈmɪdˌlaɪf][ˈkraɪsɪs] n. 中年危機
- newlywed [ˈnjulɪˌwɛd] n. 新婚者
- parents [ˈpɛrənts] n. 父母
- parenthood [ˈpɛrəntˌhʊd] n. 父母的身分
- paternal [pəˈtɝnl̩] a. 父親的；父性的
- paternity [pəˈtɝnətɪ] n. 父性；身為父親的狀態
- prime [praɪm] n. 壯年，盛年
- resign [rɪˈzaɪn] v. 辭職
- retire [rɪˈtaɪr] v. 退休
- sandwich generation [ˈsændwɪtʃ][ˌdʒɛnəˈreʃən] n. 上有老下有小的三明治世代
- settle down [ˈsɛtl̩][daʊn] v. 安頓下來
- stripling [ˈstrɪplɪŋ] n. 小夥子，年輕人
- tearaway [ˈtɛrəˌwe] a. 行為不端、經常惹事的年輕人
- thirties [ˈθɝtɪs] n. 三十到三十九歲
- thirtysomething [ˈθɝtɪˌsʌmθɪŋ] n. 三十到三十九歲的人
- twenties [ˈtwɛntɪs] n. 二十到二十九歲
- twentysomething [ˈtwɛntɪˌsʌmθɪŋ] n. 二十到二十九歲的人
- university [ˌjunəˈvɝsətɪ] n. 大學
- virgin [ˈvɝdʒɪn] n. 處女；未婚女子
- womanhood [ˈwʊmənhʊd] n. 成年女人的身分或時期
- young [jʌŋ] a. 年輕的
- young adult n. 年輕成人
- younger [ˈjʌŋgɚ] n. 年齡較輕者；晚輩
- youngster [ˈjʌŋstɚ] n. 年輕人
- youth [juθ] n. 年輕
- youthful [ˈjuθfəl] a. 年輕的；朝氣蓬勃的

★老年★

- age [edʒ] n. 年齡 v. 變老

- aging [ˈedʒɪŋ] n. 老化
- centenarian [ˌsɛntəˈnɛrɪən] n.百歲以上的人
- death [dɛθ] n. 死亡
- decrepit [dɪˈkrɛpɪt] a. 老弱的
- die [daɪ] v. 死
- doddery [ˈdɑdərɪ] a. 衰老的，老態龍鍾的
- dotage [ˈdotɪdʒ] n. 衰老；老迷糊
- dying [ˈdaɪɪŋ] a. 垂死的，臨終的
- eighties [ˈetɪs] n. 八十到八十九歲
- elder [ˈɛldɚ] a. 年齡較長的
  n. 年齡較長者；長輩
- elderly [ˈɛldɚlɪ] a. 上了年紀的
- golden anniversary [ˈgoldn̩][ˌænəˈvɝsərɪ]
  n. 金婚紀念
- later years [ˈletɚ][jɪrz] n. 晚年
- longevity [lɑnˈdʒɛvətɪ] n. 長壽
- nineties [ˈnaɪntɪs] n. 九十到九十九歲
- nonagenarian [ˌnɑnədʒəˈnɛrɪən] n. 九十到九十九歲的人
- nursing home [nɝsɪŋ] [hom] n. 養老院
- octogenarian [ˌɑktədʒəˈnɛrɪən] n. 八十到八十九歲的人
- old [old] a. 老年的
- old age [old][edʒ] n. 老年
- old folk [old][fok], old folks [old][foks]
  n. 老人
- pass away [pæs][əˈwe] v. 過世
- postmenopausal [ˌpostˌmɛnoˈpɔzl̩]
  a. 停經後的
- rejuvenate [rɪˈdʒuvənet] v. 使回春
- second childhood [ˈsɛkənd][ˈtʃaɪldˌhʊd]
  n. 第二童年（指老人心智衰退，如同返回童年）
- senile [ˈsinaɪl] a. 老年的
- senior citizen [ˈsinjɚ][ˈsɪtəzn̩] n. 六十歲以上的退休老人
- septuagenarian [ˌsɛptʃʊədʒəˈnɛrɪən]
  n. 七十到七十九歲的人
- seventies [ˈsɛvn̩tɪs] n. 七十到七十九歲
- sexagenarian [ˌsɛksədʒəˈnɛrɪən] n. 六十到六十九歲的人
- sixties [ˈsɪkstɪs] n. 六十到六十九歲
- well-preserved [ˈwɛlprɪˈzɝvd] a. 保養得很好的
- wisdom [ˈwɪzdəm] n. 智慧

延伸例句

▶▶▶ He was orphaned at 9 and brought up by his maternal grandmother.
他九歲失去雙親，由外婆撫養長大。

▶▶▶ He retired when he was still in his prime.
他在正值盛年時退休。

▶▶▶ He has aged.
他老了。

▶▶▶ Age gives him wisdom.
年齡給予他智慧。

▶▶▶ People aged 20 and younger are sometimes called Generation Z.
二十歲和更年輕的人有時又稱做 Z 世代。

▶▶▶ She is still gorgeous in her fifties.
她五十多歲了還是很美。

▶▶▶ It's a once-in-a-lifetime chance to meet a true living master.
這是碰見真正的在世大師一生一次的機會。

▶▶▶ We've seen an increase in underage drinking in our community.
我們發現社區中未成年人飲酒的情形增加了。

▶▶▶ She was born in the 1940s and came of age in the 1960s.
她在一九四〇年代出生，一九六〇年代成年。

▶▶▶ The struggles are part of his journey into manhood.
那些掙扎是他成長過程的一部分。

▶▶▶ He grew up with little schooling.
他成長期間所受的學校教育不多。

▶▶▶ How you have grown!
你都長這麼大了！

心·得·筆·記

國家圖書館出版品預行編目資料

如何捷進英語詞彙. 人物篇 / 葉咨佑, 謝汝萱著. -- 初版. -- 臺北市 : 商周, 城邦文化出版 : 家庭傳媒城邦分公司發行, 民 2019.05
面； 公分 -- (超高效學習術 ; 35)

ISBN 978-986-477-660-3（平裝）

1.英語 2.詞彙

805.12　　108006303

如何捷進英語詞彙：人物篇

作　　者／葉咨佑、謝汝萱
審　　閱／Formosa Media Agency, LLC
企畫選書／林宏濤
責任編輯／陳思帆

版　　權／黃淑敏、翁靜如
行銷業務／莊英傑、李衍逸、黃崇華
總 編 輯／楊如玉
總 經 理／彭之琬
事業群總經理／黃淑貞
法律顧問／元禾法律事務所　王子文律師
出　　版／商周出版
城邦文化事業股份有限公司
台北市中山區民生東路二段141號4樓
電話：(02) 2500-7008　傳真：(02) 2500-7759
E-mail : bwp.service@cite.com.tw
發　　行／英屬蓋曼群島商家庭傳媒股份有限公司城邦分公司
台北市中山區民生東路二段141號2樓
書虫客服服務專線：02-25007718・02-25007719
24小時傳真服務：02-25001990・02-25001991
服務時間：週一至週五09:30-12:00・13:30-17:00
郵撥帳號：19863813　戶名：書虫股份有限公司
讀者服務信箱E-mail：service@readingclub.com.tw
歡迎光臨城邦讀書花園　網址：www.cite.com.tw

香港發行所／城邦（香港）出版集團有限公司
香港灣仔駱克道193號東超商業中心1樓
電話：(852) 25086231　傳真：(852) 25789337

馬新發行所／城邦（馬新）出版集團　Cite (M) Sdn. Bhd.
41, Jalan Radin Anum, Bandar Baru Sri Petaling,
57000 Kuala Lumpur, Malaysia
電話：(603) 90578822　傳真：(603) 90576622

封面設計／林芷伊
版型設計／豐禾設計工作室
插　　圖／王祥樺
排　　版／豐禾設計工作室
印　　刷／韋懋實業有限公司
經 銷 商／聯合發行股份有限公司　電話：(02)2917-8022

2019年5月9日初版　Printed in Taiwan
定價／350元

ISBN 978-986-477-660-3